坐職の読むや

加藤 郁乎

みすず書房

坐職の読むや・目次

I

Ⅱ

I

江戸風流三十六家撰

榎本其角《えのもときかく》　（一六六一―一七〇七）

鐘ひとつ売れぬ日はなし江戸の春

風流粋事をすんなりと述べるには简短洒落の俳諧にまさるものとてなく、江戸俳諧といえば其角、「海近し朝日のもとは江戸の春」という鳥酔の吟と並べくらべてみるのも一興ではあろう。『五元集』を繰るまでもなく、其角には難句の多いところからとかく誤伝を生みやすく、その風流気に至るまでいまに曲解されているのは惜しまれてならぬ。

暁の反吐はとなりか郭公

たとえば、高名な右の作につき「句のこゝろ子細有、表一通りてすますべし、唯後朝の吉原の暁の、酒の名残り過たる体と見て可也、夫について内証あり、子細は、江戸町茗荷屋の奥州といへる傾城」しかじかと馬場文耕が『江戸著聞集』にわけしりめかしたところから、半可生野暮のいい肴とされた。

『猿蓑』に一句採られた遊女俳人奥州について、其角はその『吉原源氏五十四君』にまったくふれていない。「しの、めく、いつ夜が明けた」などの上方唄にもうかがえるごとく、其角は江戸風流第一等の粋人である。

佐々木文山《ささきぶんざん》（一六五九―一七二五）

山中共古翁の所蔵された一枚刷の「江戸に二つ無い物」（清水晴風編）には、「吉原　小便無用金屏風」が挙げられ、これにつき鶴岡春蠢楼氏は小記されてあった、「例の豪放の書家佐文山や俳人其角などにまつはる此の処小便無用花の山と書きしといふ金屏風の事ならんも、果して斯くの如き屏風が実在せしや疑問なり」と。同じ吉原でも紋日のひとつ八朔白重ねならいさ知らず、できすぎた話で疑わしいといえば疑わしい。

佐々木玄龍の弟文山は兄にまさった筆虎能筆であると柔術家の眼力でたしかめた渋川時英《ときひで》の『薫風雑話』は、文山の言葉として「某《それがし》は物を書が天職分なれば、たとへば味噌屋招牌にても、浄瑠璃本の外題にても、人がたのみさへすれば書てやる也」云々を引くが、広沢門の東川がものした『燈下筆記』あたりと思い合わせて納得できよう。気取り飾ることの不風流を弁えていた佐文山、かれは放蕩の浪人であったと南畝の『一話一言』に見える。

内藤露沾《ないとうろせん》（一六五五―一七三三）

挑灯消せ夕日の名残路の花　　露沾

言水撰『江戸新道』に巻頭の句を掲げている露沾は磐城平藩主内藤左京太夫義泰こと風虎の次男、その露沾門から沾徳、沾涼、露言などを輩出せしめた風流大名であった。「夜の錦、桜川、信太浮島《しのだのうきしま》三十余巻は、亡父風虎公のえらびをかれし誹諧の書なり。ゆたかなる世に、なを此道にあそぶ人日〻にまさり侍るに、風躰うつりかはりて、先達の残せるふみは古きとて手にとる人もまれに侍れば、俳諧はその功なきものとなりゆくを」歎じて露沾が序した『一字幽蘭集』は沾徳撰、実際には公自身が編んだに相違ない。元禄八年、岩城高月に閑居したがその後もおりおり江戸を訪れては風流子を多く庇護した。

其角と親しかった備中松山藩主安藤冠里はしばしば露沾の磐城平藩主と混同され、また「雪の日やあれも人の子樽拾ひ」を冠里公あるいは芭蕉の作としているが、これは沾徳の「初雪や是も人の子樽拾ひ」からきた誤伝であろう。

山東京伝《さんとうきょうでん》（一七六一―一八一六）

「世俗、己を善とこゝろ得たる者をさして、自惚《ウヌボレ》といふ、自惚をまた艶次郎といふ」などと活東子の『戯作六家撰』に見えたりするが、その艶次郎を生み出した京伝の『江戸生艶気樺焼』は洒々落々、いかさま、江戸風流を探る上で欠かせまい。めりやす、芝居唄のこれによほどの愛着があったらしい京伝は六十八種からの外題を幇間思庵の口をかりながら挙げてあったが、「わすられぬ身はおもひだしもせぬほどに、思ふてゐるぞへわしやほんに」、その自作のめりやす「素顔」を『通言総籬』にあしらうあたり、うれしい作者だ。

新吉原玉屋の妓女玉の井の許に通いつづけた京伝は「倹約を旨として、一日に金一分の外費さず」、また玉の井も京伝と生涯添うべく節倹にはげんだ由の話柄が『山東京伝一代記』に引かれ、ほろりとくる。京伝その狂名を身軽折輔と称したが、これは両国広小路で娘軽業を見物した折ふしの即吟「身は軽くもつこそよけれ軽業の綱の上なる人の世渡り」による。

地黄坊樽次《じおうぼうたるつぐ》（?―一六七一）

「つれぐ\なるまゝに、日ぐらしさかづきに向ひて、心のうつるまゝに、よくなし酒をそこはかとなくのみつくせば、あやしうこそ物くるおしけれ、いでや此の世に生れては、下戸ならぬこそおのこはよけれと、よしだの兼好がいひをきし、とかくのむほどに、上戸の名はたつた川」しかじかとは、地黄坊樽次こと茨木春朔の戯作『水鳥記』の序。右の酒戦記はもとより諸書挙げて稀代の大酒などと伝えるこの御仁、酒井雅楽頭の抱え医師だったというからおもしろい。

やめる日ははかりなくやは酒飲まむ
もの丶薬の長と聞しを

南畝は「六位大酒官樽次考」に右一首を引き、樽次忌の一日前云々などと語ってあるから往時はさようの風流忌日を心意気もあらたに修したものであろう。「南無三ほうあまたの酒をのみほして身はあき樽とかへるふる里」外一首を碑陰としたその墓碑に「酒徳院酔翁樽枕居士」と刻む、これあるかな。

大口屋暁雨《おうぐちやぎょうう》（?―一七五七）

男伊達、花川戸の助六は大口屋暁雨がモデルという。「江戸狂言に書入しは、明和、安永の頃に、御蔵前札差大口屋治兵衛暁雨といふ、是を助六に見立たるゆへ」などと二三治の『戯場書留』にあり、また、馬場文耕の『当世武野俗談』に伝える今助六のあやまりを訂した『十八大通』に二三治は言う、「大黒を真向に、色さしの加賀紋に染させ、替紋に付しは、大口屋治兵衛暁翁といふ人の事なり」と。

一名、御蔵前馬鹿物語と称する『十八大通』の著者二三治は二代目暁雨こと伊勢屋宗三郎の長男である。

助六姿よろしく濡衣という脇差を腰に、蛇の目傘かたげて土手節うたいながら吉原通いをした暁雨は大力豪勇だけでなく、ごろつき共を気力で追っぱらった胆太い男一匹、揚巻とかぎらず傾城妓女ことごとくのぼせたのも無理はない。髪結床を打ちこわしておいて二十両から支払うあたり、金の捨てようさえ知らぬ現代遊治郎とは、ちと、おもむきを異にしよう。

大和屋文魚《やまとやぶんぎょ》（?—?）

十八大通として、大黒屋秀民、村田屋帆船、松坂屋左達、大和屋文魚、大口屋暁雨、桂川周甫《ママ》、祇園琨里、樽屋万山、下野屋祇蘭、大口屋稲有、同金翠、同有遊、近江屋柳賀、平野屋魚交、大崎雄石、村田春海の十六人を挙げ、これに若干名を加え、定説はないもののそれらの牛耳をとるものに文魚と暁雨を推すのは異論あるまい、と説かれたのは笹川臨風氏、大方、琨里亭栄思の『残菜袋』にでも拠られたものであろう。

二三治は文魚を伝えて言う、「江戸中の大通といわるゝ人は、皆々此文魚に随て、親分、兄弟分など、頼みて、女郎買の稽古所ともいわるゝ、河東連中は言に及ばず、どこの息子、かしこの誰も、河東節を語らねば、此文魚の気請わるく、夫故専ら流行する」などとあって、丸の内まで出かけて立小便をしてきたという例の一笑柄が引かれてある。銀の針金で髪を結う文魚本田はいさ知らず、落魄した文魚が河東節の三味線ひき山彦源四郎ほかに寸志三反また二反をとらせたのは風流一奇骨と申してよい。

服部《はっとり》嵐雪《らんせつ》（一六五四—一七〇七）

二世團十郎、市川柏莚はその『老のたのしみ』に破笠からの聞取話として「其ころ、其角、嵐雪は夜具などもなきどうらくなるくらしのよし」を伝えてある。てれふれ町は足駄屋の裏の其角宅に居候を決めこんでいた嵐雪、後年のかれに「蒲団着て寝たる姿や東山」の吟があるのはおもしろく、旅中詠とは申せ、どらどら時代を回想しての実感がこめられてあったかもしれぬ。「布団着て寝たる姿は古めかし、起きて春めく智恩院」と上方唄に引かれるなど、嵐雪は江戸の風物人情を詠みなしても一種うら淋しい風流気を得意とする。

　黄菊白菊その外の名はなくもがな

芭蕉により「桃とさくら」と並称された其嵐両子ながら、晋子は「我一生此句に及ぶこと思ひもよらず」と感吟推服した。嵐雪はその五十四年の生涯に二人の妻をもち、先妻は湯女、後添いまた遊女、猫好きで知られる烈女である。

　不産女《うまずめ》の雛《ひな》かしづくぞあはれなる　　嵐雪

市川團十郎（二世）《いちかわだんじゅうろう》（一六八八―一七五七）

市川家は代々名人を出した梨園きっての家柄、わけて二代目は当たり狂言『助六』に聞こえ高い名優として知られる。「二代目市川團十郎柏莚は、元祖段十郎才牛の子にして、始め九蔵、後團十郎、又海老蔵と改、正徳三巳年四月五日より、山村座にて、狂言名題は花屋形愛護桜、第二番目に、助六本名大道寺田端之助團十郎」しかじかとは『戯場書留』助六始のくだり、また夜雨庵話に、

二代目柏莚年回の集に、五代目白猿、筆をもつてしるす、天明元年辛丑冊子に、

はつがつを辛子もなくて涙かな　　生島新五郎

其からしきいて泪のかつをかな　　柏莚

右の句は、島よりおくりし生島の句、柏莚の返句、此集の余は略す、

などとあるのは興味深い。五代目は花道のつらねの狂名で狂歌をよくし、寛政八年には俳優を廃業して向島に閑居、六畳一間という質朴簡素のおもむきは河原者風流に徹していよう。その「山師来て何やら植ゑし隅田川」は無論のこと芭蕉句のパロディ。

紀文《きぶん》（一六六九—一七三四）

沖の暗いに白帆が見える、あれは紀伊国蜜柑船、紀文の口碑諸伝については、十八大通と同じくにわかに信じがたいものがすくなくない。上山勘太郎氏の『実伝紀伊国屋文左衛門』が世に出るまではその存在すら疑われた恰好、「紀の国屋文左衛門は、材木問屋を家業として、世に聞えたる富家なり、活気の者にて、常に、花街、劇場に遊び、任俠を事とし、千金を抛ちて心よしとす、故に、時の人の紀文大尽と称して、其名一時に高し、寛永の比までは、本八町堀三丁目総て一町、紀文居宅なり」云々、京伝が『大尽舞考証』に言うくだりは作らず、根拠たしかなものがあろう。

一説に、上野根本中堂の建立請負で得た巨利は五十万両といわれ、三浦屋の遊女几帳を奈良茂と争った末に請け出した風流事はあったとしても、「両方の手で大門を紀文〆め」といった風の事実はない。産を破り深川に隠棲した折でさえ小判四万両からを蔵したという紀文は、俳人千山として悠々自適、句文に見るべきものがあった。

奈良茂《ならも》（?—一七一四）

紀文と三浦屋の抱え几帳を争ったのは四代目の奈良茂、大尽舞に「さてその次の大尽は奈良茂の君」云々と歌われた奈良屋茂左衛門、やはり紀文と同業の材木商、中万字屋の玉菊に通ったのは五代目である。三代目の弟が四代目、五代目には茂左と安左衛門との兄弟があった。『江戸真砂六十帖』も『傾城歌三味線』も親子兄弟を混同しており、正徳のはじめ、几帳を紀文に奪われた奈良茂は新町加賀屋の浦里を請け出すなど、さかんに紀文への報復当てつけがましいかぎりを尽くす。馬鹿気ているといってしまえばそれまでの話だが、「天和以来寂れに寂れた新吉原に、几帳・浦里の二大落籍は、小春の日の狂咲きのように見られたのでもあろう」とは鳶魚居士、言い当てられて妙である。『吉原雑話』に五町ほか近辺の蕎麦屋のこらず買占めた云々の記事あり、これあたり、初鰹を買占めた紀文と甲乙あってなき無邪気の振舞いとでも解すべきか。

山崎北華《やまざきほっか》（一七〇〇―四六）

我が年も四十でちやうど暮れにけり
名計りや月雪花のしぼり糟

自堕落先生、山崎北華は四十歳のときに死んだとみせかけ、みずから「先生終焉の記」をものした。元文四年の十二月晦日、柩をつくってこれに入り友人門流に送られて谷中養福寺にいたり葬儀、住僧が下火の経文を唱える段になるや棺を破って飛び出した、これを引いた南畝はその『金曽木』につづけて言う、「唐の傅奕が自ら碑を書き、青山白雲の人なりといひ、陶淵明が自ら輓歌を作りしなど、先賢の心と同一致なり、今の世にあたりてかゝる風流快活なる事を見ず」云々、佯死した例の俗俳文考と較べるまでもあるまい。

美食を常に、酔っては眠り醒めては臥すといった日々だったらしいが、四十七歳で身まかるまでどうやって食べていたか一切不明。『続奥の細道蝶の遊』『風俗文選拾遺』といったひとを喰った名の著述がある。江戸とかぎらず、オハグロをした俳人はおそらく北華ひとりであろう。

英《はなぶさ》 一蝶《いっちょう》（一六五二—一七二四）

一蝶が罪を得て三宅島に流された主因は将軍綱吉の寵姫お伝の方を『朝妻船』に描いたからだといわれるが、京山の『一蝶流謫考』も説くように紛説一定でない。すでに鳶魚居士の指摘されたことだが、「江戸時代に将軍の内人を絵画にするなどということは、必ず無事で済まないこと」であり、そのような風流冒険譚は当時の記録類に見えぬ。しかし、一蝶つくる上方唄「朝妻船」はひろく歌われ、美声だったと伝えられるこの町絵師は吉原土手の往き帰りに投節ともども小意気の喉をきかせたものであろう。

花に来てあはせ羽織の盛りかな

朝寐して桜にとまれ四日の雛

俳名を暁雲と号したかれの作は嵐雪撰の『其袋』ほかに拾え、例の『朝暾曳馬図』あたりは蕪村に比すべき俳画のおもむきがある。流島十二年ののち、余生晩年を江戸に送ることのできた一蝶は大きな石燈籠とか、はしりの茄子を買い占めるなどの憂さ晴しをしている。

太申《たいしん》（?—?）

太申、江戸三十間堀の富商和泉屋甚助のことは早く喜三二の『後はむかし物語』に録されてあるが、俗伝にかたより筆あしらい公平とは言いがたい。名を売るためには材木商売で得た大金を湯水のごとくに費消して恥じるところないと極付けるのが大方の太申伝だったが、林若樹翁は異なる見解所伝をまとめておられた。たとえば、太申染は親和染に先んじて行われてあったと説き、いわゆる十八大通の現われた同時代のかれを大きくとらえられ、「太申の名は当時の人の眼にあまりに馬鹿気て映じたれば、時代を同うすと雖、十八大通中より除外せられしなるべし」云々。大馬鹿のコンコンチキに徹していたあたり太申の太申たる所以、粋立て意気がるばかりの十八大通なぞ眼中になかったものであろう。

千字文法帖の板行、浅草観音境内への桜樹献納、亀戸天神の連歌堂建立など、太申の風流行実はいかにも江戸っ子らしくさばけており、手段を選ばぬ売名行為とばかりは申せますまい。

原　武太夫《はらぶだゆう》（?—一七七六）

原富、原武太夫の名は三味線の名手として山彦源四郎などとともにいまに伝えられる。「ある日、品川のある楼に行て、三絃の音常に変りたるを聞て、海嘯のあるべきをしり、其席を終らず一座の友を誘ひて、急に帰りけるに、程なく大に沓潮して、浪の為にその辺りの家ども流失し、人も多く損じたる由、一時の伎芸といへども、其妙に至りしを、人々感じけるとぞ」しかじか、『筠庭雑録』ほかに引かれる右の話柄は原富の自著『奈良柴』『隣の疝気』に出る逸事条々を裏づけてあまりある。

その『断絃余論』によると古梁雲、今梁雲、古一中、今一中、あるいは松島庄五郎など数十人からを居候としておいていた模様だが、「三絃は甚だつたなきわざにして、然も其趣談は手に入がたき芸なりと考へ知り」元文元年八月十五日の夜、浄瑠璃本などを焼き捨て、きっぱりとその技芸を廃した。芸が身をたすけずしかしすきでへた身はたちもせで浮名のみたつ。武士が編笠もかむらずと吉原大門を入るようになったのは、原富にはじまるという。

大田南畝《おおたなんぽ》（一七四九—一八二三）

生すぎて七十五年喰ひつぶし限りしられぬ天地の恩

蜀山人、大田南畝は文政六年の歳旦試筆をかように詠みなし、その四月六日に身まかったが、江戸風流の心意気をこのひとほど徹底愛しつづけた粋士通客もなかろう。「酒のみても腹ふくる、のみにて、微醺に至らず、物事にうみ退屈して面白からず、声色の楽もなく、たゞ寝るをもて楽とし、奇書もみるにたらず」などと『奴凧』の結びに見え、大往生を間近にした満足感なりとうかがえよう。『巴人集拾遺』には七拳式酒令というのが出、席上の禁物として「兄さんのある歌妓」「味噌塩のはなし」「唐本表紙の本」などとあって微笑を誘うが、南畝に一妾あり、お香は旧知島田順蔵の娘、もうひとり吉原松葉屋の三穂崎を落籍しては牛込藁店の組屋敷で仲よく妻妾同居したりした。「詩は詩仏書は鵬斎に狂歌おれ芸者小勝に料理八百善」は赤良の一首といわれるが、その死の二日前、南畝は比目魚で茶漬飯をたべている。

恋川春町《こいかわはるまち》（一七四四―八九）

その『金々先生栄花夢』につき改まっていうほどの野暮もあるまいが、幕臣二本差の身分でありながら戯作をものすることのできたこの時分は文字通り天下泰平、きんきんの通言などもひとり町方の通人とのみかぎられていない。「四谷新宿馬ぐその中にヨ、女郎あるとはつゆ知らず、きたきたさぬきのこんぴら」と金々先生の相手する芸者は歌うが、この潮来節の替え唄は当時四谷新宿がいかに草深い田舎であったかを示すばかりでなく、女郎を新五左、浅黄裏と替えてみたところで一向におかしくないといった風の含みをもたせてあったかもしれぬ。

　ぐそくひらきの日紀定暦来りければ
五十歩も百歩もをなし足もとの
　よろりよろひと酔たまへかし
　喜三二なかたちにて妻をむかへければ
婚礼も作者の世話て出来ぬるは
　これ草本のゑにしなるらん

狂名を酒上不埒、その挿絵ともども愛すべく見るべき作がすくなくない。

酒井《さかい》抱一《ほういつ》（一七六一―一八二八）

琳派の絵師酒井抱一は大名の出、播州姫路城主酒井忠仰の第四子二男という屠龍公であった。「イキの一念は抱一をあやまれるが如し」とは『雨華抱一』の著者岡野知十翁、たとえば燕子花の絵ひとつをとってみても光琳にくらべ抱一のそれはイキにのみ徹し、遊び溺れようと何構わぬ風情心意気すらうかがえよう。吉原玉屋山三郎の抱妓誰袖を請け出して妻女としたくらいの粋士だから、吉原詠句には乙りきの佳作が多い。

　元日やさてよし原はしづかなり

風流諸君子なら御存知であろう、吉原の休日は正月元日と七月十三日だけ、前夜から居続けをする通客ならでは吐けぬ達吟だ。

　取り上げん雛の盃初かつを

小泉迂外氏は右一句を例に引かれ、「素堂のやうな貧乏の俳人が詠んだから、初鰹が夏に編入され」たと嘆かれた上で、抱一家集に出る初鰹のことごとくが春の部に見える点を指摘された。

　ほれもせずほれられもせずよし原に
　　酔てくるわの花の下陰　尻焼猿人

談洲楼焉馬《だんしゅうろうえんば》（一七四三―一八二二）

談洲楼立川焉馬の狂名は野見釿言墨曲尺、その本職の大工だったところからかように珍妙の狂号となった。「こゝに立川談州楼烏亭焉馬、桃栗三年柿八年の功をつみ、野見てうなごんすみかねの矩をこえず」などと南畝は「談州楼おとし咄会の序」をしたためてあったが、天明六年に向島牛島の席亭で桜川慈悲成などと咄の会をひらいたのが江戸落語隆盛の基因となったといわれる。

芝居通だった焉馬は別して五代目團十郎の大のひいき、義兄弟のちぎりを結び、談洲楼の号は團十郎にあやかったもの、その「三満寿誉賦」には「目にも見よちかくはよつてかぐら月これぞ月雪花のかほみせ」一首を贈っている。市川家には助六という当たり狂言のあることだが、『莘野茗談』には焉馬が「白石噺の宮城の幕をつゞりて、大きにあてたり」とある。

市川白猿と月を見て

海面にあさ丸とみる雲はれて
けふかけきよき月のせり出し

石川雅望《いしかわまさもち》（一七五三―一八三〇）

「めしもりのかた手に歌もなり平や河内かよひの宿屋ならねど」、赤良の贈った一首にもあるごとく六樹園石川雅望は小伝馬町で旅人宿を業とした家に生まれ、狂名を宿屋飯盛と称した。「かは竹のながれの水に影うつす月も二間のざしき持かや」などとはさすがに宿屋の御亭主、妓楼の月を見立てようと一味違う。「狂歌会の大門口、中の町の花の言の葉、ふたり一坐の判者の見立に、大夫格子とかぞへつゝ、その名を呼出し附まはし、名歌をあげてかき暖簾、ゐんり江戸町伏見町ゝ、すがゝき弾くは二の町の、新造となり部屋となる」云々、狂歌細見記に寄せた序文、その狂文は也有また蜀山を凌ぐとは醒雪居士、『狂文吾嬬那万里』の小品文など上手の風韻一家言に満ちていよう。

嘉肴あれどそのあぢはひをしらじとて
志みがくらひて見する唐本

その『源註余滴』『雅言集覧』は江戸風流家の学識また見識の高さを示す。

平秩東作《へづつとうさく》（一七二六―八九）

平秩東作は狂歌師また戯作者であったばかりでなく、儒者としての立松東蒙、仏教方面では宗専居士として知られており、内藤新宿で煙草屋を営んだ。「雪ふりける日橋洲のもとより帰るに四谷大木戸をすくとて」と詞書した「花と見るなかめはみちのくにならぬ梢の雪のたての大木戸」という狂詠にもうかがえるごとく、東北はもとより蝦夷地へ旅行している。その『東遊記』とは別種の蝦夷紀行『歌戯帳』を紹介明らかにされたのは森銑三翁である。

明和のはじめのいわゆる御蔵門徒を内偵した訴人は稲毛屋金右衛門すなわち東作であろうといわれ、筠庭の『過眼録』ほかに考証されてある。「此東作大ニ才略アリシ者也シガ、所謂山師也、土山宗次郎ト深ク交リテ、天明年間、始テ蝦夷地へ江戸人ノ入シハ此人也」とは鈴木白藤の朱書、東作は源内にまさる複雑非常の風流子だったか。「町人の武士つき合いらぬものなり、にくい奴とてきり倒されずは甘ひ奴とて借り倒さるゝなるべし、いづれにも怪我のもとなり」と語ったという。

馬場存義《ばばぞんぎ》（一七〇二―八二）

存義と同道して両国の橋にて涼みしことあり、よき花火夥しく上るゆゑ暫く足を止む、存義の曰く、

花火の句はなきものなり、
　涼しさや此川波にはつとはな
古今此の一句なるべしと申されたり、
晩得はその『古事記布倶路』にかように伝えてあり、花火の句がなかったとは一見識、両国の川開きのころになるとすんなり思い起こす一条である。「萱場町に住みける時は、極貧にして家あばらなれば、雨ふるごとに傘さして俳諧したり。これを宗匠の夜雨とて、八景の一つに唄はれしもや、年たちて、左内町に居を転じたる後は、頗る富みて老いを養なへりとかや」しかじかとは『続俳家奇人談』に引かれるくだり。晩年、深川八幡一の鳥居脇の紀文旧宅を買いとり住まったことは風流一談柄として知られていよう。絵師抱一は俳諧をはじめ存義に学び、その歿後は高弟の晩得に就き、晋子の風を慕うを得た。
　四布《よの》五布《いつの》身のかくれ家の布団哉　　　存義

平賀源内《ひらがげんない》（一七二八―七九）

「風来山人茅町及び南方にのみ遊びて、北里の事は不通なりしが、箸紙客の替名をしるせば、文にはおのが本名をあらはしといへる語、山人の自讃なりき」と南畝の『仮名世説』に見え、また、四谷新宿に飯売女のあらわれた時分遊びに出かけたらしく平秩東作の贈った一句「ないたかの一夜あかしの浦千鳥」が引かれてある。なお、遊女よりは野郎を好んだとも伝えられるかれに材を求めた東作の戯作『二国連璧談』にはその寵童芳沢国石が扱われており、風流家か奸物か一考を要しよう。

長崎から伽羅木をとりよせ菅原櫛を細工した俗にいう源内櫛の流行にふれた一章で『鳩渓実記』は当時吉原で名の高い丁字屋の雛菊に思いを寄せたくだりが見えるものの、はて、『長枕褥合戦』よろしく運んだか否か定かでない。「但山林に隠る、ばかりを隠るとは云ふべからず、大隠は市中にあり」と志道軒に托した源内はとにかく滑稽の間に隠れたが、そのよろしくない終りを予見していたかのようなしからが源内ではあった。

村田春海《むらたはるみ》（一七四六―一八一一）

織錦斎、村田春海は県門四天王のひとり、加藤千蔭とならんで江戸派国学の双璧である。そして琴後の翁として歌道に名の高かったことだが、若い時分は十八大通のひとり漁長として遊里戯場に聞こえた。「平春海は、小舟町の干鰯問屋村田屋治兵衛といひし富家にして、三年間居宅の縁の下に、賊の住み居たりしを知らざりしといふ程の大家なり」とは中村好古の直話『古翁雑話』に言う一条、二十三歳で家業をついだものの三十五歳にして早くも産を破ってしまう。

破産した当時なお十六万両からの貯えがあったというから吉原丁字屋の明山を請け出して妻女とし、また、茶船に三艘からの珍書を蔵したとしても別段不思議でない。そのうちには、京の古書肆で発見入手した『字鏡』もあっただろう。松平定信より『集古十種』編纂を依頼されるなど、東琴の名器を折ふし楽しんだその晩年はゆたかである。見し世にはたゞなほざりの一言も思ひ出づればなつかしきかな。

守村抱儀《もりむらほうぎ》（一八〇七―六二）

十万巻楼、守村抱儀のことは、「近代蔵書家、吾猶及見者、如兼葭必端之類、家道非昔、書多散佚、今日以鴻富得名者、独有守村鷗嶼、其書十万巻、真邑中文不識也」などと『五山堂詩話』補遺にあるごとく、聖堂に次ぐといわれた珍書奇籍の散逸は惜しまれてならぬ。詩を仏庵に学んだかれには『普陀落山房詩集』などがあり、絵を抱一に、俳諧は蒼虬に仰いだ。蔵前札差のひとりとして風流に遊ぶかたわら、信州の何丸をたすけて江戸に招き、大著『七部集大鏡』『句解参考』などをまとめさせている。

どさりとこける垣の冬瓜　　寿堂
やゝ寒くそろ〳〵かける狐罠　　蒼虬
俎板のあたり近所は鱗だらけ　　抱儀
子持ばかりの涼む日のくれ　　蒼虬

天保五年、京より蒼虬を迎えるべく寿堂を上京させた抱儀はその路銀としてまず二百両を送った。

奇特のパトロンも晩年は家産傾き、駒形堂のほとりに小庵を結び俳諧で口を糊したという。

手柄岡持《てがらのおかもち》（一七三五―一八一三）

手柄岡持、朋誠堂喜三二、韓張齢とくると何やら三題噺めくが、とにかく一人何役をも見事にこなしたこの風流家は調謔百出の才子、秋田藩江戸詰のお役人でおさまるような、そんな浅黄裏成ごときの御仁でない。

むかし〳〵でなかつたとさ。みやこ柳のばゝのほとりに、一人の大つうあり、名は遊《ゆ》さん次と言ひけるが、しよじきらひでなひと言ふことにて、はい名をすき成とよびける。あるとき、しまばらへゆく道にて、子どもとんびをとらへころさんとするゆへ、金ととりかへて、にがしける

恋川春町の黄表紙『吉原大通会』には遊さん次またすき成が喜三二またその俳名月成のたわぶれとして扱われ、「それがしつりがすき成なれば、手がらの岡もちと名をつきましやう」などとしゃれのめされてあったが、秋田藩家臣平沢常富は戯作稼業との二股道に悩みながら釣りにでも憂さを紛らわせていたものであろう。金なきとひまのなきとにかへてまし病あるみと苦労ある身を。

唐衣橘洲《からごろもきっしゅう》（一七四三—一八〇二）

「江戸にて、狂歌の会といふことを始めてせしは、四ツ谷忍原横町に住める小島橘州なり」と南畝が『奴凧』にしたためたごとく、幕臣小島恭従の名は忘れられようと唐衣橘洲の名は江戸狂歌史の上に忘れられぬ。

　雪の日友人の許よりふぐ汁たべにこよとあれば

いのちこそ鵞毛に似たれ何のその
　いざ鰒喰にゆきの振舞

橘洲は先祖ゆずりの土地を飲みつぶしてしまったほどの愛酒家、「一夜に二升三升をつひやし、大小の盃を数々箱にいれ置、人来れば必すゝめ献酬をもらひて、各盃にてその人の分量に応て盃をあたふ、としごろへて家貧しくなる」などと仙果の『よしなし言』にある。招かれて甲州田中あるいは遠州波津の代官となった民政家の小島蕉園はその子である。

　もとの木あみ、あけらかん江とともに、
　から衣橘洲のもとにあそひて

から衣きつゝなれにし此やどに

はる〳〵過て夏のお出合　　赤良

升屋祝阿弥《ますやしゅくあみ》（?—?）

京伝の洒落本『古契三娼』に「祝阿弥さんは隠居しやしたかへ。一と節《よ》ぎりとやら言《いふ》ふえを吹きなんすねへ」と言い、また、「一節切の銘などありしは、茶人の蓋置に切られてなくなりしと、洲崎の祝阿弥が語りし」などと南畝の『金曾木』にもあるように、祝阿弥は宝暦以後すたれていたこの笛を好み秘曲を伝えるなどめでたい風流子であった。

深川洲崎の会席茶屋升屋の主人として慕われ、その店の模様は『蜘蛛の糸巻』ほかにも引かれ、当時、通人大名で知られた雲州の御隠居南海侯また御当主雪川殿などが御ひいき、「升屋は庖丁に名を得たるもの也、其居の経営美をつくせり、故松江老侯しば〳〵こゝに遊に、自ら望汰欄の字を書て賜ふ、鉄にて文字を鋳て額とす」と南畝が『武江披砂』に伝えたその額は七代目團十郎に与えられた。狂歌のほか、升屋の音読「しょうおく」に通わせた升億の号で俳諧にも遊んだ。

この君がやがて刺すかや芥子の花

夏目成美《なつめせいび》（一七四九—一八一六）

名月を追ふてひけ〳〵庭むしろ

脚病一歩をすゝめず

随斎あるいは不随斎、夏目成美は十八の折りに痛風を患い右脚痿え、以来六十八歳で身まかるまで札差業の富に恵まれながら不自由の歳月を送った。江戸市内は別として箱根より先には遠遊したことのなかった成美だが、『随斎諧話』ほかの著書を繰ればわかるごとく、各地の俳家風流子はこぞって蔵前の成美宅もしくは多田の森の別荘贅亭を訪うている。

荻野清氏はその「夏目成美伝序説」の冒頭に、「夏目成美といふ人物はわたしには質のいい陶器を憶ひ出させる。奥行の深い味を湛へてゐながら、一方では明るい感触を失はない陶器」と書き起こしておられ、言い当てて妙の風流家成美評と申せよう。「庵中女二人は別居同様之住居にして、成美妻は早世を過し、妾は昔の其名高く、五明楼《アフギヤ》の逢ふだてもの《(大立物)》」などと稿本の成美集にあるが、それらしい艶っぽい句はとんと見当たらぬ。

加保茶元成《かぼちゃのもとなり》（一七五四—一八二八）

南畝の『奴凧』に「新吉原京町大文字屋市兵衛が狂名を、かぼ茶元成といふ、妻を秋風女房といひ、隠居の姥を相応内所と称す、一とせ此内所にて狂歌会ありし時、持仏堂をみるに、先の市兵衛が位牌あり、釈仏妙加保信士とありしもをかしかりき」と見えたごとく、加保茶元成は妓楼の主人、雅客風流家として知られた。諸道に通じ、別して古銭古瓦の蒐集家として聞こえ、三村竹清翁はその『佳気春天』に古泉家としての元成が三玉堂と号して『対泉譜』二巻を著わし、三巻目を編もうとして文政十一年に歿した旨をしるされた。

なお、『奴凧』に南畝はつづけて「此市兵衛河岸にありし時、かぼ茶といふ瓜を多く買ひをきて、妓の惣菜に用ひ、産業をつとめて此京町へ出しとぞ」と伝えてあるが、豊芥子の『狂歌合』にも近辺の連中の悪口に、「京町大もんじやの大かぼちや」と歌われた云々とあり、カボチャが風流種にされたとはいかにもおもしろい。一声の初音も高きほと、きす是そてつぺんかけねなしなる。

八百屋善四郎《やおやぜんしろう》（一七九二（三？）—一八三九）

「料理見世、深川二軒茶屋、洲崎ますや、ふきや町河岸打や、向じま太郎の類なり。近頃にいたり、追々名高き料理見世所々に多く出来る。八百善など、一箇年の商ひ高二千両づゝありと云ふ。新鳥越名主の物語なり」などと青山白峰の『明和誌』に出る八百善は宝暦のころの開業、いわば江戸料理茶屋のはしりである。風流家富商などの客筋が絶えず、いきおい高級料理の名を高め、そうした反面には茶漬が一両二分といった風のやっかみ記事が『寛天見聞記』に引かれるなどしたものであろう。

一指、田川屋為吉の『閑談数刻』に「料理屋の雷名此人に続くものなく、遠方の御家敷方より日々折詰の絶る事なく、仕出しも八百八町え出し」云々と挙げられてある栗山善四郎は四代目、この風流亭主により抱一、蜀山、鵬斎、雅望、文晁、北斎などの聞人名家を網羅した『料理通』が編まれた。銀座のビルに八百善を出現させた当主は十代目、座敷には崋山えがく八百善玉菊忌の一幅が懸けられてあった。

谷《たに》 文晁《ぶんちょう》 （一七六三―一八四〇）

石川文荘氏の反帖を見しに、文晁のむだがきあり、

文晁の好は晴天米のめし
　勤か、さすいつも朝起
文晁のきらひ雨降南風
　わからぬ人に化物そかし

いとおかし、但し前者はすこし楽翁さんかぶれの気味あり、後者に至つて妙を覚ゆ。竹清翁は『本の話』にかようの逸品好文字を拾っておられたが、いかにも文晁そのひとを髣髴させるにふさわしく、ありがたい。

『写山楼の記』に野村文紹は大酒文晁につき「中年迄は酒を禁じ、後年殊の外酒をたしなみ、日々朝より酒宴始、夜に入迄もたえず。来客にもすゝめ、若しいなむ者は大に不興也」と伝えてあるが、南畝の『後水鳥記』にも言うごとくかれはその千住の酒合戦の席で酒友亀田鵬斎と五合、七合入りの大盃を干している。印鑑を沢山作って弟子のたれかれに与えたという文晁の作には偽筆が存外すくなくない。

蔦屋重三郎《つたやじゅうざぶろう》（一七五〇―九七）

地本問屋の耕書堂、その主人の蔦屋重三郎は洒落本、黄表紙、絵本にとどまらず狂歌集を数多く手がけ、みずからもまた蔦唐丸と称して狂歌をよくした。天明三年の赤良編『浜のきさご』をはじめとして同五年には菅江撰『故混馬鹿集』、その翌年には早くも天明新鐫五十人一首と銘打たれた『狂歌文庫』を出版、同七年、三囲神社に建立の菅江歌碑にちなむ奉納狂歌三十六首のうちに「青簾まきたつ山の中の町秋はそばへもよせぬ夕ぐれ」一首が撰ばれた。

春町の黄表紙『吉原大通会』にも蔦の唐丸の名は見えたが、「これがかの蔦屋さ。国方への土産物を求めようか」などとその『郭簒費字尽』にある旨を森銑三翁より御教示いただいた。天明三年、蔦屋は吉原大門口から日本橋通油町へ移っている。馬琴は京伝のとりなしで耕書堂に手代として奉公、その第一作の黄表紙を出して貰い、蔦重の世話で飯田町の下駄屋に入夫できたわけだが、厚皮面の馬琴、おのれに都合の悪い話などこれっぽっちも書いていない。

村田了阿《むらたりょうあ》（一七七二—一八四三）

一枝堂、村田了阿の生家は浅草黒船町のキセル問屋だが、早く二十五歳には頭を丸めて下谷坂本の裏家にこもり一切経を三度から読み直したという。屋根屋で鴻学博通のひと北静廬と一種通ずるおもむきがあり、竹清翁がまとめておかれた『一枝余芳』にはまさに余芳掬すべきの風流一話が録されてあった。すなわち、「予幼年より、天下の野夫《ヤボ》、己壱人にとゞまれりとおもへり、然る処、今朝大文字屋より、如是の暑中窺を得たり、さすれば、まんざらの素野夫とも、決しがたし、此後八百善田川屋等より、訪はれなば、いよ〳〵通人とやらになるべし、然る時は、則羽織の丈、七八寸断ずべし」と。

文化十三年にしたためられた『花鳥日記』は花鳥観察のこまやかさ得も言われぬ自然風流に親しみ一家の風あり、お上人は只者の老隠居閉戸先生ではなかった。

我が事をしんだ〳〵と人はいへど

まだおほびねの売れ残りもの　　七十齢了阿

天愚《てんぐ》孔平《こうへい》（?—一八一七）

神社仏閣の楼門また堂内に千社札を貼るならわしは天愚孔平こと儒者の萩野鳩谷よりはじまるといわれるが、その人物を評しては好悪賛否相半ばする。たとえば『兎園小説別集』に引かれた孔平伝は「私儀、当年百五つに相成候」などとあって、のっけから胡散臭い。

つづけて言う、「長寿するには、いろ〱仕方あれども、先づ湯をつかはず、熱物をたべず、女をせぬが第一也。私儀、四十計より湯をつかひ不レ申。冷飯ばかりたべ、妻をも近付不レ申」云々。かれは雲州侯の家臣で三百石、その妹が南海公の妾とあって家に千金を貯え恵まれた生活にもかかわらず、路傍に捨てられた古草履や草鞋があれば拾って帰り、これらを幾重にもとじ合わせて用いた。奇人、吝嗇家というよりは節倹を趣味?とした反俗半風流だったのだろう。

「近き頃は、又むかしの野暮がはやり出て、当世風となり、大通が古風となりたり」云々と『神代余波』の著者は人情風俗の移り気を笑ったが、天愚斎は晴雨にかかわらずコロンボ刑事よろしく古びた雨羽織を着て歩いたという。

細木香以《さいきこうい》（一八二二―七〇）

魯文に香以伝『再来紀文廓花街』があり、鷗外の「細木香以」一篇もこれに負うところが多い、曰く、「花街に通客、芝居に見巧者、粋と崇め意気と称するもの、浅草の文魚に起りて、山城河岸の津藤にをはる」と。たしかに、今紀文の大通津藤こと香以は江戸最後の粋人通客と申してよろしかろう。幇間はもとより、役者、俳諧師、狂歌師、狂言作者、噺家、講談師など、当時香以の息のかからぬ風流子はなかったに相違ない。わけて権十郎、のちの九代目團十郎は大のひいき、「木綿着て居ても花見ははな見かな」は團十郎を諭した一吟と伝えられる。

針持て遊女老けり雨の月

これは「辻伝右衛門の催に絵の本に対して」とある詞書でもわかるごとく寒川貧居の吟ではなく、従って、元遊女の濃紫のちの妻女おふさが云々と解した鷗外漁史評はあやまりである。「江戸で私を知らぬ人は浅草の観音様を知らぬと同じ事でござります」などとのたまう風流家は、ついに、香以をもって終る。

〔「別冊太陽」35號　昭和五十六年六月〕

江戸の地名

地名にはその由来のわからぬものがすくなくない。八百八町の町名よろしく、江戸時代の地誌それぞれには異聞珍説が多く定説らしいものを探り当てるのはむつかしい。そもそも、江戸という名の起こりからしていまだに不詳、江戸よみの江戸しらず、といった一種滑稽のおもいをいだきながら苦笑する向きもすくなくなかろう。「江戸は上古武蔵野の内なりしよしは、諸記紀行の類にも載たり。後年墾開して郡郷を定められし後も、江戸といふ名は猶聞えざりしなり」とは『御府内備考』の書き出し、他は推して知るべしである。本書には鎌倉の円覚寺が所蔵する古文書、延元二年（一三三七）七月十日付の寄付状より武蔵国江戸郷内前島しかじかとある一条ほかを引いてから、「新井白石の輩、江戸を庄名ならんといひしは、是等の文書あるを知らざる管見の臆説といふべし」などと難じている。庄名はさておき、江戸太郎重長という人名がはじめて見えるのは『東鑑』の治承四年（一一八〇）のくだり、この年は源頼朝が兵を挙げ石橋山の合戦が行われた年に当り、江戸の地名をこの江戸氏による書物もなくはない。

古く、荏土（えど）と書いた文字のあったところから荏（えごま）の実の沢山はえた土地によりエドと名づけたという説がなされ、小山田与清はその『相馬日記』に、「江戸といふ名のよしは、荏処の略語にて、好荏の生ひける地なればなるべし」と述べ、荏原郡の名を挙げるなどした上で、「縣居翁の江の門の義といはれしはしひごとにて、この辺、江の門ともいひつべき地形、いにしへにもきこえず、今もあることなし」と言い、加茂真淵説をしりぞけている。また、大江をのぞむ戸口からの名義だろうという説がなされ、荻生徂徠は「江戸、水戸、坂戸、りうど、つくど、今戸、花川戸など地名に多し、戸口によりての名なるべし」などと『南留別志』にしるしたが、蜀山人、大田南畝はその『武江披砂』に「此説非ナリ、沙石集巻六下、武蔵ノ江所トアリ、是江戸ノコトナリ、入江ノアル所ヲ江戸ト云シナルベシ、霊岸島ノ古名ヲ江戸中島ト云、江戸橋ナド云名モフルキコトニテ此辺真ノ江戸ナルベシ」と一蹴、『大日本地名辞書』もこれを卓見として容れている。

　武蔵の国にはチベット語による地名が多く、移住民にチベット人のあったことが知られると指摘したのは『西蔵旅行記』の河口慧海だったが、たとえば、『国造本紀』に出る无邪志つまり武蔵、その蔵はチベット語でもクラであり蔵（倉）を意味する。畑中友次氏はその『古地名と日本民族』に武蔵につき、「ムMu（南シナ蒙族の自称語Munの略で漢人がいう蛮Ban-manまた蒙古のMon）サShan=Tzan（蔵）をあてて日族の意、シtes（助詞—子）となり、蒙系西蔵人即ち月族日族人のこと」と推考され、古代のムサシは武蔵子であったろうと述べられた。江戸の浅草については諸説紛々いまに定まらないが、これをチベット語のアーシャ・クッチャ、すなわち「聖《あちゃ》の在《くちゃ》る所」からの転語と見立てられたのは亡き田村栄太郎氏である。昨年、八十八歳で長逝された西脇順三郎翁には芝の伊皿子人という詩句があったが、異国人イベイスからの宛て字による地名の由を申し上げてよろこばれたおぼえがある。伊皿子《いへいす》の墓のことは、加藤雀庵の『さへずり草』（文久三年刊）に出ている。

〔「年金と住宅」昭和五十八年春號〕

虎が母

雛まつりのころ、きまって思い浮かべる其角の一句がある。

くり言を雛も憐れめ虎が母

これは其角自選の句集『五元集』に収められてあるほか、赤穂浪士のひとりで俳名を子葉と号した大高源五（吾）が討入りの元禄十五年（一七〇二）に編んだ『二ツの竹』にも見えるから、当時すでに知られた作であったろう。それはそれとして、延享四年（一七四七）に其角自筆の稿本『五元集』を出板した旨原により同書には「曽我物語」と頭注がほどこされてある。以来、この句を解するもののほとんどが「虎が母」とは大磯の遊女で曽我十郎の愛妾虎御前の母親であると思いこみ疑わなかった。これまで、異見が全くなかったわけではない。岩本梓石『五元集全解』（昭和四年刊）に、虎が母は大磯の虎の母でなく、虎とはドラのことで遊蕩息子の称であるといった説がはじめて示された。つまり、岩本説では従来の虎御前の母親とした解釈をしりぞけ、蕩郎の音便からきたと思われるトラが後世にドラと濁り、ドラ息子などと変遷した点に着目し、道楽息子の母親のことだと理解しないかぎりこの句は解きがたいとした上で、母親が雛のある家にきて愚痴をこぼすのを聞き「雛も憐れと思ってやれといふのである」と新解釈をした。

しかし、トラがドラに移るおもむきは明らかにされていない。大体、酔って虎になる、というトラはそもそもが上方語、道楽をいうドラもダラからなまった上方語であっていわゆる江戸根生《ねお》いの言葉とはいえない。そのうち、大坂の町人学者として知られた入江昌喜の一書『幽遠随筆』から『今昔物語』に出る度羅島の奇談を教えられた。九州の沖合いはるかのこの島に住む人は人を食するところから、「人に似ず行跡あしき人」をドラ打ちというのだとあり、この話は本居宣長も『玉勝間』に引いてあった。其角一句がこのように物騒なドラびとの母親を扱ったとはとても考えられないが、博捜周到、難句のすくなからぬ其角のことだから格別の故事典拠を種々探っていたものに相違ない。

虎が母、とあればかならず虎御前の母親と受けとるだろうと百も承知の上でさりげなく用いたとして、古今の俳書にこれを探ってきたがさっぱり見当らない。虎が雨、は夏の季語であるから古句からもかなり拾え、其角そのひとにも「八兵衛やなかざなるまい虎が雨」がある。やはり、虎が母は岩本説にいうように単なる固有名詞と合点してはいけないかもしれない、そんな具合に傾きかけていたあるとき、明和七年（一七七〇）出板の洒落本『蕩子《とうし》筌枉解《せんおうかい》』に、「蕩子《とらむすこ》」また「蕩《どら》」と清音濁音をはっきりと併用しているくだりをみつけた。其角が歿してより六十年から後の一書ながら、吉原廓中では其角在世中の延宝、天和、貞享、元禄、宝永のいわゆる五元にわたってもこのようなトラとドラの使い分けは行われていたものだろう。二代目團十郎の日記『老のたのしみ』には、日本橋てれふれ町の其角居に「どらどら」仲間の嵐雪と破笠が食客居候をきめこんでいる記事が見えた。

〔「年金時代」昭和六十二年四月號〕

芋の露

昨年一月、八十歳で亡くなられた和田魚里氏の遺句集『再機』が一周忌に刊行された。早くより日本画家をこころざし、小川芋銭の人物また画風に親炙して俳画界に独特の真趣味を傾けられた。同書に録された小品文に述懐されてあるように、芋銭子の謦咳に接したほとんど最後のおひとりと言ってよい。

東京小石川生まれの魚里さんと知り合ったのは最初の句集『機』を出された昭和四十五年ころと思われるが、洒脱風流、まずは通達自在と称すべき句柄にいわゆる奇想の作が多いのは驚きであった。

芋の露美にこだわりて落ちにけり　　魚里

集中第一等に推した句、いわば一目惚れした句である。太祇の「芋の露野守が鏡何やらん」から蛇笏の「芋の露連山影を正《ただ》しうす」まで芋の露を扱った佳句は古今すくなくないものの、これが美にこだわったあまりこぼれ落ちたといった風の奇想句は他に例を見ぬ。

糞の出を思いつつ食う芋大根　　　　魚　里

このたびの遺句集には芋の露の詠句こそ見えずだったが、右一吟をみつけて三誦三嘆感じ入った。危ういところで雑俳柳句と一線を引くものは何か、それはやはり機の働き、それも禅機に似た縦横無碍の諧謔であった。しかし、どこを探そうと禅林臭の嫌味なぞこれっぽっちもなく、「生前は霞まなければならぬかな」などとおのずから大空三昧、さわやかの善知識に溢れているのが何よりもうれしい。

芋銭一辺倒とみずから認められるごとく若年より芋銭子に傾倒敬慕、昭和三年はじめて牛久の芋銭居を訪れた由、これは画家華甲の年で死の十年前だからこの年刊行の『芋銭子開七画冊』などには格別の思い出がおありだったろう。世間ではいまなお、俳画というと松花堂や蕪村で済ませたがる。魚里さんはこうした通説俗論をしりぞけ、大愚良寛に近い大痴芋銭を一途に仰いでおられた。俳人蕪村についても「根本的に芸術家としてどうかと思う」として、これを好む子規や虚子などの蕪村党を酒間の折ふし一笑に付した。「芋銭は恐いよ」と言う山本丘人氏の本音を大切にしておられたが、御両者とも、よく風流家を識る風流好漢だった。

珍鉾や御満空などと仰せらる　　　　魚　里

右の句は終戦の翌年に作ったと書いてあるが、チンポコの句なら芋銭にもあった。すなわち、「チンポコの果報に手打つて衣更」であり、大正六年ころの作らしいが、芋銭と同じ脳の病いに倒れた晩年の魚里さんがこれに気づくことなく終られたのは悲しい。

十年からの前、神戸の画廊が私の書展を催してくれ、魚里さんは新幹線で東京から一番に駆けつけて下さった。永田耕衣、和田魚里、筆者の三人して一升壜の昼酒を酌み交わしながら、芋銭の「とうふなめにばけるかつぱや五月闇」などを語ったのもいまになつかしい。

耕衣の雪郁乎の雪とふりにけり　　魚　里

〔「目の眼」昭和六十二年七月號〕

俳諧四季廿面相

数の子は二親《にしん》をいはふ年始哉　　氏重（犬子集）

廻　文

やけ竹やとんどやとんどやけ竹や　　不吟（ゆめみ草）

才牛追善

南さくらの無かし阿弥かさ世やなみ陀　　文之（父の恩）

才牛は初世團十郎の俳号

三日月や雁の文字のかへり点　　潜龍（続山の井）

蛤のぐりはまになるしほ干かな　　一毛（三河小町）

ぐりはま、は蛤の倒語　江戸の俗語で物事のちぐはぐになるを言う

遠目《トヲ》がね耳にあてけり郭公　　和竹（功用群鑑）

六月をつくるなるべし五月雨　　如松（西国七部集）

木曽川や巴山吹いはぬ水　　嘉国（真木柱）

巴、山吹、ともに木曽義仲の愛妾

九十九夜通ふ損あり一夜鮨　　虚舟（芋かしら）

きんたまの置所なき暑さ哉　　盾山（花の雲）

今夜《こよひ》こそ十三句めの月所　　成之（続境海草）

百韻十三句目は月の定座にあたる

明月や天文台へ酒が行　　南川（おもかげ集）

呉服屋も今織たゝむ花野哉　　一意（加賀染）

ちん知音《ちいん》となくや友まつ虫の声　　如貞（崑山集）

祇王より又仏なり後の月　　文錦（猫の耳）

平清盛に寵愛された白拍子の祇王と仏のこと

ひよ鳥も上戸の名あり初時雨　　従吾（草苅笛）

ナス科の多年草ヒヨドリジョウゴはヒヨドリの好物

初雪や鯨尺にて二寸五分　　亀世（茶のさうし）

鰒汁の七人前や竹の奥　　柳居（柳居発句集）

竹林の七賢人ならぬ七偏人でもあろう

文字にさへ水をてんずる氷かな　　一滴（山の井）

傾城は十九といふをとしわすれ

泗水（元文三年夜半亭歳旦帳）

〔「俳句空間」第五號、昭和六十三年四月〕

其角の師走

人事句の名手其角には当然のことながら師走歳末の佳吟がすくなくない。俳諧師其角の名をほしいままにした元禄期（一六八八―一七〇四）はいかにも大江戸らしいゆったりとした十六年間、赤穂浪士の討入りを別とすればのんびりと華やかな市井風流に明け暮れしたかに見える。しかし、其角の師走、にはそんな太平の世とはうらはらな家庭の事情がうかがえ、自嘲の句も二三にとどまらない。

　書出しを何としはすの巻柱

書出《かきだ》しは請求書である。留守のあいだにこれが柱に巻きつけてあったというわけだが、そこは其角のこと、巻柱《まきばしら》を利かせてある。

源氏槙柱の巻

　今はとて宿かれぬともなれきつる

槇のはしらよ我をわするな

槇柱の巻にひげぐろの大臣のむすめ文をかうがいの先しておし入れ給ふ

まきの柱よ我をわするなとあり

『五元集』を編んだ旨原の頭注にはかようにあって、巻柱は『源氏物語』真木柱《まきばしら》の巻よりの筋立てに言い掛けた。鬚黒《ひげくろ》の北の方が実家にもどるに際してその姫君が詠じた一首をさらりとあしらったあたり、掛取りよりも役者が一枚上である。勘定取りにさえ気くばりを忘れぬ江戸根生《ねお》いの俳人其角、その師匠芭蕉にはとうてい真似のできぬ風流諧謔と言えよう。

酒ゆへと病を悟るしはす哉

酒好きだった其角は「十五から酒のみ出《い》でてけふの月」などと述懐しており、そうした無理の大酒がわざわいして、この句の詠まれた三十代にはすでに体の不調を自覚していたものらしい。せわしない師走どき、年忘れの寄り合いにも出かけられず家で横臥している不都合な自嘲苦吟のさまは察するに難くない。涼菟の『皮籠摺』（元禄十二年刊）には「不分当春作病夫」の前書が出、これは白居易の詩一首「酬舒三員外見贈長句」から採られ、春に当たり病人と作《な》ったのは不平この上ない、といったおもむきである。酔吟先生と号した白楽天を敬慕した其角だから、枕もとにその詩集を繰り同病相憐んだものかもしれない。

山陵の壱歩をまはすしはす哉

この句解には従来二説があった。山陵はそのまま訓読すればミササギで天皇の御陵墓、その修理の費用に宛てた三両一歩をまわす高利ではないかという説。また一説では『いつを昔』や『焦尾琴』に「山陵《カラ》」と振仮名のあったところから、ヤマガラ、つまり山雀の芸にとらえた。『夫木抄』に見える光俊の一首「山がらの廻すくるみのとにかくにもてあつかふはこゝろ也けり」から、山雀が胡桃をまわすように三両月一歩の高利をまわす師走の句、と解した。私は、こうした従来の句解のほかに三一《さんぴん》侍の意味がこめられてあったと思う。年金三両に一人扶持のあった三両侍の師走風景、其角ならではの味わい深い俳趣ではないか。

〔「年金時代」昭和六十二年十二月號〕

うたの威徳

近き世の歌人を論じて、うたの威徳をこれほど清々しく実明に語り述べた書を外に知らぬ。うたの威徳を語るにはそれなりの知見識量が要るのは無論のこと、加えて論者の風気道念いわば人物のよろしさがもとめられよう。玉城徹氏は器局大きく風流篤厚、近世また近代の歌客を語るに今日最もふさわしく頼しい御仁であろう。隣の糂粏味噌で申すのではなく、戦後四十年、漸くにして近代俗流歌論と訣別した蘆庵論や景樹論などの新見知言が随処にどっさり盛られてある。

小澤蘆庵の文学、と題された一篇は集中白眉の近世歌人論である。その書き出しにあるごとく、蘆庵文学についての研究が子規ほかの近代歌人の間にほとんど行われなかったというのは「まことに驚くべき」事実、「同時に、また悲しむべきこと」であった。子規歌論の青臭さについては本誌に以前認めたことだったが、子規はその『歌話』で「景樹といふ男のくだらぬ男なる事は」しかじかと言い、同趣のくだらぬ誤認は当然事ながら蘆庵の上にも及ぶ。いまなお、ただ言歌と俳諧歌との区別さえつかぬ短見者流は思いの外に多いのではあるまいか。『六帖詠草』あるいは『ふるの中道』を精読することにより、蘆庵の言語遊戯や連作をとことん味わい直す現代歌人は果していくたりあろう。

本書の著者が繰り返し説かれるごとく、「近代短歌の鑑賞法だけを、唯一の物差だと思っているのは、まったく独善的な近代人の思い上りにすぎ」ぬ。ただ言歌、その風化諷刺の論に『詩経』序、あるいは『法華経』普門品、また「わがいはる、詞」の上に俳諧の俗談平話よりの影響を見て取られたのは中村幸彦氏であった。中村氏のその「小澤蘆庵歌論の新検討」に並ぶべきは、「蘆庵こそ、江戸時代中第一等の詩人」と道破縷述された玉城氏の思想家蘆庵論あるのみ。蘆庵の伝をそれぞれに立てられた井上通泰、森銑三、丸山季夫の先人諸氏がいられたものの、師蘆庵に対する矢部正子の心に「恋」があったと明記されたのは管見の致すところ玉城氏おひとりのみ、肯綮に中る読みの深さ潔さに推服感銘する。

賀茂真淵の美学、と題せられた内に「宣長の短歌を作品に即して論じている人はきわめて少ない」というくだりを見、なるほどと感じ入った。あれほど大量の「面白く」ない歌を読み破る努力作業こそ、万葉復古、いや、さらには「ただ言歌」理解への手がかりともなりはしないか。抽象論義を排し考証の学を重んぜられた森銑三翁は、小林秀雄氏より『本居宣長』を恵送されたが一瞥だにされなかったと葬儀の席で仄聞した。

近代における良寛像、曙覧文学の誠と虚構化、長嘯子を論じてその『山家記』を引く芭蕉『嵯峨日記』における文学的詐術など、新しく示教されたところは多い。でき得れば向後、同じ論者玉城徹うしにより、語られることすくない湧蓮上人の論また伝あたりが立てられれば現代歌界に益するところは大きかろう。

（玉城徹『近世歌人の思想』不識書院）
〔「短歌現代」昭和六十三年六月號〕

付記　小澤蘆庵に就いては故人中野稽雪翁に「里のとぼそ」と題せられた考証無比の研究が遺され、私はその第五集までを拝読している。また蘆庵と正子との師弟関係に就いては生前の森銑三翁による著述のほか書状を以て種々御教示に与った。さらに玉城徹氏による蘆庵論が加えられたことでわが朝独自の師弟歌人のありようは格別あざやかによみかえった。

花火供養

人魂のやたらに揚る花火かな　　活潭生

この句には「両国の川開に一年橋落ちて死傷あまたありし事など思ひ出でて」の詞書があり、明治三十年八月十日の川開きに両国橋の欄干が落ちた惨事を詠んでいる。当時は鉄橋でなく、まだ木造りの橋、明治八年に架け替えられたとはいえ老朽化していたに相違なく、川開きの花火見物にどっと集まった群衆の重みに耐えられず、数十人からの死傷者を出した。夜空高く一瞬のうちに開き散る色とりどりの花火を盆の迎え火さながらに見立てた右の句は、関東大震災、また東京大空襲を経験した人々にとり、それぞれ感慨深い供養の作と受けとれなくもなかろう。

江戸時代には陰暦五月二十八日が川開き、それより八月二十八日まで大川（隅田川）筋の舟遊びが許され、その初日に玉屋、鍵屋による花火の打ち揚げ競技が催された。両国の花火は明治に入り年中行事となり、その間、いくたびか中断を経て現在にいたり七月の最終土曜日に開催される。ところで、夏の行事景物として定着化して久しいこの花火、俳句の季語ではいまだに秋の部立に属しているからおもしろい。俳諧式目書ながら季寄せを兼ねる『御傘』（慶安四年刊）は『毛吹草』『山之井』に次いで古い俳書だが、これに「春に非ず、秋の由也。夜分也。植物にきらはず」などとある。寛永十三年（一六三六）の奥書をもつ『はなひ（花火）草』は俳諧の季寄せとしては最初のものだが、花火を陰暦秋七月のものとして扱い、以下、大方の俳書がこれに従った感さえある。俳諧歳時記として重んじられてきた『年浪草』（天明三年刊）に、「花火、夏月河岸の遊興となす。俳諧に秋となす、その謂《いはれ》いまだ詳らかならず」と見え、謎めかしにしているのはなんともおかしい。現行の歳時記もなお初秋のおもむきを踏襲、つまり古くは盂蘭盆《うらぼん》の景物としての花火が生きていたから、夏よりは秋の季語として立てたにすぎない。延享二年（一七四五）以前に板となった『清鉋《きよかんな》』に花火は六月盛りにして、など と出、夏に用ゆべし、ともある。

存義と同道して両国の橋にて涼みしことあり。よき花火夥しく上るゆゑ暫く足を止む。存義の曰く
花火の句はなきものなり、
涼しさや此川波にはつとはな
古今此の一句なるべしと申されたり。

秋田藩江戸詰留守居役であった俳人の佐藤晩得はその『古事記布倶路』にこのようにしたため、師匠の初代存義が俳諧古風を伝えてあった。はつとはな、は、ぱつとはな、であり、あるかなきかの花

火を散り際よろしく写し得て絶妙の一句と称してよい。存義、さらには晩得に俳諧を学んだ抱一上人は、

消ぬべし衆罪霜露の花火哉

の一句を文化四年（一八〇七）に手向けている。同年八月十九日、深川八幡の祭礼順延の日に永代橋が落ち千人からの死者行方不明を出した。

〔「年金時代」昭和六十三年七月號〕

白隠雑俎

それまで貴族趣味に傾いていた禅を、一般庶民の上にもたらした白隠慧鶴であるから、詩歌よりは俳句が多く遺されてあるかに思われるが、禅師の作と伝えられるそれは至ってすくない。

五升庵蝶夢の『類題発句集』（安永三年刊）画讃の部に、

天神絵讃

松に梅奥の社は問はすとも　　駿河　白隠

同じく蝶夢の『俳諧名所小鏡』（寛政七年刊）に、

来てみれば浮世の夢の寝覚哉　　駿河　白隠

と見え、俳僧蝶夢により拾われてあるのはわずかに右二句にすぎぬ。天神絵讃の句は、のちに博多の白隠と称された仙厓義梵により「むめに松奥の社はしれたこと」と脱化された俳趣でも知られる。

この外、蝶夢の門人で落柿舎を再興した菅原重厚の『句双紙』（天明六年刊）に、

よし芦の葉を引敷て夕涼

口〆て思ふ事なし春倴

の二句が採られたものの、引用書は不明、いかがなものであろう。

雪中庵三世の大島蓼太は宝暦五年の夏に駿州遠州の地を遊歴、この折、原の松蔭寺で白隠に相見、芭蕉行脚の画像に讃を乞うた。

白隠禅師相見

涼しさや富士と和尚と田子の浦

の一句が『蓼太句集』初編に見える。白隠の讃は「連歌宗匠　俳諧達人　聞蛙投井　打出身心」である。森大狂『近世禅林言行録』には、松蔭寺で白隠に相見ののち、龍沢寺に来たり東嶺に謁して垂示を乞うたと言い、つづけて「東嶺すなわち俳句を題して之に与ふ、いはく、飛込んだ力てうかふ蛙かな、蓼太、此において力を得る所あり、誠を傾けて帰敬す」とある。

白隠の風流事を引く俳書は思いの外にすくなく、蓼太門の大江丸『はいかい袋』（享和二年刊）に、白幽子の白隠にしめされし語の終りに、なにの病か治せざらむ、いづれの仙かならざらむ、何の徳

かつまざらむ、いづれの道か充ざらむとは、閑田子のかかれし文のたのもしき事を、

なめくじり己も恋のゆがみ文字

などとあって、伴蒿蹊『近世畸人伝』白幽子の伝がそのまま引かれたにすぎぬ。同様のおもむきは『続俳家奇人談』（天保三年刊）にも言えよう。その大雅堂と玉瀾のくだりは田宮仲宣の『東牖子』よりの全くの引き写しであり、それはそれとして、これに出る、

いくつじやと問はれて片手明の春

という池大雅の一句、知命の春の歳旦吟を白隠の公案、隻手音声のそれにたとえ宛てたのは飯田欓隠禅師である。その『禅友に与ふるの書』（昭和十八年刊）の、大雅堂と玉瀾、と題せられた遺稿に、

いくつじやと問れて隻手あけの春

と引き、中七を「隻手」二文字に明記してあった。こう、あっさりと書かれてしまうと「片手」よりは「隻手」の方が正しかったのではあるまいか、と思われてくるから妙である。

大雅が白隠に会ったのは宝暦元年、禅師が岡山からの帰りに京都妙心寺で碧巌録を講じたに際し、岐阜屋世継氏邸でのことである。大気白隠に圧倒された二十九歳の大雅は原の松蔭寺まで随って行き、白隠に参じて「富士山上隻手之声」の公案を授かり、大雅また「耳豈得レ聞隻手響、耳能没了尚存心、

心能没了尚難レ得、却識師恩不レ識レ深」の一偈を禅師に呈した。なお、『東牖子』に録された一句、大雅のこしらえた刷物には「年問はれ片一方の手を明けの春」とある由を故人森銑三翁より教えられたが、あるいは初案かもしれぬ。

　　山居せばよし野の奥よそれよりは隻手の声やふかき隠れ家

隻手の歌があって句がないというのは、何やら片手落ちの感なきにしもあらず、如何。

すでに全集はもとより解説書に至るまで、洒々落々の白隠風流事は大方いずれかの書に探られており、これといった新しい興趣に接することはさらにない。

ところで、津村淙庵の『譚海』（寛政七年跋）には、他書に見られぬ白隠逸聞の記事条々が引かれ興深い。これは淙庵の叔父中西邦義という仏教にも精しい風流家が白隠に参禅したことにより、類書にはうかがえぬ妙々好々の話柄を伝えたのを聞書としたからである。

　白隠和尚上京の時、女院御所の御招待にて院参あり、其時女院の御装束、紫縮緬の御衣に、緋縮緬の袈裟にてましく〳〵けるを、和尚拝し奉りて、出離を求るものは、ケ様成御装束にてはあるまじきよし申上られしにより、後々は如法衣にかへて入らせ給ふ、殊勝なる御事成とぞ和尚一度院参ありて、度々召れん事をうるさく思はれ、心宗のむねを一巻にしなし、鬼あざみと号して奉られける、又一説には此法語あまりかどめきたるさまの書なしゆゑ、鬼あざみとは院中にて名付させ給ふとも

いへり、和尚遷化の後此ゆゑによりて、独妙禅師と謚号を賜りけるとぞ、

この一条を念頭に『於仁安佐美』を読み直せば、興趣おのずから別種のものを催すであろう。また、神機独妙禅師の謚号のゆかり一斑もうかがい知られよう。

原宿　松蔭寺

白隠大禅仏を輿中にて炷拝して

師の徳の烈しさ朽す春の荒

禅俳僧虚白に右の一吟あり、天保八年、江戸下向の際の東海道『道中日記』に出る。蔭涼軒虚白は大本山東福寺、南禅寺の住職だったが、俳諧に遊んで蒼虬や梅室など当時の俳諧師と親しかった。

〔季刊「禅画報」第五號、昭和六十三年八月〕

俳僧一具

一具庵、初号を夢南と号した一具は出羽国村山郡楯岡の産である。天保（一八三〇—四四）前後の俳書を繰っていると一具の名がしきりと出てくる。また、その大祥忌記念の句集『断橋思藻』（安政二年刊）には千四百近くの発句が録され、天保期の江戸俳壇では梅室、蒼虬、鳳朗の三大家をはじめ由誓、護物、大梅などと親しく交わった。しかし、乙二門より出て諸国を行脚、江戸で名を成したこの山形生まれの俳僧について知られるところはすくなかった。昭和四十一年、村川幹太郎氏が『俳人一具全集』を編まれ、これにより行実全体像がはじめて明らかにされたと言ってよい。これまで、その姓を高梨また高橋とする説が行われていたが、本書により安達と正された一事にとどまらず、博捜周到、好考証には叩頭万謝あるのみ。

奥羽俳壇四天王のひとり松窓乙二の門に入ったのは文化十二年のころ、一具三十五歳であれば俳諧修業に就いたのは決して早い方でなく、寺僧住職の仕事を主としたのはたしかである。これは、やはり僧籍にあるまま俳諧一筋の道をもとめた五升庵蝶夢の生き方を思わせもしよう。芭蕉の「春立つや新年古き米五升」の句により五升庵を号した蝶夢だったが、一具あるいは一具庵の俳号は同じく芭蕉の「此こゝろ推せよ花に五器一具」によったものに外ならぬ。

蝶夢は芭蕉関係の編著を多く手掛け蕉風復興に大きく尽くしており、一具また化政天保の俗調俳壇にあって蕉風復興によく努め、芭蕉俳諧の集大成『俳諧一葉集』（文政十年刊）の開板を任されるという大役を果たしている。先覚蝶夢の遺業に敬服傾倒していたに相違ない一具は、芭蕉を慕うこころ厚く、先覚のできずだった芭蕉句碑をみちのくに建立した。奥羽出身の聞人俳家ということもあって羽州最上の立石寺、その蟬塚「閑さや岩にしみ入蟬の声」の名高い二行は一具筆を刻したものである。また松島瑞巌寺には『おくのほそ道』中の一文および自作「松島や水無月もはやくだり闇」ほかを、催主の江戸一具が刻し建碑した。

文政六年、福島大円寺の住職を法弟に譲って江戸に出、中橋北槙町御油座に定住する。このあたりからの活躍にはめざましいものがあり、交友範囲のひろがるにつれ撰集類への序跋も多くなる。そのなかには先師乙二の発句集の序文、一茶発句集の序文、旧知で姉のような須賀川の市原たよ女の集に跋文をしたためるなどしている。編著も十数書をかぞえ、『俳諧故人続五百題』（文政十二年刊）のような重宝のものから、『俳諧無門関』（嘉永四年刊）のような異色の集があったりして、かなり筆まめの俳僧だったのだろう。

先にもふれたように『断橋思藻』は一具の三回忌記念の出板、少々引いてみよう。

いつもかう拝まれたまへ初日の出

前書に、「一切経転読の思ひを起し」しかじかとあり、閲蔵の志を立てたのは天保十四年、以来五年後には経論部五四四八巻ことごとくを読破したとある。

風かをる浄土や何処経ながし

やはり、「妙淳信女のために、浄土三部経を一字一石に書写し、佃島の沖に流して」云々の前書がある。「墨田川の水中に、一石一字の三部経を、書して流すこと十たびあまり、在京のころも、嵐山の下流にておなじおこなひをなし」など、蔵経転読の逸話とともに由誓の序文がこれらの追善風流事を伝え、床しい人柄がしのばれてうれしい。

洲崎にて
待宵やはやう仕舞し荷ひ茶屋
めい月の入る山遠し墨田川
室町を通りけるとき
雨の夜は江戸もさすがに砧かな
だるま忌や團十郎は八代目

蝶夢和尚と同じく一具和尚は、いわゆる業俳の職業俳人ではなかったから、月並みを詠んでもさわやかな俳趣を失っていない。不惑をすぎてより江戸の人となった一俳人の目から見た往時の江戸生活をうかがう上でも、この句集はすこぶる興趣深い。「春は亀戸の藤棚の本にたゝずみ、秋は海晏寺のもみぢの陰にかくろひて、つら杖つき短冊ひねりて、傍若無人に立ふるまふたるは、よその見るめもいと〳〵にくさげなり」などと俳文でその時分の俳者流の没趣味を批判、あるいは俳友たちにはめられて吉原の茶屋に遊ぶあたり、どうしてなかなかの風流隠士であった。粋人戯作者との付き合いもあったろうと折ふし探っているのだが、いまだにたしかのことは分からぬ。

かう居ればよる昼もなし冬籠

一具庵俳句拾遺により右の佳句を教えられた。そして、これが絶筆だったと教えられさらに深々と感じ入った。嘉永六年十一月十七日、山形より出て江戸俳壇を代表した一具は七十三歳で終わっている。

〔「山形新聞」昭和六十三年十二月十三日號〕

私註江戸櫻抄

初硯ひとつ手本に南畝集

大田南畝の狂詩は新百家説林の『巴人集拾遺』で読んだのがはじめてかと思う。われらが若いころ、漢詩によるその自伝『南畝集』に接するのは容易でなかった。森銑三翁も漸く昭和九年に至り『南畝集』十五巻を手にされたよろこびを日記に認めていられたが、いまでは十八冊、南畝七十四歳文政五年、死の前年までを目にすることができる。弊著『江戸の風流人』に記したごとく、荷風散人の著作により南畝蜀山人の風流学文を知り以来三十有余歳、狂歌ともども俳諧の漢詩に親しむ。

ひとしぐれ座敷かへりとまづ南畝

四月六日蜀山人が忌日なり

八百の膳南畝の幅や初かつを

銀座六丁目のビル地階にひらいた八百善、十代当主の好意で南畝の書画をかたわらに酌み、白山芸者と本念寺の墓詣りに出かけた。

小火《ぼや》と云ふいはゞ現代俳句かな

俗俳点取の横行した天保時代が悪い例として挙げられるが、現代俳句はこれよりよほどたちが悪い。子規を出す明治革新期に少々似た折角の戦後俳句だったが、嵐は吹き止み、俳句人口の水増しなども手伝い大火は小火と化した。俳句でメシを食うのは決して不風流でないものの、俳諧古句の素養に欠けるばかりか、人物疑わしい主宰業俳者流が支考淡々顔負けの商売で人集めしているようでは先が短い。説得力に富む指導者あたり、現代俳句には皆無である。社中また同人縁故の仲間ひいきなぞ、一読嘔吐を催す。救いは厳しき師弟関係、風流道の復活あるのみ。

二度いふは風邪ひく師弟また社中
道を賣る主宰もありて古うちは
ほゝかむり支考ごときが出たがりぬ

東風くるふ半可山人詩鈔かな

狂詩作者の半可山人は幕臣植木玉厓の狂号、その「忠臣蔵狂詩集」を若いころ鳴雪の『老梅居雑著』で読んだ。明治の俳人には偉い読書子があったもので、鳴雪翁は南畝より半可山人の方が狂詩では上だと説く。かようの雑読記を何かの雑誌に書いたら森銑三翁より、いまに玉厓の狂詩を言うひとのあるのはうれしい、との一簡をいただいた。東風くるふ、は無論のこととち狂ふに掛けてある。

三月朔はわが師吉田一穂先生の祥月命日なり

例年ひとり忌を修す

まれびとは無冠の詩人桃花村

昭和四十八年に吉田一穂先生長逝、以来毎年三月一日には遺影遺墨に酒を供えてひとり忌を修している。一昨年、中央公論の随筆欄にこれを認めたところ未知の老婦人より来簡、該誌に酒を供え涙したとあった。先生は文字通り無冠の詩人、詩人に賞は要らぬ、の信念を貫かれ商業主義による文学賞のたぐいを極度に嫌われた。筆者が室生犀星賞を受けるとき、西脇（順三郎）さんと堀口（大学）さんの推輓なら貰うしかあるまい、と苦笑された。

春しぐれ十人とゐぬ詩人かな

いかなる時代を問わず、真に詩人たり得る才藻器量を併せ備えた博雅の士は十指に満たぬであろう。意中の詩人俳家は減るばかりなのが淋しい。新聞雑誌で足りず、テレビ舞台に出たがるあれら徒輩は、詩人でなくて芸人である。

春の泥御用詩人が世なりけり

竹の皮ちるや無筆の詩人ばら

謚うちは一見詩人烏合衆

百とせののち若葉する句なりけり

近頃の俳人は、古句を探り較べ見る眼がない。丈草の一吟「木枕のあかや伊吹にのこる雪」など、後代の芥川龍之介により漸く見出され処を得たようなものだ。百年後、現代俳句の一体何が残ろうというのか。若い友人沢好摩君は早々と右の句を採り挙げられたありがたいひとりである。

白扇を打ち鳴らしたる一句かな
はなひるや私俳句きんと立つ

薗八はさみだる節やまくら紙

唄う浄瑠璃の薗八節についてはやはり荷風『雨瀟瀟』から教えられたところが大きい。『鳥辺山』に耳傾けながら、河東、一中、薗八、荻江の江戸節へとさまよい、散人のごとく小説形式をとらず俳句で江戸風流を伝えたいと考えた。

粽とく子連れ女の荻江節
一蝶の美聲なからむ冷し酒
薗八のなかるべからず岡時雨
秋袷よしなに河東語りけり

深川の羽織の舟や寒やいと

洒堂の『深川』や升六の『新深川』、あるいは羽織芸者を知る俳人でも、深川の子供を知る者はすくない。つまりは江戸風流に遊んでないからで、旧作の「子供屋のコリドン」の解釈はいまだに混乱している。富岡八幡近くに一年ほど暮らした伜が、深川には深川どんぶりがある、と妙なところに力を入れていた。

ふらと來る深川しぐれ子供かな
水道の水ぬるみけり木場の雨

一月三日　五十歳

ありがたや三日におもふ五十年

人生五十年といわれて育ったが、五十歳を迎えたときは正直申してホッとした。誕生日が正月三ヶ日のうちなので別段祝いらしいことをして貰った憶えはない。それはそれとして、例年この日は亡き両親と家妻に礼を述べることとしている。

三ケ日母をおもへり岡の雲
さかむけの内子いとしや初衣桁
五十六男のさびや業平忌

在五中将の享年は五十六、昔男のそれもこえた。

初買は零本ながら神名帳

言霊受け霊《ひ》の神書はもとより神道秘書は古書肆に扱うようなものでなく、多くは写本伝書である。古事記原本の写し、某家伝来の神名帳などを譲り受けたときは新年といわず晴々しい。

かむなぎの孤本たまはる神奈月

秋十とせ記紀にもれたる書を訂す

梅酒や神道寫本三十年

祿すて丶えたり萬巻寒に入る

四十歳になったら致禄し著述に専念すべく辞表を出していたが勤め先のテレビ局がなかなかやめさせてくれず、四年ののちに退社できた。当分の資金準備として蔵書整理を進めていたら、日本橋横山町の風流翁が冗談ごかしに浅倉屋や文行堂よりいい値で貰おうと引き取って下さった。そのなかには楠本憲吉氏を口惜しがらせた物種追加『二葉集』ほかの古俳書、こんにゃく本おそくず好色本があった。物書きが蔵書を手放すのは辛い。学友の劇作家野口達二君が不如意で仕方なく古事類苑ほかを売った折りの淋しさを漏らしたが、胸中察するにあまりある。ぽつぽつ古書古本を買い集めるゆとりもできいつの間にやら万巻充棟、そのなかには戦後間もなくの露伴全集に五十万円の値が付き驚いた記憶がある。

片時雨塵外孤標筆一本
五斗の米すて丶久しや今年酒
古書買うて百ものこらず空ッ風

本物は世に出たがらず寒の鰤

本物と贋物の違いさえわからぬごった煮同然の当世に出たところで何になる、という思いが私にある。俳人で世に出るのを嫌った御仁といえば、古くは吏登、近くは宵曲居士が挙げられよう。このところ俳壇外からの贋物流入も目に立ち、現代俳句は内外ともに贋物天国とさま変りしつつあり、悪貨が良貨を駆逐したかに見えるが、果して如何。真贋を見極められぬ者もまた没字碑、厚皮面の贋物にすぎぬ。

春障子句をよくするは隠れけり
りんとして古きにあそぶ夜寒かな

煮奴にさかな上るり晉子の忌

晋其角の俳諧風流を慕うばかりにとどまらず、芭蕉だけが俳人じゃありませんよと念を捺したいあまり、何かにつけ其角を引き合いに出すのである。だが、芭蕉ほど一般受けしない其角については難句ばかりか行実不明の部分がすくなくない。妻女のこと、二人か三人あった娘御の行方などまるで摑めぬ。高橋龍、有馬朗人の両氏が、昭和の晋子、現代の其角になぞらえてやつがれを立てて下さる友誼に改めて鳴謝申し上げる。

花疲れ先づひもとくは五元集
しぐるゝや笠ひとつなき其角像
滑稽を推しては敲く晉翁忌

晩酌におやぢの猪口や菊なます

先考紫舟は酒が強く、ために命を縮めた。行年四十七歳、其角と同じ齢というのも何かの奇縁であろう。数時間くらいしか眠りをとらず、三十冊をこえる著述に月刊俳誌発行と努め、句会より戻り倒れて十五分後に息を引きとった。師事した「枯野」の長谷川零余子かな女夫妻の養子にもとめられたことなど、いかにも俳諧的の生涯に思われてならぬ。

俳諧の父は會津や雪見酒
若紫家君の傅を立てるべし
水澄むやもゝたび繰りし父の本

浅草を下戸とはしごや抱一忌

雨華庵抱一が鵬斎や南畝などの名だたる大酒を友としながら、これっぽっちもいけぬ下戸だったのは思い出しておかしい。浅草の喜代槌か新小槌からか出て左褄をとっていた某女は横山町の風流翁の娘、このひとから待合のしきたりや遊び方を教えられた。商事会社を経営していた当時は羽振よく小切手帳ふところに馬道、根岸、向島へと遊びまわった。故友土方巽を誘い、雨しょぼ浅い川と流連荒亡を極めこんだこともある。

　鳥越の氏子藝者とお撫物

　　某女三回忌

　みぞるゝや逆さ屏風のかゝり舟

　花川戸にはかの戀や初あらし

　初松魚あゝつがもねえなまりとは

抱一の句に初松魚を夏の句とせず、春三月四月としているについてはどこかに書いた。一本一両も、沢山貰って持てあました果はなまりぶしの運命だ。つがもねえ、は埒もないというほどの意味。いまの在京俳人諸公はどうしてこんな歯切れよい江戸言葉を大切にしないのだろう。毎々、ありがたい御説評注や心こめた書簡を与えられる仁平勝君は若い友人、新橋たな花での即吟「上の句はなんであらうと初松魚」が好きだと言われるので色紙一葉に認め進呈した。

　江戸を云ふざつかけなしや初松魚

日向水二歳の弟子よあらばあれ

炬燵での居眠りを得意とする二歳児を弟子としたあたりが也有の風流、普通俳人と異るところである。あの物臭の丈草でさえ師匠思いの魯九という唯一の門人があった。それでは、と思ったりしたが都合よいときだけの師弟関係は望むところでない。ここだけの話ながら、外に出れば師礼を尽くしねんごろの弟子を称する婦人の二人や三人はある。

寺小屋もなき俳隠やかすみけり
どぶろくや丈草にさへ魯九あり
雪もよひ書債といふも女弟子

人柄が名所なりけりけふの月

当り前を吐くのが江戸前の俳味である。辱知海上雅臣がほめるのでウナックトーキョーに墨書三昧を認めた。

殘り柹熟す人物さがしけり
おのづから俳は人なりこそことし
家櫻かざらぬひとは寶なる

江戸櫻いらざる句々を散らしけり

このたびの家集へいただいた礼状のうち、博捜渉猟してよく先人の誰もが名付けざりし書名を、と言い越された肥田皓三氏よりの一簡が格別ありがたかった。何百かの江戸俳書があったものの、江戸櫻はない。恐らく、そうした一本はおろか、江戸座のなんたるかも解せぬ木石漢が弊句集を見当外れの月並調で評したのは笑止であった。下司の勘繰りは俳諧風流に最も遠い。

句には句の位ありけり江戸櫻
切札を引かせやりけり江戸櫻

詩丸また酒たてまつる露伴の忌

露伴の碩学鴻識を解するまでに何十年を要したことだろう。『竹取物語』は『月上女経』よりの奪胎に相違ないと説く露伴翁の世界を精しく知りたく、三十代の筆者は一念発起して大蔵経の読破を思い立った。岡本かの子は十年で読破を果したというが、私には二十数年からの歳月が必要だった。

蝸牛忌に三枚橋のあたりまで

江戸知らぬ鏡花でありぬ紅葉忌

若いころから鏡花のあのにちゃつく文体にはどうにも馴染めず、作り事の江戸趣味にうんざりし、読まぬこととした。露伴翁の晩年に仕えた塩谷賛氏が、鏡花の文学は江戸っ子の文学ではない、要するに田舎から出てきた人の都会文学、と語り、これに露伴翁が君の考えは間違っていないと答えられたくだりが『露伴翁家語』に見え、わが意を得たりと思ったことだった。黴菌が怖いとて、刺身を煮て食うような者に江戸風流がわかるものか。

西脇順三郎翁遺愛の帽子形見分けとてたまはる

先生の帽子に揚がる花火かな

詩翁は来宅されると浮世絵を肴に酌まれた。詩集『旅人かへらず』の表紙に刷られた錦絵を清長の作と指摘したのは私である。絵をよくされた詩翁の水彩油彩には清長好みの外、春信風のぽっちゃり顔も出、四谷の待合だったかに御案内した折りその意味が呑みこめた。

花桐のたそがれ四ツ家荒木町

江戸俳諧歳時記脱稿

古池に一石投ず春の暮

執筆の動機は自序に認めた通り、これまで江戸俳諧の歳時記がひとつとしてなかったというのもお粗末な俳句界ではある。例句に注を付けたのは編集子の知恵、先例がなくどうかと案じたが、山下一海氏外の礼状に注記をして語らしめたのは手柄などとあって安堵した。

歳旦

年立つや一二三四五六七

『感山雲臥紀談』に、南嶽の芭蕉庵主……一日斐然として狂歌を成して曰く「帰去来兮、一二三四五六七八九朶」などとあったのが頭に去来、発句そのままにできた。同趣の語句は『龐居士語録』にも出る。故人和田魚里さんが郁乎さんのヤの字の八につづく洒落れた句、と評された由。

森銑三叟葬送　藤沢万福寺

學恩のはやふたむかし春しぐれ

森銑三翁から受けた学恩の数々は測り知られぬ。新著を出されるたびに恵まれ、脳軟化で入院された病床からも幾通となく御教示の尊翰を与えられた。遺著を繰るたびしきりと思うのは、森翁という大先達なかりせば、近世学芸研究は卑しい村学究輩の争いの場と堕し去っていたであろう、と。導かれた江戸考証の世界は人物書誌研究にとどまらず、人格陶冶徳化の気根信実に貫かれてあった。ためろうことなく、弊著『江戸の風流人』正篇を捧げた次第である。加藤というひとは公憤により江戸風流を論じている、と洩らされた由を仄聞、両の手を合わせた。藤沢万福寺での葬儀には早目に参じたところ、小出昌洋氏により庫裡に案内され葬儀委員長の反町茂雄氏の隣りに坐らされた。一時間あまり、背筋伸ばし膝一つ崩すことなく正座されたままの御老体に感じ入った。故翁を敬し慕う人々とともに遺体遺影を拝し、春の時雨空を仰ぎ、江戸俳諧に進んでよかったと思った。

紙幅に限りあり、ひとまず抄記の筆を擱く。

〔「未定」四十七號、平成二年五月〕

治水の正月

大田南畝に『調布日記』があり、官命を受けて文化五年（一八〇八）の十二月十六日に江戸小石川を発って玉川巡視におもむき、翌年の四月三日に帰った百六日間を記録する。南畝といえば、赤良や蜀山人の号で狂歌戯作をよくした風流人の印象が強い。しかし、この日記には経世家とまではゆかぬまでも、玉川（多摩川）水系の治水や武蔵野の自然保護に思いをめぐらせた御徒役人の一面がはっきりとうかがえる。能吏だった大田覃は巡視先の宿で還暦を迎えたりする。堤防ほかの状態を検分する役目とはいえ、寒中の川べりを四カ月から歩きまわるのだから耳順（じじゅん）の老人としてはきつい仕事だったろう。

巻末にしるす「題二玉川勝蹟図首一」（原漢文）には「玉川及び旁近の諸水を治」するための地名が十数カ所の上から出てくる。この間、村々の宿や名主の家に泊まりながらの巡視だった。そのほか、堤防を築いたり堰を修復したり、決壊個所を塞いで荒蕪の地を開くなどの仕事もあった。

十二月二十日、天神下というところでは、「堤のくづれたるを丈量す、風烈しく膚にとほり、くるしき事いはんかたなし、（略）あまりに寒ければ堰村のかたにゆかずして、駕籠にのりて宿河原のやどにつく」などとある。二十二日には古市場村の向こう岸の崩れたのを見ながら玉川砂利を取る舟の者に、一日どのくらいすくうのかと聞けば「舟一艘に砂利一坪を得るといふ」と答えた、一坪の値は一貫二百文、二人してすくえば六百文ずつ、と割注のあってから「これも人の子也と思ふに、利の為に膚の寒さをしらざる事、官吏の身にもたぐふべし」などとおのれの身の上をふりかえったりする。

こうして、ぎりぎり二十九日まで働き、文化六年の元旦を是政村の名主の家で迎える。

けふは公事もなく心静なれば、日高うなるまで朝（寝《い》）して、三竿の影障子にうつるほど、庭に下りたちてあゆむ、あるじのかたより湯をひき給ふやと問ふ、此あたりのならひなるべし、

などとあって、去年の元旦には筆をとって漢詩をしたためた一事などを思い起こした。『南畝集』十六に、「日は出づる庭前の一古松、晴天遥かに照らす丈人峰《じょうじんほう》、児孫共に献ず三元の寿、千金と万鍾《ばんしょう》とを羨まず」とある「戊辰元日」一首がそれである。この年の歳首には「元日寓二是政村一」一首を賦し、

元日

けさははや春のひかりもますかゞみ向が岡に霞たつらし

と興ずるなど、いずれも巡視中にものされた『玉川余波』に録されてある。南畝三十四歳の折には

『三春行楽記』と題する漢文の日記があり、その天明二年（一七八二）の元日の記には終日家にあって盃を浮かべ老いも若きもみな酔ったなどと見えるように、家族友人たちと正月せち料理を食べ酒を酌み詩歌狂詠で楽しんだ。こうした正月三カ日の過ごしようは二十一年を経た享和三年（一八〇三）の日記『細推物理』に至っても一向に変わるところがない。そうした風流家が江戸からわずか一日半ほどしか離れてない玉川べりとはいえ、ただひとりの正月を迎えた。家人のもてなす雑煮とてなく、元日早々に筆まめの癖が出て「今年考拠の学のはじめなるべし」と名主井田家の系図を写しとり、「酒のみ物くひてふしぬ」というのではわびしいかぎりだ。

能吏であっただけでなく、南畝は正義を愛し奸悪を憎む江戸人気質の役人であった。日記と同じころにしたためられた『玉川砂利』には、橘樹郡上末吉村の一件、溜池三つの池浚いおよび補修工事における不正の摘発に立ち会い、南畝自身が問い正したくだりが録されてある。寺社奉行ほかの役人がいかに自然破壊に手を貸し、良民をあざむいていたか、風流子南畝とは思えぬ力の入った筆致である。鯉（恋）ケ窪のあたりには大田の名字がのこり、大田家の父祖発祥の地であると折々聞かされてきた南畝にとり、このあたりには格別なつかしい思いを催していたのだろう。明和四年、十九歳の秋にはじめて玉川に遊んで以来、玉川や調布の名は多く扱われた。たとえば『半日閑話』には「年不取川《としとらず》」が出、

むさし野の内に、十二月の末迄は水有て大晦日ながれたえ、元日になれば水の流る、川有けるを、

昔より年不取川といふと、正盛真人よりいひおこせ給へば、
とあって、「武蔵野や年とらず川に若水をくむほどもなく春はきにけり」などと詠みなしている。『調布日記』の巻末には「蚕豆説」一編が加えられ、玉川べりに生きる農民たちへのあたたかな心くばりに打たれる。

〔「山形新聞」平成三年一月一日號〕

内藤鳴雪翁

四国の俳人といえば、伊予松山に輩出した子規、碧梧桐、虚子の名がまず思い浮かぶが、そうした近代俳人のなかで内藤鳴雪の名はことになつかしい。若くして逝った子規に居士の号をもってするように、鳴雪に翁の称はもっともふさわしく思える。

弘化四年、一八四七年生まれの鳴雪翁は二十歳から歳下の子規居士に師弟の礼をとって教えを請うた。「人も知る如く俳句に於ては僕は子規子の徒弟である。子規子は僕の師である。先達である」と書く一方で、「子規居士と僕は同郷で、又僕が漢学の師大原観山翁の外孫で、旁々《かたがた》縁故の浅からぬ間柄であつた」ともしるし、

詩は祖父に俳句は孫に春の風　　破蕉《はしょう》

の一句があった。破蕉は翁の別号、大原観山は漢学者で子規の外祖父に当たる。翁は伊予松山藩の江戸藩邸に生まれ十一歳で松山に帰った。明治二十五年、旧藩の青年を育成する常盤会《ときわかい》寄宿舎の舎監と

なった鳴雪はここで舎生の子規によりはじめて俳句の世界に導かれる。ときに四十六歳、遅い俳人の誕生ながら俳誌「ホトトギス」にとどまらず明治大正俳句界に大きな足跡をのこし八十歳で没した。
翁の別号に老梅居《ろうばいきょ》がある。これは元日から狼狽《ろうばい》しているところからの命号という。俳句本来の諧謔を忘れず、和漢の学に明るく機知縦横であった御仁にいかにもふさわしい。その『老梅居雑著』（明治四十五年刊）を繰ればわかるが、とにかく博識強記で好奇心のさかんな俳人だった。古今の俳家俳論批判はもとより、江戸の戯作狂詩から草双紙にいたるまでを楽しげに論じ、種彦の『田舎源氏』は少年のころからの愛読書だったと堂々たる長編評論を書く。その能楽鑑賞や劇評は玄人はだしだ。

天井の天女の煤《すす》も払ひけり
此頃は女畑打つ軍《いく》さかな

中村楽天は『明治の俳風』（明治四十年刊）に鳴雪の句をそれぞれに引いて、「奇想天外から来たもの」「主観と客観の混った複雑な句」と評した。子規以降のいわゆる新派としての俳趣味《はいしゅみ》では、明治俳人のなかで群を抜いている。

年礼や眉《まゆ》ゑがきたる八代目
顔見世や病に痩《や》せて菊之丞

このほか芝居通の翁に佳句がすくなくないのは当然ながら、

「女《おんな》暫《しばらく》を勤むる森律子の句を求めければ」と前書のある、

日のもとは女も佩《は》きぬ春の太刀

の一句があった。森律子は松山市の出身、女優学校の第一期卒業生だった。
内藤鳴雪翁といえば江戸っ子好みの「そうでやす」の口調と、いつでも懐中にしのばせた酒の小瓶が有名だった。長身だった翁は太いステッキを持って大股に朴歯の下駄を鳴らして歩いたというが、いまではこうした辺幅を飾らぬ俳人はほとんど見られない。

山寺は松より暮るゝ時雨かな
草市や更けて物買ふ武士の妻
葛水や百雷膀を下り行く

〔「ライト&ライフ」平成五年八月號〕

非人情いまだし

非人情の小説『草枕』には美術、文学、禅林蔵経を軸とした宗教論ほかが語られているが、やはり、柱は非人情をめぐる談義だろう。さりながら、中学時代の国語の授業に教えられてこのかた何遍となく目にしたにもかかわらず、東京からきた画工、つまり作者自身の吐く非人情論という奴がいまもって見えてこない。知友門人と争わず良かった漱石は不特定多数の読者にも同じくやさしく、ことさらに出し惜しみをしているとは思えぬ。これまで言われてきたような文明批評とやらに組みこまれてしまう月並文学のたぐいではなさそうだ、非人情という人情談義は。

「すると不人情な惚れ方をするのが画工なんですね」

「不人情ぢやありません。非人情な惚れ方をするんです。小説も非人情で読むから、筋なんかどうでもいゝんです。かうして、御籤を引くやうに、ぱつと開けて、開いた所を、漫然と読んでゐるのが面白いんです」

那古井の那美さん、宿屋の出戻り娘を相手に交わされる会話あたりに、作者の愛読したスターンの小説からの影響如何とうかがったのは遅く中年のころ、私の場合はスターンを読んでから漱石に行った。しかし、『紳士トリストラム・シャンディの生活と意見』や漱石自身による評論『トリストラム、シャンデー』を読もうと、非人情については一向手がかりなく摑めずだった。漱石みずから言うごとく、この開闢以来の珍らしい小説『草枕』に対しては、さして小むつかしい定義なぞ要らぬ。当たるも八卦のオミクジでも引くように、興の向くまま俳諧三昧に読むのが一番素直でしぶとい読み方であろう。

筆を執ればたちどころに詩一首俳一吟を生み出した俳人小説家漱石だったらしい。その一代にわたる俳句は二千数百を数えるが、『草枕』に出る十四句、いずれも苦吟難吟の果ての産物とは思えない。「此調子なら大丈夫と乗気になつて出る丈の句をみなかき付ける」とあって、「春の星を落して夜半のかざしかな」以下五句が出る。このうち、

春の夜の雲に濡らすや洗ひ髪

は『草枕』中の第一等に挙ぐべき佳句である。作中のあちこちで古句や友人子規よりする等類句、つまり類想に悩まされているが、物知りで即吟を得意とする向きにはよくあることで珍しくない。むしろ、季重ね、とか等類の句をさらけ出して楽しんでいる風である。誰が言い出したのか忘れたが、『草枕』を評して俳句的自伝と片付けるなぞ、いかがなものか。さきほど第一等に挙げた洗い髪の句

あたり、俳人小説家で紳士夏目金之助の生活と意見にどう当ててみようと別段これといったかかわり合いもない。寺田寅彦に、俳句はレトリックの煎じつめたものだ、と語った由。そうした思いを念頭に『草枕』を読み直してみると、だらだら書きの小説的結構を引き締める気合いよろしく、五七五による機略恩寵をところどころに利かせているようなおもむきなしとしない。「でれ小説に飽き果てた読者が漱石の作を歓迎するのは当然である」とは『明治の俳風』の中村楽天、これは小説を指しての評言ながら、当時の俳句界の上にも当てはまる。

俳人漱石の作句工房を垣間見たいばかりにこの齢まで『草枕』を読んできたような気がする。だが、そうした期待に少しでも役立ったのは『硝子戸の中』の方だった。これに、高田の馬場下にあった旧宅の話とか、喜久井町の町名の由来にまつわる夏目家の話などが出てくる。生まれて間もなくより四十年ほどこの界隈に住んだ私は、このたび本書を繰りながら、「子供の時分、門前に万屋と云ふ酒屋があつて、そこにお倉さんと云ふ娘が居た」しかじかとあるのを改めて確かめうれしかった。『硝子戸の中』では、これが「間口の広い小倉屋といふ酒屋」「堀部安兵衛が高田の馬場で敵を討つ時に、此処へ立ち寄つて、枡酒を飲んで行つたといふ履歴のある家柄」などと明らかにされてある。

なんたって、漱石は江戸っ子である。旅先の髪結床で、酔っ払った親方から髭を当たって貰いながら「どうも江戸つ子は江戸つ子同志でなくつちや、話しが合はねえものだから」などと話しかけられて照れずに臆せず、まんざらでもなさそうなのがいい。その少し前で其角の一吟「鶯の身をさかさまに初音哉」を句形を示すことなく出しているのは、いかにも江戸人漱石らしい気配りというものだろう。

鶯の句といえば、

花食まば鶯の糞も赤からん

の作があった。これには、野上白川宛ての「僕少々小説を読んで是から小説を作らんとする所なり所謂人工的インスピレーション製造に取りかゝる」の前書がある。非人情で小説を読むから筋なんかどうでもよい、と吐いたのはどこの誰だったか。一読者として私もまた吐かずんばなるまい、茫然たる事多時。

〔「リテレール」別冊5・夏目漱石を読む、平成六年二月〕

木の間の海

カナダのバンクーバー島の南端に位置するビクトリアは緑の美しい都市として知られ、その空港寄りの森にかこまれて有名なブッチャート・ガーデンがある。今世紀のはじめ、ブッチャート夫妻によりひらかれすでに九十年の歴史をもち、個人庭園ならではの趣味のよさをいたるところに示している。日本庭園に案内するといわれ赤い鳥居をくぐりぬけてゆくと、石燈籠や四阿をあしらった池の向こうに思わぬ景色を見た。それは木立ちの枝を切りはらった窓のようなもの、さりげなくその窓ごしに海をのぞむ風流な趣向だった。『築山庭造伝』あるいは『作庭記』など、日本古来の庭造りの書物などを参考にしてつくられたものだろう。

夕月や海すこしある木の間かな

これは茶人の小堀遠州が露路つくりの心得として書いた句といわれ、『茶湯古事談』という茶道の一書に見える。茶庭の作事を説いて、露路から海なり山なりを眺めるには木の間から少し見えるくらいがよい、と教えるのはいわゆる侘茶に通じる風流心であろう。
ところで、右の句は「夕月夜海すこし見る木の間哉」と少々字句を改めた上で、千利休に学んだ古田織部の作だとして『沾徳随筆』という俳書に引かれた。

三井寺にて

夕月夜海すこしある木間哉　　宗碩

連歌師だった宗碩の句は『紹巴発句帳』に採られており、沾徳ほかの書物が伝える「木の間」の句は大方これによっていると思って間違いない。宗長三井寺にて、という前書をつけた同類の句が山口素堂の名を騙った偽書『松の奥』に収められたのは罪つくりな話だった。さらに吉原の遊女しづの尾に、「ある茶人のもとへ送りし文のすゑに」という詞書をもつ同類句があったが何者かの代作だろう。
ブッチャート・ガーデンの木の間の海には、カナダの夕日を浴びる鴨などが見えた。

木の間より海少し見ゆ浮寝鳥　　郁乎

〔「山形新聞」平成六年一月十日號〕

太祇の一句

幟たつ母なん遊女なりけらし　　太祇

遊女を母とした句、は近世江戸俳諧を通してまず見当らぬ。言うまでもなく右の句は伊勢物語十段に出る「父はなほひとにて、母なむ藤原なりける」によっているものの、そうした物語虚構を下敷とした作り事の句とのみ見做すわけにはゆかない。胭花の島原廓内に不夜庵をむすんだ太祇は、隣接する妓楼桔梗屋をはじめ多くのさぶるこたちに手習いまた俳諧の手なぐさみを教えるなど、昼も夜も共に暮らした。太祇のそうした遊女詠句には何よりも不夜つまり遊廓生活に根付くものばかり、遊女へのじつ、思いやりがあった。

幟を立てる、というからには男の子をひそかに育てる母親であろう。俗に遊女すなわち石女といわれるが、そうしたやぶにらみの常識からも太祇の句は意表をついて新しい。

とかく、同時代の蕪村と較べられることの多い太祇ながら、蕪村の「更衣母なん藤原氏也けり」は太祇の七回忌安永六年の作、太祇の後塵を拝したにとどまる。島原の妓楼角屋の俳諧資料を探り直してみたが、太祇の名句に匹当する母の句などまるで見当らぬ。

〔「俳句」平成八年八月號〕

風流は近きにあり

三馬は曰く、風流は寒きものと。いかにも明治の小説家斎藤緑雨らしい警句なので正直正太夫が吐いたとばかり思われないではない。もともと、風流が寒いとは雪見や梅見に言い宛てられたもの、伊達の薄着あたりに直接むすびつくていの気を利かせた台詞ではなかった。

ひるがえって近頃の世の中を眺めるに、風流の数寄者などは地を掃ったかしてお寒いかぎり、いまさら風流を口にするのさえ気恥ずかしいくらい寒々としている。江戸の式亭三馬にせよ、明治の緑雨にせよ、そうした寒い心意気を良しとしていたのだから文弱の徒輩とはひと味違って度しがたい風流子だった。

風流についての解釈などおよそ詮ない徒しごと、思わせぶり不風流の極みであろう。たとえば俳諧俳句で風流とくれば十中八九が『続五論』（元禄十二年刊）を引っ張り出す。九鬼周造あたりもこれを持ち出し、「華やかなるもの」「可笑しいもの」「寂びたもの」の別を引いてしきりと感じ入っているおもむきだが、およそ「いき」らしからぬ一考察に終始する。いかさま、風流を論ずるなど風雅の虚実、いや神仏の運不運を論ずるよりもむつかしい。

これまでに心うごかされたというか、信ずるに足る風流談義といえば先年亡くなられた柴田宵曲氏が戦後に書かれた小品文に見える。風流は常に時代の尖端から少しおくれた——あるいは少し外れたところにあるといった人がある。と引かれてより、電信柱がはじめて出来たときにはいかにも殺風景なものだと思ったが、その後、金属やコンクリートの電柱が出現してみると木の電信柱にはまだ幾分の雅致がみとめられる、といった趣旨の補綴があった。子規全集を独力で編まれたこの先達俳人により、馬鹿寒い風流また風流論はようやく暖かくよみがえったように思われた。風流は近きにあり、世俗を離れて遠く高いところでがりがり言ってたのでは生野暮《きやぼ》の洒落にもならぬ。

昭和元禄などと空騒ぎしたのはそう古い話でない。御多分に洩《も》れず当時の俳句畑でも元禄に代表される江戸俳諧が少しく見直されたものの、風流待望論どころか風流を目の敵とする反風流論ひとつ現れずだった。なに、案ずることはない、伝統俳句があれば伝統風流だってある。

元禄流行の世なり

其角市に再び生れ子規　　知十

すでに明治のころ江戸俳諧の蘇生《そせい》に力を傾け気を吐いた御仁に岡野知十があった。知十居士は子規居士と違い歌舞戯場に通じた風流俳人で、作また論ともに江戸風流の復活と継承に努められた。無欲無冠の俳人だった知十居士と同じく、死後千歳の名のためになどと強がらなかったのが江戸座ほかの俳諧師である。

ほと、ぎすこちの舟には其角あり　　白雪

元禄四年のころ、江戸に出かけた三河の太田白雪は其角にさそわれ品川沖で舟遊びに興じた。そのころ、江戸市中を歩けば酒焼けした赤ら顔の其角に出会うくらいは容易であったろう。しかし、其角については存外知られておらず、知十には「其角の妻の名は知らず」の前書をもつ「春興に妻の名とめよ句によみて」の一句がある。東海道一つ旅をしない者に俳諧は覚束ないと芭蕉は言った。しかし、東海道一つ旅をせずとも一向に差支えのないのが江戸座の俳諧である、と知十は喝破大笑した。

江戸といえど地方のひとつだという出しゃばりを嫌う思いと、これをさらに引っくり返した都会的俳諧は江戸座にかぎるといった強い自信の表れが、いまに改めてはっきりとうかがえる。江戸座という厄介な流派の正体をさらりと言い宛てたのは、自分は俳諧師ではない、と書き遺した明治の風流知十ひとりであろう。

手返しに鰹の裏の雫かな　　知十

鰈の裏ならいさ知らず、鰹の裏とは聞き馴れぬと思われる向きがすくなくなかろう。これは俳言でもなんでもなく、鰹を釣り上げたとき、下にした方の面が重みを受けて平らに圧される。それをどこまでも下にして河岸に運んだのを鰹の裏というのだと知十居士の一書より教えられた。
いまどきの歳時記に出てないものついでに書い付ければ、夏の季語とされる鮓についてはいまだに混乱がある。鮓を夏季としたのは鮎、鯵、鯖などの夏を季節とした材料にかぎるからで、「現今流行の握鮓ちらし鮓の如く四季の魚材を応用するのは当然無季として見るべきもの」と、小泉迂外の『最新俳句歳事記』（昭和五年刊）に明記してある。迂外宗匠は両国与兵衛鮨の跡取り、本家をはなれて独自の鮓をつくろうと神田に花家ののれんを上げた。こうした風流家に其角顔負けの「御秘蔵に耳を掘らせて虫ゑらみ」の一句がある。

詩友飯島耕一より近作の詩一篇が飛来した。享保の俳人白井鳥酔に材をもとめたこれの書き出しに「玉椿昼とみえてや布施籠《ふせごもり》」の其角一句が置かれてあり、うれしかった。芭蕉や蕪村ていどの詩的脱胎にとどまる大方の現代詩人俳人たちをはるかにこえた飯島耕一の俳諧理解は、遂に江戸の風流に迫りつつある。シュルレアリスムと江戸俳諧、これまた遠くて近い取り合わせの妙ではないか。
この残暑のなか、風流が寒いの暖かいのもないものだが、そろそろ新しい風流論が現れてもよさそうに思い少々記してみた。

〔「讀賣新聞」平成八年九月二日夕刊〕

虚子に返る

虚子はくだくだしい説明を生来好まなかったのだろう。自作の注記や折ふしの心情吐露にせよ、簡達に述べるにとどまる。真意は諸君子それぞれに探った上で明らかにせよ、といった気象であり態度である。そこで、あらぬ臆測や誤解短見が生じ易くなる。しかし、それはそれなりに俳人虚子の魅力とさえなり切っている。本書はそうした人物像、ひいては近代俳句根本にかかわる諸問題について歌人玉城徹が手堅い〈反時代的考察〉を重ね傾けた一書である。加えれば、半世紀に及ぶ虚子への敬慕信頼の念から綴られた俳壇部外の人による前後無比の〈思想的体験記〉である。

たとえば写生文について、「虚子が書いているのは〈虚子の写生文〉としか言いようのない何かである」と言う。全く指摘の通りだ。これまで多くの論者が悪戦苦闘して何かの謎を解こうとしてきたが遂に何かの何かまでも見当つかぬ。独歩独往の写生文によりみずからを鍛えつづけることで、虚子の写生文、さらに客観写生観はゆるぎないものとなった。玉城徹は、写生という語を「明確な概念として、文芸論もしくは美学の中に位置づけることが不可能なもの」と考えた。茂吉の「短歌写生の説」などにふれてより、「絶対的な権威」の響きをもつ写生という一語につき「客観的な議論の対象としようとしても、それは無益だ」と断ずる。謂えばこれら膠見を打ち砕く正論の続出に、これまでの遠慮勝ち及び腰の写生論あるいは虚子論のたぐいはたとえ新見を含むとしてもことごとく畳水練にひとしく、無益でありむなしい。玉城徹はこうも書いた、「虚子は『新しい』という言葉を、心から嫌っていた」と。

ところで写生文にもどるが玉城徹は「霜蟹」に一章を割いている。『霜蟹』を読み直して、日本人が日本人であった時代の美しい写生文であったと改めて教えられた。玉城徹はこのなかで俳句は季という契機を通して万物を「愛する」ことに帰着するだろう、と重要な提言をしている。ついでながら私の好みをしるせば祇園の多佳女を描いた「昔薊」に惹かれる。同時代の谷崎潤一郎や吉井勇にも磯田多佳女を扱った作品はあったが、淡々水のごとき虚子の写生文に一籌を輸する。

月並に返りますね、とは水竹居の一書による一章、これに「私は、虚子を読むのに、句のよしあしを眼中におかないようにしている」とあって、虚子の肚のうちを読み取った月並観だと感じ入った。虚子が編んだ『月並研究』を繰れば百分の一くらいは月並俳人、芭蕉は月並の先祖といったくだりにぶつかる。芭蕉に返る、月並に返る、そして虚子に返る思いの深まる本書である。

（玉城徹『俳人虚子』角川書店刊）

〔「俳句」平成九年二月號〕

餅の俳味

芭蕉は意専老人への一簡（元禄七年正月二十日付）に、「百とせの半に一歩を踏出して、浅漬の歯にしみわたり、雑煮の餅のおもしろく覚候こそ、年の名残も近付候にやとこそおもひしられ侍れ」などとしたためている。この正月、雑煮の餅を食べながら右のくだりを思い出したことだった。雑煮の餅がおもしろく、つまりうまく感じられたなら死期が近づいたものと思い知るべきだ、とはいまどきの飽食の俳人には思いつかぬ風流事だろう。剃髪して意専と改めた伊賀蕉門の猿雖と格別親しかった芭蕉は、この手紙を発した年の秋には事実帰らぬ人となる。胃腸の弱かった芭蕉がこんにゃくの刺身を好んだ話あたりはよく引かれるものの、おのれの死期を予感した餅の俳味などはあまり話題とされない。

二日にもぬかりはせじな花の春

貞享五年、四十五歳の春を郷里伊賀で迎えた芭蕉は旧知の人々と酌み夜ふかしをして元日の朝はつい寝すごした。昼まで寝て「もちくひはづしぬ」と『泊船集』に前書をつけて出る一句、「雑煮食ひはづし」の前書をもつ一書もあった。ふだん着の俳人とはかぎらず、風流生活者そのものを探る上で餅の句を拾い探ってみるのも一興だろう。

酒好きで知られた其角にだって餅の句の二つや三つはある。

餅と屁と宿はきゝわく事ぞなき

一読、餅と屁となんのかかわりがあるのか読み取りがたくひねりを利かせてある。この句の下敷きには後拾遺集に出る源頼実の一首「このはちる宿はきゝわく事ぞなきしぐれする夜も時雨せぬよも」が使われてあり、「落葉雨の如しといふ事をよめる」とある詞書に目を付けたに違いない。餅を搗いて杵をはなすときに出る音と屁をこく音が似ている、と詠んだのでは曲がないので古歌を引っ張り出してきてこれを本歌取りよろしく俳諧化した。其角と親しかった西鶴あたりは蕉門に見られぬわけ知りの才子通人だったから、こうしたやや下がった風流句にそれなりの理解評価を下したように思われるがまだ調べていない。

妹が子や薑《はじかみ》とけて餅の番

元禄十六年十一月二十二日、江戸に大震災が襲った折の「震威流火しづまりて」の前書がある。其角には二人ないし三人の娘があり、妹が子は当時六歳見当の姉娘さちではなかろうか。はじかみ、を手がこごえてかじかむ様子に解するとしてありのままの情景に述べているのが珍しい。江戸のころ、劇場の楽屋とか大部屋で行う茶番に餅番があったものの、いかに其角の子供だろうとそうした大人の遊びを真似て餅の番をしたとは思えない。

近世の俳人のなかで餅の句を数多く詠みなしたのは一茶だが、若餅、といったような珍しい材料を扱った句は見当たらない。

若餅に師走の音はなかりけり　和水
若餅や晴着のまゝで搗に寄る　巴静

若餅は三ケ日のうちに搗く餅、あるいは小さい餅をさすといわれる。

〔「健康」平成九年六月號〕

前書の句私註

今年のはじめから旧句稿を整理、『江戸櫻』につづく句集をまとめることとした。八年間で千句をこえたとは意外ながら、前書を付した折々の作も思いの外に多い。虚子は明治三十七年のころすでに「前置き付きの俳句は俳句の一体として面白し」と言い、「前置き付き俳句の存在は俳句の圏外に更に一圏を描きて文学界に俳句の領域を拡大するものといふ事を得」とまでうれしい所見を述べてある。昨今の俳句界ではこうした気宇大らかなの説を吐く者がまるでいなくなった。ま、それはそれとして、前書の句私註、とでもいった蕪文を少々したためてみる。

柴田宵曲翁を偲ぶ会　広尾祥雲寺霊泉院

古句旧雨よひらのはなや墓洗ふ

昭和六十一年七月十九日、長逝のあと二十年からを経た宵曲翁を偲ぶ会が渋谷広尾の祥雲寺に催され、ごく親しい三十人ほどが集うた。翁の旧著『古句を観る』『蕉門の人々』『評伝正岡子規』の三部が岩波文庫に採られたのを機会に、その内々の祝いをこめた意味合いもあった。柴田家の墓を諸氏と洗うかたわらには四葩の花が美しかった。酒が出てあちこちに談笑の輪がひろがり寒川鼠骨ゆかりの老婦人、森銑三翁の令弟三郎氏ほかに囲まれ根岸時代の子規庵を髣髴する数刻だった。子規ついでに言えば、両度にわたる子規全集を寒川鼠骨に請われて柴田宵曲はほとんど独力で編んだ。これまで度々書いてきたが宵曲居士の子規、にふれぬような考証杜撰ひとりよがりの子規論などはいずれも信ずるに足らぬ。さきごろ出た『俳文学大辞典』ですら柴田宵曲による『子規居士』『子規居士の周囲』などに代表される子規研究の業績を見落としている。全八巻にまとめられた柴田宵曲文集を繰ってごらんなさい、俳人歌人子規の日常行実がみるみるよみがえってくるから。俳人宵曲には歿後にはじめて門流によりまとめられた『宵曲句集』一本があるものの、これを採り挙げる奇特の俳人なぞいまどきひとりとしてない。その句風はその人柄とひとしく、昔の東京人さながらに出しゃばらず言うべきは言う筋を通しておのずからさわやかである。

中村雀右衛門丈来宅　丹頂素麵を恵まる

白服にかぶく話や四代目

中村雀右衛門丈から電話があり、明日うかがってよろしいでしょうかと言われる。その翌日、昭和六十二年七月七日たなばたの日盛りに名優が来宅した。当代切っての名女形の四代目京屋さんは白服に白靴、舞台の上からでは思いも付かぬ男振りしたたる?紳士、ゆっくりした口調で折目正しい挨拶をされた。その二年の前、雀右衛門の会を観ての詩「かぶく」を朝日新聞に書いたがこれを話題に昔話が弾んだ。手土産にと丹頂素麺を頂いた。

四世雀右衛門をはじめて観たのは戦後三年目の三越劇場、七世大谷友右衛門を襲名したころである。先代團十郎が海老蔵のころ友右衛門時代の雀右衛門と組んだ「十六夜清心」などはいまなおなつかしい戦後歌舞伎の極付として憶えている。いまの歌舞伎座が焼け跡から復興落成しない前のことである。京屋さんは戦後復員されたころの話をまじえながら気まじめに応対された。「道成寺」の花子を踊ったら梨園随一の女形は弊居二階の居間でおすすめしても遂に椅子に坐ることなく、正座のままこれからの「道成寺」変化物への構想抱負を淡々と語られたものである。この年の六月に出た『雀右衛門写真集』に寄せた蕪文「女方開山」で私は「花道に出てくるだけで舞台を一変させる女方開山のまなざしは控え目に笑みこぼれ」しかじかとしたためたが、控え目にあたたかの御人柄を間近にあらためて感じ入った。ついでに記せば、大学での卒業論文に私は初世吉右衛門か友右衛門を名乗ったころの雀右衛門のいずれを採り上げようか迷った。そのうち、級友に吉之丞の甥があって吉右衛門を書くと言い出した。卒業の前年に父紫舟の急逝もあって考証及ばず、「吃又」のお徳、「毛谷村」のお園に魅了されたプレ雀右衛門論が昨日の夢と消えたのはいまに惜しまれる。

高山料亭江戸萬

みむらさき式部を膝にゐひてそろ

飛騨高山には毎年出かけて、世界で最も太陽に近い神都と酒井勝軍が言い当てた超古代の霊的文明遺跡ほかを探っている。山中の京都といった趣き濃いこの城下町にあって料亭江戸萬は格別好趣味あふれる隠れ家のごとき店である。一日一組の宴席しか用意しないという心意気もさることながら、魚釣りから香の物にいたるまで主人ただひとりでこなすという膳部の趣向、出しゃばりを嫌う昔気質の自信のほど、なにからなにまで江戸料理通の風流をいまに伝え残しているのがうれしい。この夜、昭和六十三年の晩秋の一夜は殊に冷えこみが厳しく、炉端に酒肴を置いて江戸風流の岐阜高山にあって東京の旗亭にないを嘆いたりした。文芸を志すというひとり娘に請われるままその父上に即興一句を色紙にしたためたところ、漸く調理場から老主人が挨拶にまかり出てこられた。膳にあしらった紫式部、これが風流子の気品よろしく殊の外色付きかがやいてみえた。

室生幸太郎氏より日野草城全句集を恵まる

年惜しむ草城居士は五十四

草城居士の女婿室生幸太郎氏より恵まれた日野草城全句集に第四句集『転轍手』に次ぐ未刊の第五句集が資料六百余句として収められたのはありがたかった。「旗艦」「琥珀」「天香」などの俳誌を揃えられずだった私はこの未刊句集により、草城俳句の知られざる一面にふれ得た思いを催した。昨今ではおよそ意味のない大冊の全句集が編まれ白ける思いだが、戦災により失われたとされた第五句集を収めた日野草城全句集の板行は意義深い。これまでいくたびとなく記したことながら、二十代から現在にいたるまで日野草城居士はわがまぼろしの師父におわします。それにつけても生涯五十四年とはもったいなく惜しまれてならぬ。

游々山房　三句

栗の花ひねもす妻の夫かな

苔さくや山居の塵もふたむかし

佐久よりのさくなだりかな濁り酒

軽井沢千ヶ瀧の家は昭和四十九年に建てた。それまでの北軽井沢の家は書物の置き場所に困るなどしたので、昔風にいえば草深い沓掛の里に移り住むこととした。毎年初夏から晩秋にかけて、吹き抜けの階上の部屋に神道写本などを運びこんでは目を通した。『江戸俳諧歳時記』『近世滑稽俳句大全』などの古句を拾い出したのもこの山小屋での日課のようなものだった。せせらぎの音に睡気を催したりするところから名つけて游々山房という。家内の料理する秋茄子を肴に信州佐久の濁り酒が旨かった。その家内もこの九月に亡くなり山房に出かけなくなって三年になる。

年ごとにまさる寂しさ太祇忌もいつしか過ぎて京の秋来ぬ　勇

夜を待つけなげのひと、不夜庵忌

若いころ子規の『俳人太祇』を読んだりしたが、炭太祇に傾倒してゆくのは江戸俳諧にのめりこむ四十代だろうか。吉井勇の『不夜庵物語』に誘掖されたところもすくなくない。四十代のころには江戸を去って京都島原に移り住んでいるから、江戸座の俳諧を好む向きでさえ太祇の江戸趣味には戸惑うものらしい。いつか太祇を書いてみたいと按じていたら、「青樹」の長谷川久々子さんが機会を与えて下さったにより身を以て市井風流を貫いた太祇の生きさまにつき私見を連載した。現代の俳句に最も欠けるもの、それはしみじみと練りに練られて底光りする市井市隠の風流心であろう。

心友飯島耕一より定型論争を恵まる

定型の兄《けい》にしたがひ弟月《おとと》

昭和三十年代に出会ってより飯島とは長い付き合い、心友詩兄と呼べるただひとりの男である。その「定型論争」を繰ればおのずとわかるはずだが、彼の定型論は筋金入りの詩論であり、一語一句には現代の俳句に失われ勝ちのじつがある。

〔「青樹」平成十年二月號、六百號記念號〕

俳句の力

昭和二十七年に出た「俳句」の創刊号を私は出先の世田谷若林の松陰神社で手にした。当時はささやかな商事会社を経営しており、金繰りそのほかで句作りもままならなかった眼にすっきり俳句の二文字を刷った表紙は一種文芸雑誌のような魅力があった。風巻景次郎の「俳句は滅亡する」、神田秀夫の「飛躍と連続」をむさぼり読んだに相違ない。

社会性俳句が流行していたがおよそ興味なく、もっぱら日野草城、富澤赤黄男、高柳重信を読み、吉田一穂先生を訪うては詩の話に耳傾けた。会社経営に失敗してからは終日閉居、俳句の話に限って言えば露伴の七部集評釈を探り、かたがた非具象俳句論を練った。そうした一日、まだ新潮社に籍のあった文芸評論の進藤純孝氏が来宅され、父の遺した「黎明」誌に俳句に関する原稿を書いて下さると云う。参考資料として役立つこととなった「俳句」の既刊分を一抱え持ち帰られたように憶えている。

「俳句」にはじめて書いたのは昭和三十四年九月号、帰巣説と題した八句で、俳句雑誌から稿料を貰った最初だったろう。当時の編集長は塚崎良雄氏、いわゆる第四世代のひとりとして座談会に招かれるなど塚崎さんには世話になった。一頁一句という思い切った企画により昭和三十八年の五月号に「現代俳句の百人」が組まれ、〝とりめのぶうめらんこりい〟一句を出したのもいまに忘れられぬ。

これまで新興俳句があり戦後俳句があり前衛俳句があった。さらには難解俳句と名付けられた珍無類のものまであったが、其角や虚栗調など知らぬ存ぜぬの不勉強丸出しだった。角川書店の「俳句」と高柳重信の「俳句研究」とを故意に犬猿の仲視する向きがあったが、これなど俳壇雀の下種の勘ぐりを黙認放置した結果に外ならない。高柳が『日本海軍』を出したとき、書評の枠をこえ大きく紙幅を割いた原稿依頼を鄭重に言い越されたのは当時の編集長鈴木豊一氏であった。

源義氏から春樹氏へ継がれた「俳句」の編集企画に最も誠実だったのが秋山實編集長だった。彼は持ち前の器量で飯島耕一や辻井喬を口説き招いて「俳句」の力をふやした。

〔「俳句」平成十年三月號〕

磐城の俳人

二十数年からの前になるが、句碑紀行と題して近代俳人の句碑を国内各地に探り、かたがた評伝を加えた上で「太陽」誌上に二年ほど連載した。昭和四十八年八月号には大須賀乙字を取り上げている。山形県寒河江市の慈恩寺に出かけ、

山気夢を醒せば螟の庭を這へる　　乙字

の句碑を仰いだ。東京雑司ヶ谷の本納寺に建つ「木揺れなき夜の一時や霜の声」はすでに見知っていたが、みちのくのひと乙字にはやはり山形山寺の立石寺に建つ「吾と並ぶ峰雲を松山に見る」など、東北の風光が似合う。

俳句の形式は十七字音を基準とする二句一章論、あるいは内容律として意味の上にある調子音調論などをのこした乙字の俳論は繰り直していまに新しい。

謹直のひと乙字には逸聞らしいものはあまりないものの、美談のたぐいはある。その一つに師と仰

いだ河東碧梧桐の『碧梧桐句集』を編んだことが挙げられる。大正五年に俳書堂から刊行されたが、その前年、世に言う海紅堂事件の不祥事があり、これにより師と訣別した。しかし乙字は適確の序文をしたため「碧梧桐は稀有の人」「東北行脚中のものには、なかなかの絶唱がある」と讃辞を惜しまない。周知のこととは思うが、明治四十一年のころ碧梧桐の唱えた新しい俳句を新傾向と称したのは、乙字の論文「俳句界の新傾向」に拠っている。なお、忘れてならぬ一事として乙字は恵まれぬ村上鬼城の句集を大正六年に編み、これによって聾俳人鬼城の名はひろく天下に知られることとなった。

いまひとつ、美談というほどでもなかろうが、碧梧桐門の同窓で論客として鳴らした荻原井泉水と対立、明治四十五年のころには交を絶ってしまう。しかし、くだって大正三年にいたり井泉水は乙字の教え子だった谷桂子との見合いにすすみ、友人乙字はさらに仲人役までを引き受け、私心をはさむことなくめでたくまとめ果している。筆鋒鋭く、まわりを論敵に囲まれていたとばかり思われ勝ちながら、決して理詰め強面のひとにとどまらず情に篤い一面のあったのを見落としてはなるまい。

先日、碧梧桐の俳行脚の記録『三千里』を繰っていて乙字の父君筠軒翁と母堂弟妹に出会った折りの記事が目にとまった。乙字の家族を語るすくない好文字と思い少々引いてみる。明治三十九年十一月十二日、ところは磐城の久之浜でなくて第二高等学校教授として勤め終えた仙台での詩翁宅である。

大須賀筠軒先生を訪ねる。先生は乙字の厳父である。胸を覆ふ髯の真白な、矍鑠たる老先生であつた。北堂にもお目にかゝる。いたく腰が曲つて居る。弟妹の君にも挨拶した。詩を以て聞え、画を以て鳴る先生の謦咳に接するといふよりも、故郷に帰つて亡父の膝下に侍するといふやうな心持がした。北堂の様子が我が母に酷似してをる。

磐城の俳人の草分けが内藤風虎、露沾《ろせん》の父子だった。磐城平七万石の六代目城主だった風虎は京阪で盛んだった貞門や談林の俳諧をいち早く奥州にもたらし、当時の有力俳人を次々と磐城に招いている。寛文二年（一六六二）には談林俳諧の祖として聞こえた西山宗因が磐城の内藤家に来たり、同五年には貞門七俳仙のひとり松江重頼が磐城入りをしている。貞享二年（一六八五）に風虎が死去、その子息の露沾の代になると芭蕉との風交がはじまり、元禄二年（一六八九）に『おくのほそ道』の旅に出る芭蕉に門出の餞別句を贈ったりしている。芭蕉の俳友等躬および路通や桃隣などの蕉門俳人が露沾の好意により次から次へと磐城入りをしたのは言うまでもない。

風虎は俳諧好きの大名にとどまらなかった。侍臣の葛山為得に命じて『磐城風土記』を編ませているなどもそのひとつ、これは『続々群書類従』にも入りいまなお後学に益するところ大きい地誌である。磐城の風虎、の名を俳諧史の上にとどめるのは風虎三部書のうち現存する『桜川』の編纂である。寛文期から延宝年間にいたるほぼ三十年にわたって初期俳諧の作者八一四名から七〇〇七句を収めた本書は、数ある俳諧撰集のなかでも群を抜く大冊（九冊）である。俳諧史上前後無比の本書は久しく名のみ伝えられるばかりで、昭和三十五年にはじめて出版された際には久方振りに風虎の名が俳文学畑によみがえった。磐城内郷の産だった母親をもつ筆者なども何やら誇らしげの気分を催したものである。風虎の句碑は平中神谷の出羽神社に近い花園神社にある。

阿すよりや秋の花園まつり客　　風虎

二十八歳で退隠して麻布六本木に居を移した露沾は父風虎ゆずりの俳諧精進に打ちこみ、芭蕉、其角、嵐雪ほかの蕉門俳人と風月の交わりを深めた。江戸を去って磐城平に移り住むのは元禄八年（一六九五）であり、それより四十年に近い歳月を磐城の俳人として過ごした。平中神谷出羽神社の境内に露沾の句碑がある。

清祓千代をむすばん駒清水　　露沾

〔「久之浜通信」第七號、平成十年七月刊〕

勇気ある新しみ

涼しさのいつもあなたを感じてゐる
夕焼の端つこにゐて君想ふ
見送られゐて秋時雨あきしぐれ

いまどきは恋だか変だか訳のわからぬから野暮がその辺に五七五を吐き散らしているので、胸を打つ恋の句なぞにはめったにお目にかかれない。仲間馴れを正す批評、助言、さらには礼儀を忘れた現代俳句がみずから招いた当然のむくいである。だが数年からの前、黛まどかが出現してから俳句界の一角で恋の句に大きな変化が兆しはじめた。「月刊ヘップバーン」による新しい波、愛の歳時記まで編み出された。

黛まどか、このひとには現代俳句に最も欠けるものが最も備っている。勇気ある新しみ、これまでの女流俳人が体感したこともなかった巾幗俳句の力である。婆さん俳人には望むべくもない恋の句に筋を通し立て、色香のさらに求むべくもない現代俳者流の嫉妬曲説に惑わされることなく恋一筋に詠みつづける黛まどかに改めて拍手オマージュを贈る。先に引いた愛誦佳作はほんの一部、勇気ある新しみをそこここに盛る恋の句がモームの短篇さながらに満載されてある。

明治三十年代、「乳ぶさおさへ神秘のとばりそとけりぬここなる花の紅《くれなゐ》ぞ濃き」と詠みなした与謝野晶子も偉かったが、これを受け容れた当時の短歌界も偉かった。勇気ある新しみの俳人を生み出すにはこれを受け容れるジャーナルの下地、勇気ある雑誌編集者の裁量決断が必須であろう。

くちづけの秋の燈をふやしをり

この句を書名に採ったのは誰か知らぬが、恋のわけしりを弁える苦労人の器量がうれしい。相聞の句に口付けなきは刺身に醤油なきがごとし。まどかいわく、俳句は詠むものでなく映すものですよ、と。本句集は写真付きだから口付けを映し出すとよかった。

モンパルナス通り釣瓶落しかな

山本健吉によるという新しい季語にはいまだに馴染まずにいるが、パリの古くて新しい通りとの付け合わせはいかにも妙であると感心した。

〔「俳句現代」平成十二年三月號〕

手の句

手を詠んだ句ですぐに思い浮かぶのは、

かさゝぎやかぶろ手とく〳〵手

の一句、遊女に仕《つか》える少女の禿《かぶろ》を描いてこれを超える句は見当らない。作者の栢莚《はくえん》は二世團十郎、江戸歌舞伎の役者ばかりによる『役者の発句』と題する珍しい一書に見える。

江戸時代の俳人は当世と違って俳諧本来の風流や滑稽を大切にしたから、乙《おつ》りきの作がすくなくない。

蕨《わらび》さえ手は有《ある》ものを紙雛《かみひいな》　　也有

水に手をかけて顔出す蛙かな　　沙洲

手を入れて水の色見む秋の空　　青眼

仇《あだ》なれや女の手にもすもふ草　　昔潮

手のひらをふせて休めて年の暮　　鳳朗

池大雅が詠みなしたという「いくつじやと問はれて片手明《あけ》の春」が伝えられるが、いかがなものか。絵筆を使う画家に手のデッサンはあっても手の内を見せる句はないようだ。

〔「銀花」百二十二號、平成十二年夏六月〕

をぎと月

一家に遊女もねたり萩と月

泉下の芭蕉が聞けば吹き出しそうな芭蕉論や句論はいまなお後を絶たない。思い付きのヒントばかりで言挙げする俳句鑑賞なぞなんの用にも立たない。芭蕉にだって思い違いのあったことは二、三にとどまらず、それぞれのアラを探し出すのは趣味でないが御参考までに。たとえば『おくのほそ道』に出る例の一句、

一家に遊女もねたり萩と月

一家をヒトツヤかヒトツイヘに訓み取るかについては白雄のころから近代にいたるまで論じられてきておのずから決着はついた。問題は、萩と月、にある。

上京して子規を訪ねた越後のひと會津八一はこれを話題とした。曰く、越後の海岸に「萩」が眼に

つくほど沢山咲いている所はない。しかし、「荻」ならば越後の到る所にある、と。これは「郷土」と題した旧制新潟高等学校での講演筆記（昭和二十二年六月三日）に見え「蛙面房俳話」ほかにも出ていない。越後の市振で旅人芭蕉が眼にしたのはヲギであったと私も思う。

〔「俳句現代」平成十二年八月號〕

モダニスト三鬼

西東三鬼が日野草城に師礼を執り終生敬慕したという事実はありがたく銘記して忘れられぬ。昭和三十一年、神戸より上京されて、角川書店の「俳句」編集長に就かれたころの三鬼氏にはじめて面晤したように思う。その二年後を初対面としたのは私の思い違いのようだ。同書店の塚崎良雄氏に連れてゆかれた飯田橋の外濠を望むトンカツ屋の二階に三鬼さんはチンと澄まして坐っていた。この年の一月に長逝された草城居士の話が出たかして、まだ仕事もしていない弱輩俳人が居士に傾倒していると喋ったのだろう、喜ばれて「走馬燈」「旗艦」ほかの新興俳句同人誌における草城先生の毅然たる姿勢などを語って下さったに相違ない。当時、購読していた「青玄」日野草城追悼号に三鬼さんは「微笑先生」と題せられた文章を寄せている。戦後の草城居室を訪ねられた折々、「病臥の先生」がいつも微笑していられたその明るさの不思議をしたためられてあった。青書生にとり、まぼろしの師父であった居士に接することのできた三鬼さんを、かたわらからさらに慕わしく思ったものだろう。『変身』昭和三十一年のくだりに「悼日野草城先生六句」が出、

触れざりき故草城先生の広額《ぬか》
深く寒し草城先生焼かるる炉
寒の鳥樹にぶつかれり泣く涙

とある三句はいまに読み返して胸打たれる。翌年の句に、

ばら色のままに富士凍て草城忌

があり、いかにもモダニスト草城いまそかりし日の姿を髣髴せしめる三鬼ならではの追慕吟であろう。「ミヤコ・ホテル」を評価した三鬼は「これによって、俳句に青春性を与えた功績を讃え、一方では、渋面を作って厳粛がる俳人の態度を、解放したと思っている」と書く。三鬼は一歳下の草城に就くことで早々と勇気あるモダニストへと成長したのであり、用心深い誓子に従っただけではこうはいかなかった。ついでに云えば、昔も今も俳句の畑でモダニズムを悪しき意味に取り易く毛嫌いするのは全く以てノンセンス、不敏固陋をさらけ出した伝統馬鹿のミイラとしか云いようがない。

モダニスト三鬼は小事に対しても礼を尽くした。「俳句」編集長のころの三鬼さんから電話で礼を述べられたことがあった。その時分勤めていたテレビ局では放送終了前に一日一句を取り上げて放送していた。これに草城の一句を放送したのに対する礼の電話で、どんな句だったか忘れたが晏子未亡

人が喜ばれている旨を伝えられた。

海から無電うなづき歩む初夏の鳩

三鬼染筆の短冊は右の一葉を所蔵する。テレビ局時代、若手プロデューサーに秋元不死男の令息千加志君が入社してきて彼から恵まれた。酒席の三鬼さんに所望したのを憶えていられ、秋元君に託されたものだろう。

風変りの筆名の由来について、東京外神田の共立病院の歯科部長だった俳人はこの病院の電話室のなかで、三鬼、と決めた思い出を綴っている。これには後日譚が付く。未知の俳人から写真が送られてきて、これに昭和二十五、六年頃、広島郊外の或る神社の扁額に「三鬼大権現」とあったので驚く。「物識りの人に訊いてみると、三鬼とは天狗の異名に他ならず、広島地方では、現在でも用いられているから、その神社は天狗を祭ったものであろうとの事であった。私の驚きは大爆発した」とある。これはもともと菅江真澄の遊覧記などにも見えるように、山鬼《さんき》であってのちに三鬼になまるものの、山中を往き来する山男の称であって天狗とはかぎらぬ。

「山鬼と云ふ語は安芸の厳島などでは、久しく天狗護法の別名の如く考えられて居る。或は三鬼とも書いて其数が三人と解する者もあったらしい」と柳田国男が『山の人生』に書いているようにひろく一般には山鬼の称で通っていた。同書にはまた秋田の方では山中の異人の汎称だった山鬼が、ついには三吉大権現と書いて神にまつられた趣きを引いてある。しかし三鬼天狗の称がなかったわけではない。『後太平記』には「厳島大明神ヨリ、三鬼天狗、彦山ノ豊前坊、鳴瀧山ノ胴一法印ヲ向ケ給ヘバ、三社ノ神モ比叡山次郎坊、鞍馬山ノ僧正坊、愛宕山ノ太郎坊ヲ大将トシテ、神軍数度ニ及べリ」などと出、「相継イデ三鬼天狗、木ノ葉天狗数千ヲ引卒」しかじかとつづく。修験道に云う三種鬼などと紳士の三鬼さんを一緒くたにしてはモダニズム道に反し礼を失するから止める。

先頃、ブルージュのベギン会修道院で思わぬ光景を眼にした。ひろい庭を歩いてゆくと緑蔭に三人の笑える老婆たちの姿があった。

緑蔭に三人の老婆わらへりき

青山学院時代の三鬼さんはメソジスト派の教育を受けたと云われるから、長いこと、この句には尼僧院の背景が考えられないでもなかった。モダニスト天狗を袖にしたかどうかはいさ知らず、ベルギーの山姥と化した三婦人が会している図と見立てられなくもない。

〔「俳句現代」平成十三年一月號〕

龍雨と万太郎

久保田万太郎は大正六年、ほぼ半歳を傾けて「末枯」を書いた。さらには「続末枯」が書かれた。これらの小説に出る寄席芸人や俳人、あるいは紅燈戯場にかかわる知識は岡村柿紅と増田龍雨より得た。東京下町の市井に生きる人々を描いて独往独歩の情趣を作り出した万太郎の小説また俳句には天分に加え、それぞれ周到の準備配慮がなされてあった。戦後に書かれた蓬里こと龍雨をモデルとした「市井人」を含む五部作を通して読めばおのずからわかるが、先達俳人龍雨を抜きにして万太郎の小説、いや俳句を語ることはできない。旧派の俳人龍雨は新派の俳人万太郎にとり無視しようのない存在であったはずである。『道芝』跋文に、旧師東洋城への謝意を表してより梓月、龍雨、孤軒にも同じようの謝辞を述べているのを忘れてはならぬ。

昭和五年、『龍雨句集』に序をしたためた万太郎は書き出しに云う、「白状すれば、わたしは、いま丶で屢々龍雨君をわたしの作の中につかつてゐる。……といつてもわたしのことである、正直に、右から左へ分るやうなつかひ方はしてゐない。だから龍雨君自身にしてもよくは知らないらしい。

……が、ひそかにわたしは、その理由でわたしは、龍雨君の存在をつねに有難いとおもつてゐる」と。持って廻った云い様だが、要するに雪中庵十二世を嗣いだ宗匠、浅草芭蕉と慕われた龍雨師匠の存在をつねにありがたく思っていると云おうとしたまでである。これに対し龍雨はその跋文に、わたしの俳句の先生は実に傘雨氏である、それがどうした間違いか傘雨氏はわたしの弟子であると逆に伝えられ心苦しい次第である、と述べてより「しかし、わたしはこゝに、はつきりと云つておく。久保田万太郎氏は本質的にわたしの先生であると」と明記した。これを意識したばかりではあるまいが、その三年後に出た『龍雨俳句集』の序で万太郎は蒸し返しに云う、『龍雨句集』の出たときにその跋でわたしによって指導されたという意味のことを龍雨君の正直に書いたのに対し、「龍雨ともいはれるその斯道の先達が不見識も甚しいといきり立つた一部の人たちのあつたこともわたしといへども知つてゐるから」と。切りもないから止めるが、龍雨六十歳、万太郎四十五歳になった昭和八年当時まで二十年におよぶ二人の師弟?関係を縷々述べて飽きない。

樋口一葉全集の著作解題をものしたこともある万太郎には「一葉とその大音寺前時代」と題した考証随筆がある。明治二十六年に本郷菊坂町から俗に大音寺前と呼ばれた下谷龍泉寺町に引っ越した一葉の事跡を探るべく、昭和三年、万太郎は馬場孤蝶ほかと出かけ、千束町在住の増田龍雨に頼んで加わって貰う。二十四歳で吉原京町二丁目中米楼の奥帳場をまかされた土地っ子の龍雨が加わったにより『たけくらべ』の旧跡は確かめられた。ところが、この翌年に書かれた「吉原附近」には〝無理から〟引っ張り出した増田龍雨の名は全く出ず、〝もう一人の連れのすがた〟が急に見えなくなったとあるばかりだ。これは一体どういうことなのか。

昭和十六年に三田小山町の万太郎宅を訪ねて以来親炙しつづけた後藤杜三氏は万太郎急逝の十年後に『わが久保田万太郎』を上梓された。これの「浅草芭蕉」という一章に、

「末枯」は増田龍雨を通して知った下町の義理人情の真諦を踏まえてとさきに述べたが、万太郎の自筆年譜には龍雨との交遊がまったく見当らない。巷《ちまた》の一介の俳諧師の名を挙げることは、万太郎の自負が許さないのかも知れないが、ぼくには、万太郎の人と文学とにおける龍雨の投影を見過ごすわけにはいかない。

とある。後藤氏は万太郎の取巻連中とは違い一見識をもって万太郎に惚れ抜いた御仁、そのひとがこう憤るのである。昭和二十二年に好学社より出版された久保田万太郎全集は後記に自作解説が付けられ私なども重宝がったひとりだが、その自筆年譜に龍雨との交渉が全く見当らぬのに呆れ返った憶えがある。後藤氏によるこうした指摘は「茶の間の会」員はもとより弟子筋の俳人からも一向に行われていない。

『龍雨句集』跋文に、浅草田町に住まいしたころの龍雨宅、その孔雀長屋へ来るたびに「子供の寝てゐる枕元で、長火鉢をはさんで、ともに夜を更かすことも屢々だつた」と述べてより、「その田町の家でのよみすての句」を五つほど拾ってある。その内の、

吉原のさわぎを夜々の布団かな

は季題別全俳句集に採られてはいるものの出典はおろか発表年も定かでなく、「わたしの世帯の何もかもが、傘雨氏の眼に触れると句になる」ころの逸句である。

龍雨、万太郎の二人に良かった伊藤鷗二氏は龍雨につき「明治大正昭和に渉る俳壇で、わたしの知つて居る限り、性行事蹟を最も惜しまれる俳人の一人です」と讃えた。一方で、万太郎の遺文「わたしの母校」の中に「級友大場惣太郎（白水郎）の名が全然見えて居りません」と嘆き、刎頸の友だった俳人の名を出さなかった非を難じた。俳句については万太郎が師匠格、俳諧については龍雨が大先達だったと云う後藤杜三説は尤もながら、私には俳諧俳句さらには人物のよろしさの上でも龍雨は格段にすぐれていたと思える。

〔「俳句現代」平成十三年三月號〕

歌う力

写生とはいかなることとわが知らず写生論などはどうにでもなれ
ここに皆うたを並ぶる滑稽は雀をどりかみやこ踊りか

去秋、著者より恵まれた『香貫』を繰るうち右の二首に感嘆した。早速発した蕪函に、率直清高の歌人はいまや尊兄ただひとりとなりました、としたためた。野暮半ちくの写生論なぞ突っ撥ねるべし、現代歌人諸君にこうした歌う力が見られぬのはどうしたわけか。

岩に湧く泉に飲むがやをらその顔を挙ぐれば亡き宮柊二

今の歌、今の歌壇の衰乱とどまるところを知らぬていたらくを宮さんが見たら何と嘆き悲しむことであろう。

家ごとに流れに橋を渡したり三島の町よ冬さびにけり

良き靴を買ひ得ざりけり戦後よりおもひおもひて忘れはてたり
短か歌つくらぬ絵師の方代を讃ふる聴きて心はうれし

玉城徹は現代ただこと歌を詠みなし得る唯一の歌人である。こういう歌に出遭うとたまらなく蘆庵を読み返したくなる。『或問』に云う新情を思い、『ちりひぢ』に云う無法無師を思い、今蘆庵玉城徹の心にしみ入る歌に思い至るのだ。

香貫山青すさまじく闌《た》けたるを洩るくれなゐは櫨紅葉にて
来かかれば桜は若葉出だしけり沼津のまちの浅間《せんげん》の宮

書名となった香貫《かぬき》の地名については覚え書きに見える。少々加えると『駿河国新風土記』ほかに香貫大明神社が出、猿田彦命、木花咲耶媛命、大山祇命、磐長媛命が合祀されてある。また上香貫の香貫八幡宮には玉祖之命、瀬織津媛命の神名がうかがえる。古く、富士文明の栄えたこのあたりには、埋もれた古社や祠が多く、硬骨清興のひと玉城さんは、そうしたなかで新しい「うた」を書きつづける。

（玉城徹歌集『香貫』短歌新聞社）
〔「短歌現代」平成十三年三月號〕

風流これにあり

「風流俳句問答」と題せられた序章がある。巻首に風流の二文字を冠した俳句問答を置くのはうれしく、著者から読者への挨拶にとどまらず俳句芸術そのものに対する挨拶と受け取る。これに「笑い」と「さび」との関係が問いつ答えつとはさらにうれしくなる。

　思えば復本一郎の姓名を見知ったのは三十二年からの前、中村俊定先生古稀記念『近世文学論叢』（昭和四十五年刊）に出る「芭蕉の《さび》は如何に理解されたか」によってであった。この論稿は芭蕉の説く「はいかいはなくても在べし、たゞ世情に和せず、人情通ぜざれば人不調」（『わすれみづ』他）を、其角がそのパラドックスを看破していたという鋭い指摘などがあって忘れられぬ。副題に、《さび》へのアプローチの為の基礎的考察を掲げた潔い小論文は俳諧考証家復本一郎の今日あるを予見するに足る重大かつ初々しい出現であった。

　「江戸俳諧・艶と笑いの饗宴」、ありがたい題名をいただく一章ではないか。復本さんはその書出しに云う、付合《つけあい》文芸である俳諧《はいかい》は、その発生時より「笑い」と「謎（謎解き）」を特質とする、というのが、私の持論である。

つづけて、そしてエロチシズムは、「笑い」と「謎（謎解き）」の二つながらに大きくかかわって俳諧史を貫通しているのである、と。誠の俳人鬼貫と『おくのほそ道』の浄書者素龍との両吟半歌仙、あるいは代官の娘捨女の独吟恋歌仙の掘起しなど、持論が忽ちに証明されてゆくのはなんとも小気味よい。吉原本はともかく泥足の『其便』あたりを繰ると遊女八橋ほかの句が拾われてあるが、そんな恰好つけた風流ごかしの比ではない。

本書で最も眼を奪われるのは、義士俳人として知られているもののすこしもわからずに放置された進歩を考証した一章であろう。志田義秀氏も投げ出した橋本進歩を寺坂吉右衛門と見当てた復本氏の謎解き考証の成果は大きい。

「こまやかな感受性の俳人其角」、これはぜひ芭蕉一辺倒の当世連衆に読んでほしい。慾を申せば二人とも三人ともいう愛娘の跡が知りたい。さらにねだれば其角の妻女の通り名でよいから知りたい。岡野知十にそうした思いを託した「春興に妻の名とめよ句によみて」の一句があった。鬼ヶ城選の『平成俳句女哥仙』は泣かせる。彼の女《かひと》たちに俳諧性の再評価、再認識を訴えて結びとした本書はさきの大冊『俳句源流考』と正続編よろしく併せ読まれることが望ましい。

（復本一郎著『俳句芸術論』沖積舎刊）
〔「俳句」平成十三年四月號〕

付記　復本一郎氏にはすでに『江戸俳句夜話』（平成十年刊）があり、これに「蕉門無名俳人の佳句」と題せられた一章が割かれてある。本多臥高《がこう》、広岡雪芝《せっし》、西沢魚日《ぎょじつ》、姓不明の夕兆《せきちょう》、高宮怒風《どふう》、永田芙雀《ふじゃく》、それぞれの吐詠と人物が短い紹介ながら生き生きと描き出されてあった。蕉門とは申せほとんど無名に近い俳人である。復本氏は丹念にこれらの日の目を浴びずにきた実力俳人を採り出した。すなわち風流これにある雅事俳趣であろう。

萬歳感賞

九段下亀鳴く頃となりにけり

藤原為家の一首はともかく、亀の看経を「おのれは正に聞たり」などと伴蒿蹊がまことしやかに書き伝えたものだから、亀鳴く、と信ずる俳人連衆はこれありがたしとばかりに季題に採り入れた。近代に至り「亀鳴くと嘘をつきたる俳人よ」の一句が鬼城により吐かれたものの改める風はさらになく現在に至った。亀が鳴くなどとは嘘ッ八にすぎないが、俳想ゆたかに思いめぐらせばちびちびと出す亀の小便よりはるかに俳趣味のある古諺、いや季語ではある。

作者は短歌また俳句の総合誌編集の長としてこの世界にながらく携わってきた人、そして此度は第一句集『萬歳』を上梓して俳人秋山巳之流の登場と相成った。こうした俳界事情に明るい人が根拠薄弱の季語もどきをさらりとあしらったあたり、思わずもにやりとさせられる一句である。それに九段下がよい。誰しも靖国神社への登り坂あたりを思い宛てるだろうが私には角川書店の古い社屋のあったあたりが思い浮かぶ。戦災で焼き払われたものの戦後しばらく九段坂界隈には深くこんもりとした森がのこされていて、暁星中学校に登る坂道では蛙が鳴いていた。と云って亀のごときが鳴いていたとまでは云い兼ねる。明治のころの飯田町中坂つまり九段坂下に近いあたりに硯友社はあったが、紅葉や小波に九段下で亀が鳴いたといった句は見えない。九段の待合に遊んだ帰りしなに市内電車の往き来する坂下とか藻刈舟の浮かぶお濠を一度として句に詠まずだったのはいまに悔やまれる。本書には別に「亀鳴いてすぐ目の前の一丁目」があって、どこの一丁目かわからぬが作者は亀を鳴かせる一事に自信満々のていである。滑稽句には何よりも自信が大切である。とにかく集中第一等の作の誕生を江湖博雅の俳人と共によろこびたい。

他界よりもどりし花を桃といふ

俳味としか外に云いようのない味わい深い句である。記に出る黄泉比良坂のくだり、あるいは紀に云う「此桃を用て鬼を避く縁なり」のくだりがすぐと思い浮かぶ。他界は幽明界を異にする冥界であって、陶潜のえがく桃花源記のごとき仙郷ばかりではなかろう。亡き妻女に会いたくて雷神に追いかけられる、しかし、なお桃の実は鬼神を避けるとの望み思い入れが日本人には古くより心底に養われてある。「みちとせになるてふ桃のことしより花さく春にあひにけるかな」の思いはひとり凡河内躬恒ばかりでなく、西王母伝説ともども桃の花に一種呪術めく念力を托したりしてきた。景樹は「追ひ及《し》きてとりかへすべき物ならばよもつひら坂道はなくとも」と詠みなし、つぶりの光の狂詠一首にも

「願くは三千年をへて春死なん王母が桃の花のもとにて」といった西行一首を踏まえた桃花礼讃、他界願望への思い入れがあった。

掲出一句に改めて云われてみると、桃というものは他界からもどってきた花のようであり、いえば出もどりの仙桃になろうか。つまり俳諧化された花と受け取ってよい。一条兼良の『世諺問答』に三月三日に桃花の酒を飲むのはどういうわけかと問うたのに対し、武陵というところで桃の花が水に流れているのを飲んだところが気力さかんとなり三百余歳の寿齢をいただいたという故事によると答えた。さよう、桃の花を浮かべた酒を飲むことで右の句は一層俳味濃い句となるべし。

古句に「羽衣の忘れところや桃の花」があった。俳諧紀行『桃の首途』に出る風荷の句である。羽衣伝説によったところは西王母による句と同じ趣向ながら、他界よりは天界より舞い降りた羽衣なので人間臭さに乏しい。現代では葛原妙子に「他界より眺めてあらばしつかなる的となるべきゆふぐれの水」が拾える。いずれにせよ俳味歌趣ともに解説調、他界よりもどりし花に遠く及ばない。

からくにの竹の夫人とあひにけり

一読、漣山人の「竹婦人呼ぶや李白が二日酔」がよみかえったが、小波よりこちらの方が色気があってよろしい。昭和に近い大正十五年十月号の俳諧雑誌を繰っていたら「抱籠に大江の風通ひけり」が拾えた。映山紅という作者は知らぬが、大江は長江すなわち揚子江に遊んだ巳之流さんの一句を知ったらよろこぶだろう。

唐国ではないが北国つまり北里つまり吉原の竹婦人を挙げないわけには参るまい。秋山巳之流が角川書店の俳句編集長だった時分に『日本は俳句の国か』という妙々吟々の書名を恵まれた評論集をつくって貰った。これに竹婦人を扱った「江戸風狂俳家抄」を収めたら続々と反応があった。それも俳人ではない風流家や好事の人士からの手応えある書状に気をよくした。竹婦人は河東節の作詞者としてその名が伝わるものの明らかならず竹嶋正朔とも岩本乾什とも伝えられ、二人は同一人物であるとした書物もある。先の一書で私は江戸町一丁目の名主竹嶋仁左衛門春延、妓楼天満屋の三代目主人「春延こそ乾什その人」であるとする谷沢尚一氏の説を強く推した。こうした考証にはなかなか決め手となるべきものがない。たまたま書庫整理中に古ぼけたバスケットから取り出した資料のなかに「浅草寺境内乾什の句碑」限定拾部とガリ版で刷られた一葉があらわれ、これの碑面の拓本写しに「江戸俳人岩本乾什号竹婦人」しかじかと出ていてうれしかった。この碑は明治のころまで人丸堂のかたわらにあったもので落語家の談洲楼燕枝の手に移りそれをさらに大槻如電翁が受け継いだもの、亡父紫舟と良かった磯ヶ谷紫江翁がこれの欠損を憂いて昭和三十三年に十部にかぎり刷って置かれたものだった。秋山さんに評論集をつくって貰った折に入れられなかったにより改めてこの場を借りて加えさせていただく。いずれもさま、何かの妙縁につながるものがあろう。

くわんをんの声を聴きたし師走かな

聞けば秋山巳之流は還暦を迎えた由、弊居にはじめて見えたのは四十代の前だったたか。そのうち浅草奥山に『萬歳』三誦酌まんかな。

〔「河」平成十三年六月號〕

付記　バンザイかマンザイか、著者にたしかめもせずに鑑賞文を書いてしまったが、マンザイであれば元禄のころの京俳壇に『萬歳楽《まんざいらく》』の一本があった。戯作あるいは狂歌狂詩の集にバンザイはなかったかと探っているが、萬載はあっても萬歳はない。無論のこと俳書には見当らない。秋山巳之流の手柄である。

夜蛤

陰暦九月に入ると江戸の町々を毎晩のように蛤売りが売り歩いた。加舎白雄《かやしらお》の三回忌を記念して寛政五年（一七九三）に出版された『しら雄句集』には「江都のならはしかならず蚪蛤を売歩行《うりあるく》にぞ」と前書のある、

はまぐりはそだたぬものよのちの月

の白雄一句が出る。後の月（九月十三日）にかぎって売り歩いたかのように受け取られもするが、そうとはかぎらない。また前書にもあるように京都、江戸、大坂の三都のうちで江戸だけに行われた秋の景物だった。なんのことはない蛤を夜になると売り歩いただけの話だが、あっさりとしたこの味がなぜか江戸者に受けた。

名月やはなし雀に夜はまくり

五世團十郎には引退した翌年の寛政九年に出版した『友なし猿』があってこれに収める「白猿発句集」に右の句が見える。彼もまた夜蛤党のひとりだったのだろう。もっとも役者稼業という立場上、棒手振《ぼてふり》を待つことなく家人につくらせた蛤汁をすすりながら十五夜の月を仰いでいたものか。お気付きのように白猿の句は九月でなく一ヶ月から早い八月十五夜、月見の詠句となっている。八月か九月か説の分れるところだが、天明三年（一七八三）に出版の『歯がため』には夜蛤につき「八月のころ、江戸にて夜々売くるなり、月見の夜は、家々蛤を吸ひ物とすること、いつのころよりか習はしとなれり」とある。さらに、売る時節をもって季とする春の洲蛤を出した上で、「夜蛤のこと、思ふところあれば、押し出して秋とも定めがたし、題を得ば秋季を結びてすべし」などと述べてはなはだ歯切れが悪い。要するに、暑い盛りの夏が終り肌寒さを覚える秋八月から九月にかけて江戸の町々を夜にかぎって売り歩いたことはたしかである。炎暑で疲れた心身を養い直すためにも滋養分に富む貝類を選んだのは江戸前の海をひかえた江戸っ子の知恵の一つのあらわれだろう。先に引いた白猿の句には、雀化して蛤となる、雀海水に入り蛤となる、などの俚諺による季題が隠し味さながらに利かせてある。

江戸特有の夜蛤であったにもかかわらず江戸では採り挙げる者が思いのほかにすくなく、江戸考証に行きとどいた目配りをのこした鳶魚居士ですら一顧だに与えていないのは興味深い。西鶴の浮世草子『色里《いろさと》三所世帯《みところせたい》』（元禄元年刊）には浅草の裏町をえがき、「三人一所にありしが、夜は鬼界が嶋のこゝちして、蛤汁の集銭出し」しかじかと述べたあたり、わずかにそれとない描写がうかがえる。もしこれが夜蛤そのものであれば最も古い記述となる。江戸の戯作者でなく上方育ちの西鶴により夜蛤が引かれてあったとすればこれはこれでおもしろく、ありがたい考証となり得る。子規居士による大冊の『分類俳句全集』にも白雄の〝のちの月〟一句が拾われたものの夜蛤の項目は立てられずだった。

管見のうかがうかぎり夜蛤の句で最も古いと思われるものは、

吾妻咄に鐘ぞ聞ゆる
郭公はめづらし都にきかぬ夜蛤　百丸

であり、これを収めた『野梅集』は貞享四年（一六八七）の刊行である。百丸は伊丹の豪商、造酒家丸屋の主人で伊丹俳書の諸集に入った俳人だから、あるいは江戸からの土産話に聞いた夜蛤に一種の俳味を感じていたものかもしれない。

簑きれて塵を斗《はか》るや夜蛤　存義（古来庵発句集）
買ふ音を捨つる寒さや夜蛤　貞佐（桑々畔発句集）
からめくも秋のひとつぞ夜蛤　旧国（新夏引）
照月の月やうらみん夜蛤　白雄（白雄集）

年代順にならべてみたが、それぞれ明和から寛政にかけての句集に出る。十八世紀後半の大都市江戸では他国にさきがけて夜蛤の味が好もしく受け容れられていたようだ。夜の蛤といえば房事を連想させる材料であり、事実、川柳作者には欠かせない好物?だった。

蕎麦切のあかりをかする夜蛤
手の平へ銭をつかせる夜蛤
二つ三つあかるみへ出す夜蛤

『川柳吉原志』には宝永、明和の柳句より引き、さらには「十五夜には蛤の汁を啜《すす》りたるものその殻と共に帰らぬ息子を思つて愛想をつかす」の頭註をつけた、

蛤の殻と息子をすてるなり

の一句を引いてあった。廓内では秋口になると夜蛤を売り歩くならわしがあったろうに、くわしく述べた吉原本はまず見当らない。

昭和三十年代後半だったろうか、浅草の句会で夜蛤の席題が出されたことがたった一度だけあった。いまではヨハマグリといっても俳人の大方はほとんど理解できず、急速に忘れ去られてゆく季語のように思えて惜しまれる。四十年からの前に家人につくらせて以来、夏の暑い盛りから秋口にかけてうすむらさき色の蛤汁をすするのを夜の楽しみの一つとしている。

〔「四季の味」平成十四年七月29號〕

五句みじかく

伊勢るまで待ちて業平蜆かな

いせる、は『大言海』に、よせる、の転化とあったりするところから縫物にかかわる用語かと思われているがそうとは限らない。俳諧の畑で云えば、なぶる、じらす、からかって待たせる、などの釈義が当てはまる。享保十六年刊の『江戸むらさき』に〈待針のいせておそゐか出合茶屋〉が出てこれより引いた。現代俳者流の大方は俳句と川柳を較べるだけで雑俳の伝統を一向に振り向こうとしないので反省を促した。雑俳には点取の江戸座に引けを取らない宝の山がある。雑俳を見て見ぬ振りをする現代俳句の狭さは着想、語彙、語法の貧しさそのもの、芭蕉また蕉風偏重よりする俗語探求への怠慢に外ならない。伊勢る、は私の遊びで川柳に云う、伊勢の留守、を利かせてある。平成二年作。

川筋に子供老いけり春の雪

俳意は簡単明解なのだがなぜ川筋に子供が老化するのかわからないと云う。答えて曰く、吉原を里と称するのに対し深川を川また川筋と称するのは洒落本を繰るまでもなく古くからの決まりである。従い、深川で子供といえば遊女を指し、いまなお船宿にはそうした名残りがある。吉原の引手茶屋は消えたが深川筋には子供屋がのこる。旧作〈とりめのぶうめらんこりい子供屋のコリドン〉は深川斜巷への哀歌だった。平成三年作。

さらば黙識そろ〳〵弟子を育てるか

雑の句、無季二十句をもとめられた折の結びの句。考えるところあって弟子をとらずにきたが穂積茅愁の出現でぐらついた。その句集に与えた序文で時流に投ぜず虚名を売らず云々としたためたがその通りの巾幗は貴重である。自分の門生でもないのに中原道夫氏が肩を入れて下さり黙識心通これにすぐれるなし。ついでに書き付ければ無季俳句を無視するのは時代錯誤も甚だしい。世界俳句の到来を目前にしてたとえば日野草城門の富澤赤黄男をなおざりにするなどは文学史の汚点也。平成九年作。

河岸かへてよそながら片しぐれかな

仁平勝君が一頭地を抜く鑑賞を書いて下さった。昨今の俳句雑誌で最も遅れているのは挨拶ごかしの時評、書評である。仁平君は片しぐれに恋の匂いを嗅ぎ取り女の涙を読み取った。油断のならぬ批評家である。平成十四年作。

ゆく春を襟髪に追ひ江戸向《むかう》

大川から西手、お城からは東手を江戸前と云い、本所深川のあたりが江戸向、現代俳句でも同じ。平成十四年作。

〔「現代俳句の世界」富士見書房、平成十五年一月刊〕

加藤郁乎は女性の俳句のどこに魅力を感じるか

生れたる日本橋の雨月かな

日本橋生まれの長谷川かな女の俳句を語る所説の多くが台所俳句にはじまり通り一遍の地名やら役者名聞にふれる程度なのはいかにも拙劣、いただけない。明治二十年生まれのかな女が江戸の名残りをとどめる日本橋界隈および江戸歌舞伎を生涯いかに慕いつづけていたか、紙背言外、察するにあまりある。

新海苔に二度渡りけり日本橋
初秋の屋根を鳩とぶ日本橋

海苔屋の日本橋、日本橋通り一丁目のいまはない白木屋を借景とした交叉点の一角、本石町生まれの作者により海苔は橋はよみがえる。

冬靄に上げ汐ぬくき女橋

のような句は近代の俳枕を語る上で欠かせぬ名吟である。中洲に往き来するには男橋と女橋があって戦後になってからでも私は渡った憶えがある。高速道路のため箱崎川の埋め立てで名のみと化した幻の橋をいまに伝えられたかな女の一句をありがたく思う。歌舞伎狂言に少女のころから親しんでこられたかな女は明治大正にかけてのいわゆる小芝居、たとえば下谷の開盛座などをよく観ていらして教えられる。また、色恋もわからぬ時分から種彦の『田舎源氏』を読み耽ったこのひとは其角の「朝かほにしをれし人や鬢帽子」を引かれたりして晋子党の私を喜ばせた。考証資料もかなり揃ったのでそのうちかな女論を書く。実作を通して江戸俳諧を支えつづけた女人への感謝であり、秋桜子と並び立つ歌舞伎通でありながら一向に論じられぬままだった俳人への義憤公憤に外ならない。

三橋鷹女は新興俳句の畑から出たわけでもないのにこの方面から論じられるが、それだけにとどまるものではない。戦前から戦後にかけての鷹女は、云えば現代俳句に於ける無双のシャーマンであったろう。

この樹登らば鬼女となるべし夕紅葉

老いながら椿となつて踊りけり

藤垂れてこの世のものの老婆佇つ

杖となるやがて麓のをみなへし

これらの句はそれぞれの時代に於いて脱俗超然たる吟誦性に貫かれた口寄せの傑作であった。好き嫌いの甚だしい身勝手の女ならそのへんにいくらでもいるが、文学的孤立に耐え得る強靭の資質を備え養い育てる者はいたってすくない。ましてや指導者また結社などの師風約束事に縛られ通しに開花成長するしかない女流俳人にあって、私は私、の自己主張を枉げず徹底しつづけるのは容易でない。そうした意味合いで、

夏痩せて嫌ひなものは嫌ひなり
初嵐して人の機嫌はとれませぬ
鞦韆は漕ぐべし愛は奪ふべし

右三句は読誦するたび、孤立無援を怖れぬ独白の文学としての俳句に対する畏敬の念を改めながら深めるばかりである。俳句は個の文学である。俳句は座の文学であるとする考証また信条もあって一向に構わぬが、一字一句また一皮ずつ解いてゆくとまやかしの匂い汁がにじみ出してくる懸念を催さないではない。三橋鷹女の出現このかた女流の俳句は個の文学としての旧領土を奪回した。

有季定型の最もいやらしいところ、つまり俳諧性という陰湿の局所、マイナスの部分を陽転させながら颯爽と出直した辻桃子に、

蛤を提げて高きに登りけり

があって感心した。俳諧はもともと滑稽に発しているとばかりいう定説にもたれているかぎり俳句の醍醐味はわからず、俳人として立つ見込みも覚束ない。辻桃子に於けるそうした目覚め、転生は早かった。虚子を読む長丁場の仕事、虚子を嫌った先輩格を尻目にこれも巾幗者流には珍しい。

東京湾だるま船上犬交る
春はあけぼの陰の火傷のひりひりと
忠信が狐に戻る師走かな

作者は女だ、と確かめるともなく読んでゆくうちに風狂の女流という思いが湧き上がった。風狂の女流俳人など居るはずがないと思いこんでいただけに驚きは一入だった。

俳諧を阿呆とののしり梢を継ぐ
なにが哀しうて句作るつづれさせ
燃えがらと称す男が夜警かな

これらを収めた風狂の新句集『饑童子』に本年度の加藤郁乎賞を贈ることとした。
現代俳句に久しぶりの新風をもたらしたということで黛まどかの登場を、勇気ある新しみ、と捉えた私は与謝野晶子の登場をかえりみながら讃えた。かえりみて云うが、まどかの恋の句は舌たるい。しかし、その勇気を讃える。

見送られゐて秋時雨あきしぐれ
くちづけの秋の燈をふやしをり

キリストも教えを立てた時分は新興宗教と目され迫害され、碧梧桐も新傾向を示した句風により新興俳句のさきがけとなったが置き去られようとしている。まどかは恋の句に集中することで縦社会の仕来りにこだわる俳壇に一石も二石も投じた。しかし、恋の句の一点張りではいずれ行き詰りがくる。老いらくの前に何か手を打つ必要が生じるだろう。

落椿踏んで式部の恋のあと

先人の佳什に学ぶのも一つの手立てだろう。二人の男を同時に愛した建礼門院右京大夫を参考とするのもよろしかろう。

櫂未知子はその名の通り私にとりいまだに知られざる部分すくなしとしないものの、今後の女流俳句を語る上で屈指の作家である。

面白くもなき場所残す野焼かな

駆け落ちと紛ふ遍路に出会ひけり

旨さうな鳥だつたのに鳥帰る

どうです、この筋立て、外しよう、どんでん返し。このひとの句的進化のゆくえには短篇小説の領域がひろがり、ストリーライターとしての資質にますます磨きがかけられてゆく趣きである。

辰年

初夢の鱗まみれとなりにけり

龍女を詠みなした句だとすれば珍しいの一語に尽きる。鬼灯を龍女の袖の玉に見立てた正友の一句が談林時代に見えるくらいである。龍女は胎生でなく土中より生ずると伝えられるから蒙古斑があったか否か知る由もない。

師弟関係は小澤蘆庵と矢部正子のようにありたい。ヴァイオリニスト穂積茅愁の処女句集『魂柱』に序文を与えてから五年が過ぎた。

かぎろひや脱がせてみたきくわんぜおん

挿花のあちら向きなる姫始

百数へよ肩まで浸かれ湯豆腐よ

いま繰り直しても俳味の妙はいささかも変らず、手放しで旨いと思う。句集の巻末に雅号の由来がしるされてあるが、白秋と迢空に親炙した祖父の歌人穂積忠の先祖は凡兆門、祖父も父も立机した宗匠、北堂は歌人生萩である。こうした一千年来の名家の出自にこだわることなく、ひたすら十七字音に打ちこむ女流俳人の意気地を誇りに思う。

〔「俳句界」平成十五年三月號〕

露伴の俳味風流

近代俳句における革新に子規居士が与って大きいのは弁ずるのさえ野暮の骨頂の極み、書かでもの記、入りほがの説なぞを喋々縷述するなぞ昔から真ッ平御免で通している。子規の俳句革新により失われたものがこれまた著しいについては是非ふれて置かねばならない。子規が旧派旧套として斥けた月並批判あたり瑕だらけで未熟の俳論にすぎず、江戸俳諧よりする風流を目の敵としてガサツなまでに葬り去ろうとした田舎趣味を論ずる者のないのは情けない。革新党子規の生きさまは性急に過ぎた。

他方かえりみるに、小説や考証ほかの広い分野にわたりあまりにも大きく無辺の足跡を遺した鴻学露伴翁、この巨人はれっきとした俳人露伴でもあって俳趣味つまり俳味を何より大切にされ、風流論を含む特異の論考を遺された。幸田露伴を読みたかった直接の動機として、その風流談義にふれたかったという単純一途の思い入れを持ちつづけた青書生の私だが、こうした初心は五十年の余を経ていまもっていささかも変りがない。昭和二十二年に遠逝された露伴先生よりやつがれなりに恵まれた学恩は山ほどある。別して俳味と風流につき心底より教え導かれた恩誼は測り知られぬ。万分の一なりと学恩に報いることができればと、折々、思いの丈を句文に託してきた。本稿は余生すくない老措大による気随の雑談、その前口上である。

露伴道人そもそもの文学的出発は俳句、十七音にすぎぬ閑文字だった。露伴みずからに命じた筆名は俳号によっているごとく、このあたり先生は生まれながらにして風流に発した江戸最後の文人町学者であった。明治二十年八月、ようやく職を得た北海道余市の電信局を二年ほど勤めたあと無断で飛び出し海峡を渡り二本松から郡山にいたる間の野宿姿、これを読みなした「里遠しいざ露と寝ん草まくら」の一句を近代開化期その風流のはじめと見立てる意見が私にある。同年に生まれた子規居士が帰郷して俳句の宗匠大原其戎を訪ね教えを請うたのも同じく明治二十年、このあたりに関心を払う向きは両人の成り行きとしての俳句的出発を引き較べ給えよ。俳句という手頃の風流を知った両俳人の誕生はそれぞれ象徴的、一奇観と称すべきであろう。片や革新の気運赴くままに点取り俳諧批判とごっちゃまぜに俳味風流を斬り捨て、片や古句を探り江戸の雑書はもとより仏書禅籍また支那古典籍の考証などにより独自の風流観を開陳、小説化した。向島時代の露伴は同じ土地に住む雪中庵雀志に俳句の手ほどきを受けたと云い、根岸派の文人幸堂得知に俳句を仕込まれたとみずから洩らしていられたが精しくわからない。明治二十年より前の行実については伝聞そのほかがきわめて乏しいからである。

露伴という筆名俳号の基を成した一吟を巻初に置く『蝸牛庵句集』は昭和二十四年八月の刊行、芝居にうつつを抜かすかたわら江戸俳書を蒐め出した私はいち早くこれを需めた。丸ビルに社屋のあった中央公論社に素ッ飛んで行ったものかもしれぬ。

吹風の一筋見ゆる枯野かな
　元禄の奇才子を弔ふて
九天の霞をもれてつるの声
風流の細水《ほそみ》になくや痩蛙

これら出端のごとき詠句はほとんどそらんじていて、「酒五合寝てすむものを大晦日」などと徳利片手に歌舞伎下座音楽の第一人者望月太意之助氏の令息だった学友をうらやましがらせたりした。「俳句」誌が角川書店より創刊されたのはありがたく、その昭和二十八年六月号に蝸牛庵句集補遺として三十四句、同じく昭和三十年三月号に寿量讃二十句が発表された。第二次の露伴全集の刊行がはじまるのは昭和二十四年、その第三十二巻（昭和三十二年刊）に句集が収められ『蝸牛庵句集』三百四十五句（蝸牛会の後記では三百六十句とあるが実は十五句を欠く）に拾遺百三十四句が加えられたものの年代不明として扱われている。露伴先生二十一歳より八十歳までの六十年にわたる風流吟、これが五百数十というのは少々淋しい思いを催さないではない。しかし初作時代の私にとりこれらは他の職業俳者流とはおよそ趣きを異にする風流俳趣味への手引きとなり、爾来五十余年にわたり無言の教え、無上の指針であったといまに鳴謝している。

九州米の津

風流を忘れし頃やほと丶ぎす

対レ蝶欲レ語一片心

飛ぶ蝶に我が俳諧の重たさよ

貨幣の勢を

大江戸の雷《らい》の音より銭の音

淡島寒月の絵に

枯枝に如意のか丶りし寒サかな

これらはいずれも明治二十三年の作、短篇『対髑髏』の第一章に「里遠しいざ露と寝ん草まくら」が処女作さながら初々しく登場する年である。当時の子規はといえば梅室門の大原其戎を訪ねたりしているものの詩文に手を染めたりして作句にすすむ気配とてなく、露伴の『風流仏』を手本に小説「月の都」を書くにとどまる。後年の革新俳人の姿は見られず野球技に打ち興じていた。

露伴というと七部集評釈と思い勝ちだが、それだけではない。大正九年より昭和二十二年八月に没するの四ケ月前まで、口述筆記させたりして二十五年からの歳月を傾けたこれら大部の労作に隠れるようなかたちで底光りする俳論がそこにここに述べしたためられてある。

（略）俳味豈所謂俳句者流の私するに堪ふものならんや。俳味は即ち茶味なり。六尺の畳、十三通り十五通りの床《とこ》、善を尽し美を尽するもの是れ俗意の佳とする処なり。六尺の畳或は其四の三を去り、或は其の不足を補ふに尺の板を以てし、不如意不円満裏に佳趣を現ずるもの、これ茶味にあらずや。且や又茶味即禅味ならば、俳味即禅味ならんのみ。あらず、俳味たゞ茶味なり禅味なるのみにあらず、一俳味既に乾坤を籠蓋し、有無を融銷するや久しく遠き也。

右は明治四十三年三月に創刊された「俳味」誌に寄せた小文だが、俳味を述べて茶味、禅味とのかかわりを痛快簡短に論じ切ったのは露伴ひとりあるのみ。俳味を禅味に通わせてそれこそ禅問答めかしに付会、結果、何を云っているのやらさっぱりわからぬ俳人は多くあり永田耕衣などもその類にすぎず、俳味が果して禅味ごときに頼る俳者流の私するに堪えるものかどうか、大いに疑問なしとしない。私の知るかぎり露伴の云う俳味に適った現代俳人のひとりに和田魚里があった。芋銭好みの俳画を能くした画人魚里は生前さかんに茶化しの茶味、茶にする風流を賞した句をひねりつづけ、これらがおのずから巧まざる禅味、禅機をさらりと云ってのけて嫌味がなかった。生来、町方風流の何たるかに通じ机上の禅味や風流学問にとどまらず、遊びに学ぶ風流人だった。折にふれ露伴先生の書を読むようにすすめたが、むつかし過ぎるというので池袋だか板橋だかの小料理屋あるいは待合で露伴風流を講釈したことがある。

俗に露伴の三風流と称する『風流仏』『風流魔』『風流悟』の面白味を教えられたのは柳田泉『幸田露伴』（昭和十七年刊）によるところが大きい。柳田氏は露伴翁より折々直話を聞く機会に恵まれた数少ない明治文学研究家で、大学で私は講師柳田先生よりそうした強記博雅の露伴翁直話をさらに聞く機会に恵まれた。谷中天王寺町の露伴宅の居候となった奇人の戯作者朗月亭羅文の話などはいまなお記憶のどこかにとどめてある。若いころ、古神道や外国文学にすすまなかったら私は露伴風流の後塵を拝しつつ五十年からを傾けていたかもしれぬ。

〔「豈」39號、平成十六年七月〕

月並を仰ぐ

我雪とおもへば軽し笠のうへ　　　　其角
月夜とは忘るゝほどの月夜かな　　　抱一
芭蕉忌や芭蕉は芭蕉我は我　　　　　梓月

其角の句は見事な月並句である。そもそも名句とか秀詠とかいわれる作には月並調の要素がなければ膾炙しない。口あたり、舌さわり、がよくて一読覚えやすい句だ。高踏難解の句では極め付きの名句など成り立たない。三百年もの前にそうした俳味を知り抜いていた其角は『詩人玉屑』から笠重呉天雪の一句を抜いて元禄四年成稿の『雑談集』に前書として引いたりしたが、月並の名句をさらに念を捺した恰好だった。月並調の先駆、月並句として万代不易などの褒辞を近代俳人より受ける。昨今の俳者流は月並句というと一様に低くみるにとどまるが笑うに堪えない。のちのち翻案したもの多く、一具に〈わが笠の雪に価や句商人〉、近くは知十居士に〈我がものか其角のものか傘の雪〉などがある。

抱一の句は自筆句稿『軽挙観句藻』に「隣家鶯」と題せられた文政九年のくだりに出る。六十六歳、その死の二年前の詠句である。この年の六月、玉菊の百年忌法要を営んだ抱一だが往年の華やいだ風趣は見られず、しみじみと行き着いた俳境をうかがうに足りる。その四年前には〈春雨やよく〳〵見れば降て居る〉が詠まれ、いずれも十五万石大名の御曹子、遊里をわが屋敷のごとくに詠み尽くした画家の作とは思えぬ佳什。謎の絵師に扱われる写楽は寛政五、六、七年ころの抱一である。

江戸庵、籾山梓月とは荷風散人に親しみ出したころからの付き合いだからかれこれ五十年にはなろう。昭和三十三年、八十歳ではかなくなられた時分には梓月論を書く準備が整いつつあったものの、最後の文人俳家を論ずるには斜巷、歌舞伎、戯作の方面に暗く、力不足だった。〈春雨や白粉にさす傘の色〉〈清元の手にとるごとし夏の月〉〈橋越えて深川雪になる夜かな〉ほか、艶冶という表現がこの御仁ほどふさわしい俳人はいない。一方で芭蕉忌のような反骨をさりげなく示す。掲出の句は第五句集『続冬扇』に出る。

〔「俳句」平成十七年四月號〕

辻桃子『龍宮』一句鑑賞

ぬくまれば踊る豆腐や夕霧忌

夕霧忌の句とはいまどき嬉しい。しかも巾幗の作。十数年の前の私に、吉田屋所見の一句で歌舞伎座師走興行における長寿美声の清元志寿太夫を讃える吐吟はあるが、夕霧忌の句はない。新町吉田屋での忌日に参じてからと思っているうち、辻桃子に機先を制せられた。

傾城買い狂言あるいは島原狂言、というより夕霧狂言そのものの方が通りのよい夕霧太夫は大坂新町扇屋の抱え、実在の遊女ながら近松の芝居により可憐の名妓と化した。江戸の高尾や吉原中卍字屋の玉菊を知る一方の東京地方人には京の吉野や島原より大坂新町に移った夕霧の名はさして親しみがなく、ために夕霧忌を詠む風流気に乏しい。

夕霧は椿姫のヴィオレッタと同じく肺を病む遊君。紫縮緬の病鉢巻はこれを表している。『廓文章』で楼主の喜左衛門が「アモシ旦那さま、そりゃ余り慳貪《けんどん》と申すものでござります」と言うに対し、落魄して紙衣姿の伊左衛門が「イヤ慳貪なら、夕霧より蕎麦切りにしましょう」と答えるくだりに、「ぬくまれば踊る豆腐や」とつづければさらに俳諧的なり。「傾城は古風に伊達なるがよし」の諺もあるごとく、踊る豆腐の伊達気分は草城の〈炭の香のはげしかりけり夕霧忌〉をこえる色気、いや俳味であろう。

〔「俳壇」平成十七年七月號〕

付記　夕霧忌の句は私にない、と書いたがあった。平成十一年に、鶏が鳴く東銀座の夕霧忌、と詠みなし発表している。これは昭和四十年代を回想する作。楠本憲吉と歌舞伎座裏の小料理屋に夕霧忌としゃれこみ、新橋の芸者に『夕霧名残りの正月』は近松や上方だけのものじゃない、などと嘯いたような気がする。

江戸庵拾遺

籾山梓月については数篇の感賞考証を書いたが、まだまだ補い足りない。気づいたところをその都度書き留め、近現代にわたるこの風流無比たる俳家の足跡を大凡なりと明らかにしてゆければと思う。俳句風流は伝統また前衛にこだわらぬ一筋の本道である。子規、虚子、あるいは龍雨、万太郎を超える梓月の全体像がいまだ一向に論じられることなく、巷説なお誤った先入観また孫引き解説からか、旧派の宗匠株でもあるかのような臆説を下すなど烏滸の沙汰も甚しい。早くより梓月はいずれの流派にも属せず、事々しい一派を立てて言挙げする愚を嫌い、おのがものとした俳句また連句を一途に愛し、私財を投じて俳壇初の総合誌「俳諧雑誌」を供し、俳書専門の書肆をひらいて俳諧名著文庫ほかを世に贈り、八十年にわたる生涯を市井に隠れた一俳人として全うした。千聞一見に如かず、まず梓月居士の句に就いて見よ、と云いたいところだが梓月句集と銘打った新刊など昨今どこにも見当らないから、筆者なりに探り得たあたりを少々誌す。

その俳号はいくたびか改められている。第一句集『江戸庵句集』（大正五年刊）で永井荷風に宛てた書翰体の自跋によれば明治二十五年十五歳、又照庵布川について初めて俳諧を学び、漢籍の師であった松岡利記の名づけにより湟東と号したと云う。布川はのちの戯作者南新二、旧幕お数寄屋坊主で石州流の茶道宗匠だった。架蔵してあるはずの『南新二軽妙集』ほかがにわかに見当らず軽々しくは云えないが、湟東は布川翁に江戸趣味の中心にある滑稽俳諧を教えられたのではないか。翌二十六年、布川翁の勧説に基き八世其角堂機一の門に入り、翌二十七年には「永遠晋派の門葉たるべし」とある宗匠自筆の一書、つまりお墨付をいただき宝窓機文の雅号を許された。巽離庵機一は田辺氏、明治二十年に七世永機より其角堂八世を嗣ぎ向島三囲神社に住まいしてのちに老鼠堂を名告る。機文こと梓月が弟子入りした時分には機一の『発句作法指南』(明治二十五年刊)が出ているから、これをかたわらに俳諧精進に励んだものであろう。

ほとゝぎす暁闇のあらしかな

右は江戸庵の別号を撰み号した明治二十八年ころの作。翌二十九年より三十年にかけて「漸く旧調の非を悟り三十一年の秋いさゝかの手蔓をたよりに初めて大谷繞石氏を訪ひその紹介を得て高浜虚子氏と相識りその冬正岡子規居士に従ひ候」と述べ、「このたび初めて集とした『江戸庵句集』はその年以後の句稿より撰みたるものに御座候」と云う。ところが晋派を去って根岸派に走ったものだから機一は怒って破門を命じ、そののち跡目を立てて江戸庵機文と申す門人を取立てた由を人伝てに聞き知ったと歎いている。さらに付けて、「師弟の関係といふことにつき何のしきたりをも作法をも弁へざりしためどうやら此方より師を捨てたるやうに相成候は其のしきたりと其の作法とを大事にかけらる、師匠に対して行届かざる致方に有之候」とあり、初心の者、若年のそれがしにとり俳者流の師弟関係は「中々むつかしきものかなと驚き申候」と戸惑い気味に述懐している。

　　籾磨や暮れて灯さぬ家の奥

此の派、すなわち根岸派に来て最初の句であるにより集中に存し置く旨を述べる。そののち日ならずして子規庵の俳席に参じ、内藤鳴雪、浅井黙語、中村不折、下村為山、坂本四方太などと一座した次第を綴るが、日頃出不精、生来大の臆病者なので人中に出るのを怖ろしがり、俳席に列なることもいとまれになったのは余儀ないことです、と打ち明けてある。

　さりながら当時早く旧を去りて新に就き子規居士に従ひて初めて俳諧の自由なる研究をなし得るに至り候は私の長く忘れ得ざる悦び不幸にしておのれが天分の足らざるより居士と其の周囲の人々とに深き親しみを結び得ざりしとはいふもの、此等先達の俳諧に負ふところの大なりしは申すまでも御座なく候諸老なくんば今日なほ其角堂門下の月並俳人宝窓機文先生なりけんと思ふだに感謝の情禁じがたく候

旧派新派の俳句および俳界趨勢に右に左にゆれ動いた江戸庵の胸中が察せられようというものだろう。明治三十五年、子規を失ってのちは誰に就くこともなくひとりで俳句精進に努めた梓月であるが、

この間の事情はいまなお摑めない。みずからを語ることすくなしとする徳厚温和の俳人梓月には生涯通して随想随筆の集という類が全くなく、わずかに子規の『俳諧大要』をすすめる『俳句のすゝめ』（大正四年刊）が一冊あるのみ。これの冒頭に、

俳句を初むるには師に就くの要なし。故人も俳諧に師弟あるべからずと云へり。

とあり、その手始めに子規の『俳諧大要』を読むべし、と説き放っているのだから当時の姿勢の大概は察せられよう。

話を『江戸庵句集』自跋に戻して、来し方をかえりみ語る梓月は淡々如たる文中に思いもよらぬ事実心中を明らかにしている。子規を失った翌三十六年には吉村本家より籾山家に養子入りし、次いで三十八年には虚子より俳書堂を譲り受けるなど身辺繁多ながら句作と云えば、「時の力怖ろしくつもり〳〵て四万句の上に出で候そのうち調平らかにして意明かなるものばかり二百余句を撰び得て此の集を成し候」とある。さらに付けて云う、「此の度此の一集の為に多年始末に困りをり候吟稿二十余冊後園の落葉と共に一炬に付して灰となし得たる安堵の悦び近来これほどの肩抜け無之候」と。四万句とは恐れ入る。しかも、そのなかよりわずかに二百余句を自撰云々、いかに習作の反故処理とは申せ思い切りの良さに嘆息あるのみ。これには序文を請われた荷風散人も驚倒したらしく、「籾山庭後君二十余年来俳諧に遊び其の吟咏無慮四万句を越え其の集二十余冊に及ぶといふ。然るに今年乙卯の秋君何事にや感じたまひけん後庭の落葉ともろとも之を一炬に付し僅に二百余句を存せしむ。君新に

この二百余句を把りて江戸庵句集と題し印に付せんとするに当り余に向つて其序を求めらる」と書き起し、君が俳句は君が人生たればなり、などと叙して讃歎措かぬ辞句を惜しまない。

梓月は荷風より一歳の長、虚子より譲り受けた俳書専門の俳書堂より文芸書一般にまで発展させた籾山書店より「三田文学」を発刊する明治四十三年のころより両人は急速に親しみ水魚の交わりを結んだ。荷風の序文に籾山庭後君の文字が見え、また江戸庵みずからの跋にも庭後の署名があるのは籾山家に入籍した梓月が明治四十一年その籾山本宅の庭後に住まいして庵をむすび庭後と号を改めたによる。それにせよ、延々二十頁にわたる自跋とは句集歌集を問わず珍しい。煩を厭わず文を多々引いたのは『江戸庵句集』が当節では入手困難の稀覯書である上に、文藻家として誉れ高い後年の梓月居士を髣髴するに足る名文を江湖博雅の俳人諸子に幾分たりと吟味して欲しいと案じたからである。たかが後書と思う勿れ、これが三十七、八歳の俳人による自跋とは思えぬ堂々たる俳句観の開陳、意を傾けた好文字による手本のごとき藻翰体である。

大書すべき条々を加える。「さてわたくし俳号を江戸庵と申候ことにつきいさゝか申上置きたく存候これは所謂江戸趣味にあこがるゝより来れるには御座なく」しかじかとあるくだりは別して味わい深く、そもそもこれまでの江戸趣味に対する半ちく通り一遍の曲筆妄説を正す意味からも江戸庵主人の自跋を借りて二、三書き抜いて置こう。

（略）江戸趣味を護持する者といはるゝことわたくし身にとり何よりも迷惑成程私こと江戸の町人

の裔《すゑ》に生れ候へどもされればとて必らずしも江戸趣味とやらんに執着いたし申さず

とあってより、「江戸趣味江戸趣味といはるゝこと思ふに俳号殃をなすなるべく存候」と懸念を示し、「次にまた此の号決してかの江戸座の俳諧にも由来いたさず正徳享保は思出多き時代に御座候へども俳諧は風体衰へ申候かの沾徳などのいたし候俳諧を私の俳号に思ひ寄せらるゝこと思へば余りに可哀さうに御座候」と歎く。其角と並び称された合歓堂であったが、その俳諧と一緒くたにされるのはあんまりだと哀訴するあたり、意外も意外、江戸座に由来する俳系につらなる者ではないと断っている。これは本音を述べたもの、おのれは点取俳諧とはかかわりないと念を押した恰好であろう。旧幕のころ、飛脚問屋で五軒仲間の一軒に江戸屋という飛脚屋の元締めのような店があって、これが梓月の本家、吉村家だった。現在の日本通運の前身である。これからすんなりと江戸庵を号したものの塩魚鰹節問屋の老舗籾山家に養子入りしてからは江戸屋とのゆかりも薄れゆき、「今より以後は此の号を廃して再び名乗り申すまじき心得さすれば本集はおのづからわが過ぎ去りたる一時代を紀念《ママ》する集とも相成かたぐ〳〵そこに或は開板の理由をも存せしめ得べきやと存候」と云う。『江戸庵句集』を翻読もせず、その書名から早とちり、梓月を江戸座の末流につらなる宗匠俳諧と信じこむ手合いがいまなお現代俳者流にちらほらするのはなんとしても笑止千万、不快の極みである。

籾山半三郎の四女せん（俳号を梓雪）と養子縁組して築地二丁目に住むのは明治三十六年、その籾山本宅の庭後に庵をむすんだところから同四十二年には江戸庵を改め庭後庵、庭後と号し、籾山書店をひらく。荷風は訳詩集『珊瑚集』、小説随筆集『散柳窓夕映』また『夏すがた』『荷風傑作鈔』『日和下駄』ほかを次々と籾山書店より出版、荷風と庭後のあいだは深まる。大正四年、荷風は「樅山庭後」を「三田文学」九月号に発表する。これによると荷風は明治四十三年の春、「三田文学」発行相談の折に初めて庭後を知ったと云う。三田の東洋軒の一室における面晤の印象を述べて云う。「庭後子は其の時初対面の礼儀を重んずる為めか、紋付の羽織に仙台平の袴をはいて居られた。年の頃は三十五六とも覚しく、言語態度の非常に礼儀正しく沈着温和上品なる事が、私の目には寧ろ不思議に感じられた」と述べてより、

私は籾山氏が江戸庵といつて子規派の錚々たる俳人である事を其の時は少しも知らなかつたのである。文学に関する事凡て一言《こと》云へば直接互に意の通じてしまふのも尤な訳である。夏目漱石氏の有名なる「吾輩は猫」の小説の如き嘗て庭後子が俳席を築地の庭後庵に開かれつゝあつた時分漱石子も出席して之を朗読されたといふ事である。

一方、梓月も庭後隠士の署名で「断腸亭記」を荷風の主宰する「文明」第一巻第三号（大正五年六月）に発表、

灯ともし頃の夕闇にまぎれて、荷風先生音なひもなく入り来たまひ、襖を開いて莞爾として佇む。清瘦長軀、藍微塵結城紬の綿入、茶無地糸織の袷羽織、いつもの出立なるもうれし。

などとしたため、擬古文の手だれの表われ早くもうかがい知られる名文である。荷風は大正七年に籾山書店より刊行の『断腸亭雑藁』の序に、「わが断腸亭のこと庭後君の記掲げて文明第三号にあり才筆つぶさに敝廬のさまを記して余すなし。唯過賞敢て当らざるものあるのみ。今請得て巻首に転載す」と賞し、巻頭を飾った。

大正四年五月、京橋区築地一丁目に元待合だった家を借りた荷風の仮住居と庭後の家は目と鼻の先にあり、両人は朝に晩に往き来した。秋庭太郎氏の『考証永井荷風』によれば築地住まいとなったこの時分の荷風の借家は「旦に稽古三味線の音を楽しみ、夕には待合入の芸者を見送るといつた場所で、奥隣に清元梅吉の住居があり、東に岸沢式佐、南に杵屋勘五郎の家」があった由を教えられたが、庭後との日夜往来の趣きには及んでいない。

大正五年四月、荷風を援けてその主宰する「文明」誌を発刊した梓月は第一巻第一号、すなわち創刊号に、「文明」のうまる、まで、を米刃堂主人の署名でしたためているが、この米刃堂は荷風の先考禾原の命名である。永井久一郎は禾原、来青とも号し漢詩人として聞こえた。令息荷風の小説集『夏すがた』を大正四年一月に籾山書店より出版するに際し、扉に籾山書店の字を揮毫するべく籾が和字であるに気づき籾一字を両断して米刃の二文字としたによる。永井家と籾山家のつながり浅からぬ往来を伝える一挿話である。

近年、籾山家遺族より県立神奈川近代文学館に寄贈された資料のうち、荷風より梓月に宛てた未発表の書簡三十三通が竹盛天雄氏の校訂により「文学」二〇〇四年一、二月号に紹介された。明治四十五年三月四日の日付で、京橋区築地二丁目十五の籾山庭後宛の封書もある。いずれ稿を改め江戸庵以降を論ずる折に参照させていただきたい。

管見の致すかぎり、江戸庵、庭後、のちの梓月につき論述されたものといえば居士に親炙された伊藤鷗二氏により「俳句研究」（昭和二十六年四月号）に書き留められ、のちに『愚かなるは愉し』（昭和三十一年刊）に収められた在世中の梓月論一篇より外に知らない。すでに四十数年になんなんとする現代俳壇の怠慢、非礼に対しては呆れて加える言葉すらない。故人伊藤氏は執筆当時、『江戸庵句集』を紛失されたかして所蔵されず、従って第一句集にはふれられずに書かれた。梓月翁御本人の手許にもなかったらしい。依ってその録せられた二百余句より二十句ほどを引き諸君子の清鑑に供したい。

・

草庵
春寒や机の下の置炬燵
膝へとる軒の夕日や草の餅
酒甕に凭りて見送る帰雁かな
五月雨や緋鯉打見し門《かど》流れ
宮薗鸞鳳軒忌　旧暦五月九日
此の節に友達もなし園《その》八《はち》忌
是真堂途上

日本橋を行く用ありぬ秋立つ日

鐘の音に寺行き抜けつ秋の暮

星の瀬を南に折れて天の川

椀屋久兵衛忌　旧暦九月七日

山吹の一花《いちげ》狂ふや椀久忌

佃島渡頭

初雁や千石船の滑車《せみ》の音

朝顔や天水桶の上に咲く

座右

冬来るや復《ま》たなつかしき古火桶

腹中にふぐりある夜の寒さかな

詞書略

金の事思ふてゐるや冬日向

幇間《たいこもち》遊びに来るや年の暮

錦手の猪口の深さよ年忘

株式初立合

初相場大阪高を伝へけり

双六や眼にもとまらぬ幾山河
道中お話もなく双六の上りけり
両国を越えてお江戸や猿廻し

〔「文學の森」創刊號、平成十七年八月〕

Ⅱ

山居の記

軽井沢に山宅を建てたのは昭和三十年代の終り、それまで春から秋にかけて行くたび、油屋だのグリーンホテルだのに予約したりして泊るのが煩わしかったからである。最初の家は北軽井沢寄りの六里ヶ原、目の前に浅間山の美しい姿が望める高原に小さな山荘をつくった。旧軽井沢界隈に多く見受けられるプチブル趣味が嫌いなので、まわりにほとんど人家らしきものの見当らぬ処女地を選んだ。このあたりは例の天明の大噴火で浅間山が爆発した際に出現した鬼押出しの奇岩景勝に近いにもかかわらず、松林のなかを清流が通い葭原が生じ、昼なお水鶏が鳴き交わし晩刻には戸を叩かんばかりの野趣に満たされた。先考紫舟の生地会津を思い懐かしむことしきりであったのも、いまに忘れがたい。昭和三十九年の夏、先月（昭和六十二年八月）死去した澁澤龍彦が前夫人の矢川澄子と遊びにきている。二三日泊っていったが、鎌倉の彼の旧居での偶会といささかも変わらず、昼酒を酌み、マニエリスムを語り、現代の俗物共を嘲罵、外に出た記憶はほとんどない。牛一頭見当らぬ浅間牧場に出かけ、焼き玉蜀黍をつまみにビールを飲んだくらいのものだろう。

その翌年、友人たちが一緒に遊びたいというので招き、狭いところに澁澤夫妻、加納光於夫妻、野中ユリの面々が集まって酒興満々、長夜の宴を張った。版画家の加納光於が花札遊びに特異の能力を示すのを知ったのはこの折り、博才をもって自らを任じた連衆諸君、かなり捲き上げられたのではなかったか。旧著『後方見聞録』にはこの折りの写真を何点か入れてあり、これに写ってない土方巽は一日遅れて来遊した。嬬恋村の田舎道に鱒をぶら下げて突如出現した舞踏家の決まった姿はいまに語り草となっているが、ずけずけ言い合える久友二人をつづけて失ったのは淋しい。

七年余を住み馴らした山荘だったが、足の便のよくないのと手狭で書籍類が置けずで手放し、千ヶ滝の一郭に二階造りの山宅を建てた。名づけて游々山房と言う。この時分、文筆一本に専念すべく古鈔本を含む文書類の整理を考えつつあった。東京の家の庭に設けた書庫は汗牛充棟、足の踏み場もないありさまだったので少しづつ山荘に運び分ける必要があった。一方、テレビ局に辞表を出していたもののなかなか受理されず、四十八年秋に漸く聞き容れられたのを機に山居の生活がはじまる。

山居また旅とし云へば日雀鳴く　　五十二年
山居だに田舎風流さねとも忌　　五十三年
わが庵は都のたくみ鳥ぞ鳴く　　五十四年

山房のまわりは栗、水木、落葉松などの林に囲まれ、庭前をせせらぎが音立てて走り、十数年前までは家ひとつ見当らぬ文字通り山宅の風趣が漂ってあった。ある秋雨の一日、何気なく庭に目をやると一家眷族とおぼしき雉たちが群れ戯れており、物の本に出る雉の行列をこの地ではじめてたしかめる眼福を得た。春先、求愛の囀り、別して郭公ののどやかな鳴き声に聞き惚れ筆を休め、夏の夕べ、高い梢ではジュウイチが鳴きしきり、秋口ともなるとどこからともなく栗鼠が木の実をもとめて出没するのがうれしい。木枯の日などはひねもす人影を見ずである、と当時の現代詩手帖編集長の八木忠栄君に語ったら今どき格別の贅沢といわれ、請われるまま同誌に閑雲野鶴抄と題した詩を連載している。

沓掛のガルボはらむや栗の花　　五十五年

いまでこそ中軽井沢などと無風流没趣味の駅名になっているが、三十年から前までこのあたりは草深い沓掛の里であった。駅付近にちょっとした店がぽつぽつ出来、そうした店のひとつで三十なかばの一婦人と知り合った。父親がスカンジナヴィア産という北欧系の彫り深い横顔に見馴れてくるうち、沓掛のガルボという愛称を呈した。まだ開業していたころのグリーンホテルのバルコンで、夕陽を浴びながら理由は聞かずにさよならを言った。しばらくして思い出の店に行くと、おなかを大きくした某女に出会ったという噂を聞いた。誰か、気を利かせたつもりであろう、アバの古い曲ダンシングクイーンが鳴り出した。

山斎に審神者《さには》の書《ふみ》や火恋し　　五十九年

軽井沢孤本の秋に入りにけり　　六十年

古神道書を繰るには精神集注が肝要、室温十度を切るような寒いときでも火気は用いぬ。ましてや、新聞雑誌、テレビなど不急通俗のたぐいは一切これをしりぞけ霊能を高めねばならない。真本古事記を伝える天下の孤本を手にしているうち、両手が石のごとくかちんかちんとなった体験がある。

小浅間や妻と買足す秋なすび　　六十年
妻なれや林道きたる花水木　　六十二年

荊妻は大学で楠本憲吉氏の後輩に当り、同氏とは旧軽井沢の旧道ほかで何遍かお会いしたらしいが、私の方は詩人俳人にひとりとして出会っていない。もっとも、仕事場である山斎に客を呼ばないこととしているためもあろう。それでも何年かの前、ソルボンヌ大学でボードレール研究を講じる阿部良雄夫妻に家の近くでばったりと出喰わしたことがあった。さて、学友河竹登志夫君に教えられた川魚料理の店へでも出かけてみよう。

〔「透璃」第六號、昭和六十三年三月〕

旗の台

旗の台に移り住んで十七、八年になる。居を定めたころは小山の旧称で呼ばれていた。いまでも小山洗足町会の名は残り、品川区の西南に位することのあたりは目黒、大田の両区に近い。昭和の初頭、近くの田園調布にさきがけて田園都市を名乗った宅地分譲のはしりであった。

いわゆる山の手の牛込から移った時分は物珍しさも手伝い、武蔵野の風情をわずかながらとどめる丘陵地などを歩きまわった。そして知ったのが大井町線旗の台駅の北側に鎮座まします八幡さま、なぜか旗の台の名を冠せずに旗ヶ岡八幡神社という。またの名を旗ヶ谷八幡宮、中延三丁目にあるところから中延の八幡さまの愛称で親しまれている。詳しくは天保七年（一八三六）刊行の『江戸名所図会』にゆずるとして、これに「別当は日蓮宗にして八幡山法蓮寺と云ふ」と見え、その法蓮寺のうしろの一段高い台地に拝殿社地がある。文永（一二六四―七五）年中、八幡太郎義家の孫に当たる荏原左衛門義宗が義家公の守り本尊をこの地に勧請建立したのがはじまりと古書に出る。しかし、一書に荏原を江原と記すなど、武州荏原郡の領主だった荏原氏は江戸の江の字を名乗ったと考えられなくもない。荏の字はエゴマ、つまり胡麻の生い茂った荒蕪の地を指したのだろう。

毎週のはじめ、中原街道に面した花光園という花屋さんに神棚仏壇へ供える花をもとめにゆく。その花屋さん、うれしいことに地名と同じく小山さんの姓である。御主人に八幡さんの話をすると氏子総代だとうかがい種々教えられた。昨年は八回目を迎えた小山神輿連合会の江戸神輿渡御に招いて下さった。お母さんと親しみをこめて呼ばせて貰っている小山夫人は下町育ちのちゃきちゃきの江戸っ子、ボラのヘソの旨味が話題となるなど楽しい。この正月にいただいた鉢植えの桜草、三月も経つというのにいまなお美しい花を咲かせつづけている。

〔「健康」平成元年七月號〕

級友ジューヴェ

戦中の学徒動員が尾を引いたみたいなもので、戦後三年ほど早稲田で理工系に学んだのち、演劇科を受け直した。歌舞伎の新作脚本を書くなど、演劇誌の編集や演出に活躍中の野口達二君もそうした移籍組のひとりである。東大の物理学を終えたのち現在母校に比較演劇を講じる河竹登志夫君も変わり種の級友ながら、いまひとり、在学中に召集され軍馬の面倒をみてきた再入学組に高久真一君があった。早く三十代で世を去ったこの友人はルイ・ジューヴェそっくり、『舞踏会の手帖』のピエール役がぴったりだったダンディの彼を思うと、いまなお胸がつまる。

高久君は歌舞伎の下座音楽研究家だった望月太意之助氏の令息、六歳から年長の彼からは梨園観劇の案内はもとより人生分け知りの和製ジューヴェよろしく茶屋酒のいろはを仕込まれた。おてんとさまの明るい日中から口ざみせんで小唄都々逸をさらったりしていたが、こうした花柳趣味心意気の男がもてぬわけはない。芝居見物のあとなど、虎ノ門の家で着流し姿にかえた彼と新橋ほかを遊び歩いた。思えば徳利片手に奴さんを踊るジューヴェというのも奇ッ怪、芸者衆にはジューヴェといっても通ぜず、学生海老さまでやに下がってたようだ。

映画史を教えられた飯島正氏の講義はありがたく、デュヴィヴィエやカルネ演出の肝どころ見どころをいまに憶えて思い出す。『舞踏会の手帖』でヴェルレーヌの詩をくちずさむジューヴェの真似など、われら演劇青年には酒間座興もどきのしゃれであった。それが飯島映画学の薫陶を受けてより、『北ホテル』にさりげない持ち味を示したエドモン役のジューヴェをひそかに敬愛するようになったものであろう。最年長の級友高久君は当然の事ながら男女の道に精しく、彼の音頭取りではじめた白鳥座という劇団は悩ましげなフランス映画さながら、色恋はなやかに日夜楽しかった。

当時は戦後再開されたダンスホールの全盛時代、やはり級友のひとり加藤禮子君は赤坂フロリダでスターダスターズをバックにキスミーワンスなどと歌っていたが、高久のパートナーは決まったように目を赤く泣きはらしていた。ヴィルドラック『商船テナシチー』のテレーズ役で劇団入りした白石かずこ君から、『旅路の果て』のジューヴェみたい、と言われた。連日長夜の飲で頰のこけた私は肝臓の疲れからだるく、歩き方までジューヴェ流となっていたに相違ない。

〔「アサヒグラフ」増刊「巴里・祝祭の都市」平成元年七月五日號〕

鯨汁

木枯が吹き寒さが身にしみるころとなると、そろそろ鯨汁の味が恋しくなる。腹からあたたまる汁物には河豚汁や鴨汁、あるいは薩摩汁とか秋田のショッツルほかがあるものの鯨汁ばかりは妙になつかしい。このところの捕鯨禁止の問題もあってか、鯨汁の存亡?にかかわる一抹の不安がどこかに働いているのもたしかだろう。

冬料理とかぎらず、飲み屋のならぶ町中や横丁にゆけば何年か前までは四季を通じて鯨汁が食べられた。「くぢら」と昔風に書かれた紅燈に誘われて鍋や汁の鯨肉で一杯やっているうちに、ぽかぽかしてきて、鯨さながらに大柄の話もはずむ。戦後、飲み屋の突出しで幅を利かせたひとつにサラシクジラがあった。俗にいう皮鯨だが、酢味噌や卯の花和《あ》えでつまむこうした酒肴も近ごろではめっきりすくなくなった。捕鯨禁止による皺寄せにとどまらず、飽食の時代に忘れ去られようとする好みそのものの問題だろう。

渋谷の宇田川町に鯨屋という酒亭がある。代々木のお宅から西脇順三郎翁をお誘いしてはこの二階で、しばしば鯨汁を肴に酌んだ。老詩人はどうしてクジラというのかとしきりに不思議がられた。背が黒く腹が白いところから黒白、大きな口からの連想による口広、などなどがなまってクジラになったという請け売りを喋ったかしたに相違ない。後日、ドジョウが鯨に似ているところからクジラを海鰌の字に宛てますねと申し上げると、そうですか、すると泥鰌汁と鯨汁は親類の筋ですかと感心された。

をの〳〵の喰過がほや鯨汁。鯨汁というときまってこの几董の句が引かれる。これより以前に鯨汁の句はほとんど見当たらない。明治大正となってからでも、霽月の「長安に古き家台や鯨汁」が拾える程度である。大阪の俳人青々に「よし田屋へ程遠からず鯨汁」があった。鯨汁なら東京より大阪、と浪華育ちの酒友にいなされた憶えがある。

〔「月刊健康」平成五年一月號〕

香以に始まる

江戸風流家をめぐる考証随筆、評伝のようなものはいずれまとめようと考えていた。その手始めに、江戸末期の大尽大通として聞こえた細木香以を選んだ。幕末から御一新にかけての江戸風流人士の行実を論じたものなどあってないにひとしく、ましてや雑学の遊冶郎としてよりほかに知られぬ細木藤次郎についての満足のゆく伝などひとつとして立てられてない。残りものの福のような香以研究？をまとめたくても文献など全くないも同然だから、芝居者や狂歌俳諧師のこぼれ話、配り物の写しほかをぽつぽつ拾いつづけるしかなかった。『歌舞伎新報』の明治十四年一月四日号より四月二十三日号まで、十七回にわたって筆記された仮名垣魯文の『再来紀文廓《いまきぶんくるわの》花街《はなみち》』は大味ながら唯一の香以伝というか感恩追善の記、これを頼りの案内よろしくいくたび繰っていたことか。

今紀文、と称された細木香以については芥川龍之介や森鷗外が小説仕立てにしている。しかし、義母が香以の姪に当たる芥川の「孤独地獄」でさえ母よりの聞き取り話に頼るだけである。これを芥川自身より聞いた鷗外の「細木香以」は、ほとんど鵜呑みの考証物としか言いようがない。香以の取り巻き連中の阿弥号あるいは辞世の句など、誤りに誤りを重ねている。鷗外の父が買った団子坂上の家、その持ち主だった旧主人を小倉是阿弥としているあたりがいい例で、小倉屋高木佐平には阿弥号などない。是阿弥を号したのは大黒屋片岡庄六であり、橋本竺仙の七十賀句集『恩』（明治三十三年刊）に明記されてある。ところが、鷗外はその「細木香以」に、弟潤三郎の所蔵する『恩』を読み「わたしのために有益であつた」と書く。どこをどう読み違えたものか杜撰の譏りは免れ得ない。こうした阿弥号などの遊びに興じていた香以のまわりには馬十連というのがあり、狂歌師、俳諧師、画家、書家、役者、遊女、幇間にいたる多数があった。香以はこれらの面々に「出這入さはりなし」と書した木札の手形を発行したりして遊蕩にひたりつづけていたらしいが、阿弥号の譲渡などもあってすべてを探り尽くせるものではない。香以を探るには竺仙がゆかりの人々に配った非売品の『恩』を見なければならず、これはたまたま知り合った季刊『江戸っ子』の編集者小倉一夫氏によりもたらされた。『恩』を手にすることで勢いを得た私に、本探しと共に口説きの名人でもあった小倉氏は江戸風流家についての評伝連載を依頼してきた。こうして昭和五十二年、初回を細木香以に宛てた二十枚ほどの連載「江戸の風流人」を始めることとなる。香以散人に関心を寄せる向きはすくなくなかったとみえ、これが発表されると橋本竺仙の後裔に当たる御仁が来宅されたり、香以筆の書幅をいただいたりするなど奇縁に結ばれ恵まれた。

「江戸で私を知らぬ人は、浅草の観音様を知らぬと同じ事でござります」と折ふし語っていたという山城河岸の大尽香以は、同じころの富豪鹿島清兵衛とくらべるとわかるが、金を溜めるのが嫌い、金を使うのが好きといった単純の風流家で一向に憎めない。河岸の旦那で通ったこの酒問屋の主人を産を傾け破った馬鹿の代名詞のようにいう者もあったが、私には江戸風流の最後を飾るにふさわしい一代の奇男子と思えてならぬ。日本橋の大丸呉服店にぶらりとやってきた香以が、唐桟の変わり柄をどのくらい持ち合わせているかと聞き、その手持ちの二十五六種ほどを出させた。裁ち鋏を借りた香以はこれらを手あたり次第に切り散らかし、これで半天を仕立てよといった。無論のこと、二十五六反からの代金を支払い、切れっぱしはいらねえだったという。こうした香以伝説は探せばまだまだ出そうだが、芝居、映画、テレビに採り上げられぬのはなぜだろう。いや、芝居では黙阿弥がその『黒手組の助六』に紀伊国屋文左衛門よろしく香以を出してあったが、亡くなった川島雄三監督あたりに幕末風流伝を撮らせたかった。黙阿弥もまた河竹新七といった時分から役者の八代目や九代目の團十郎とともに、寿阿弥香以の取り巻きのひとりだった。魯文なども香以により俳諧狂歌への目をひらかれ、戯作者花笠文京の許に入門させられ一廉の作者に育った。

香以の名は俳号からきているように、七世其角堂永機の深川座に属した俳人である。まるで絵にかいたように窮迫して千葉寒川の閑居に終ったのが明治三年、四十九歳だった。「梅が香やちよつと出直す垣隣」「あさかほやちよつと出なをる垣隣」でなく、辞世の吟は「己れにも倦いての上か破芭蕉」であろう。香以に味をしめて抱一、其角、一蝶、椿岳、太申、北華、南畝、春海、雅望、成美を書き、小沢書店の長谷川郁夫氏がこれを一本にまとめてくれた。御示教を仰ぎ江戸考証らしきものをしたためることのできた謝意をこめ、『江戸の風流人』を今は亡き森銑三翁に捧げた。

〔「リテレール」九號、平成六年六月〕

付記　香以には遺句集など一本としてない。香以から香雨亭応一の俳号を恵まれたほどの間柄だった仮名垣魯文は折々吐き捨てにされた香以の句を拾っておいてくれた。少々記してみる。

傘桶に絞る桜の匂ひかな
紅梅や濃《こく》する雪も加減物
冬枯れ居たは貴様か梅花《うめのはな》
春になる鐘や鰈のうら表
時雨にも反《そり》のあふたり菊の花

自傲
霧晴てみなこちらむく山の形《なり》

日記抄

六月五日

神奈川県立近代美術館に「馥郁タル火夫ヨ」生誕一〇〇年西脇順三郎その詩と絵画展を見る。一九二五年、ロンドンで出版の英文詩集『SPECTRUM』は詩人にとり事実上の処女詩集に当たる。これの発売元がロンドンで知遇を得た郡虎彦の愛人の弟が経営する出版社だった、とは今回の出陳解説ではじめて知った。その前年の大正十三年に結婚した最初の夫人マージョリーは画家、詩人の若いころのデッサンほかの画作と対比しながら見て歩く。マージョリー夫人を伴い帰国して住まわれた麻布のころ、いわゆる天現寺橋時代の「馥郁タル火夫ヨ」の詩人たちも、淋しいかな、いまでは佐藤朔さんおひとりあるのみ。テンゲンジバシのほとりに根付いたヨーロッパモダニズムについては種々探られてきたものの、後の『旅人かへらず』につながる幻影の人、日本回帰あるいは江戸趣味については論じられていないも同然と言ってよい。一昨年、詩翁の生地、新潟小千谷の市民会館でそんな風流話を講演してきた。その折、図書館内に設けられた西脇記念室で見た絵とか生原稿が時代別に出陳されてあり未発表作品と勘違いしたりした。たしか、元代々木のお宅の二階に置かれてあったかと思う先生愛用のイーゼルも出ている。及ばずながら私も三点ほどを出した。そのうちの色紙一点は西脇先生をお誘いして四谷荒木町の待合に遊んだ折、芸者に墨をすらせながら即興で染筆して与えられた傑作である。飯島耕一が「晩年の西脇さん」と題した好もしい小品文を展覧会目録に寄せている。これによれば西脇翁長逝のときパリに在った飯島は友人と語らいパリの鮓屋に通夜の思い入れで酌み、「涙で送るには惜しい死者がいる」というアポリネールの詩句を引いた上で、父を失った空白感、という最上の悼詞でむすぶなど、さわやかに美しい。ちなみに、詩友飯島の父君はトマス・ハーディの研究家だった由を最近の彼よりの来翰で知った。

帰りしな、階下に降りたところで館長の酒井忠康氏にばったりと出逢い、館長室に案内されて茶をいただく。西脇順三郎と吉田一穂の秘められた友交などを少々喋る。酒井氏は一穂師と同じく北海道古平の御仁であるところがうれしい。

辞して日盛りの鎌倉八幡境内から駅前までぶらぶら歩く。思えば三十何年もの前、小町に住んだ亡友澁澤龍彥とこのあたりをいくたびか歩いたころを思い出す。彼の家での二日三日にわたる長夜の飲に呑み足らず、ぶらりと出た駅前の小料理屋で立原正秋氏などをまじえながら夜を徹して呑み明かした三十代のころの鎌倉は、ニセ文化人も多かったがしっとりと落着いた文士の町だった。

新倉俊一の肝煎りで西脇忌を毎年修しており、この二年ほどは日本にいなかったりで欠席していたから今日は大町の淡水庵にゆく。このたびの西脇展にも大いに尽力された西脇セミナー以来の友に感謝をこめ乾杯の挨拶をし、故人の徳とこそ讃えるべき諧謔と哀愁の生涯を男女十人ほどで偲んだ。戦時の昭和十七年ころ、このあたりに仮寓されたことのある詩翁を思い、近くを歩こうというので外に出た。名越の切通しに出、トンネルをくぐったりする。『旅人かへらず』の詩句に出る小路を曲がったりしているうちに淋しい酔いがまわってきた。

六月二十四日

早稲田の雲英末雄教授より三村竹清日記の不秋草堂日暦（二）を恵まれ、ここ一週間ばかりなめるごとく読み味わい感嘆しきりなるものあり。これは「演劇研究」第十七号からの抜刷、俳文学者の雲英さんはその三村竹清日記研究会のひとりで校訂編集に当たっておられる。早大の演劇博物館には芝居物の外にもいろいろの稀本珍籍が蔵されてあるが、竹清翁自筆の未発表日記あたりはその尤なるもののひとつであろう。山中共古翁のノート三輯を同図書館に拠り作製された広瀬千香女史も竹清日記の山を探り、その厖大な量とあけすけの内容に驚倒されたらしい。鷗外にたびたび字句の誤りを教えて正し、荷風に漢籍江戸本を次々ともたらした今世紀最上の読書家の日記ことごとくが日の目を見るのはありがたい。町学者を抜きにした学閥頼みの知識なぞいかにむなしいものか、槍玉に上げられた者の如何を問わずたっぷりと思い知らされること必定。竹清翁はその「伊勢鄙事記」に書き出しているごとく大正二年三月ころまで三重の津に在住されたおもむきながら、その間、東京で山中共古、林若樹、清水晴風とすがすがしく往き来する。漱石発狂の一面とかぎらず、吉原の娼家が大音寺前などに寮を置いたのは娼婦の堕胎のため、といったような秘事逸聞あたり、江戸考証家の誇りがうかがえる。晩刻出でて銀座にいたり、六丁目のクラブポコに熱海上乃家の美妓すず子を呼び酌めり。

〔「リテレール」十號、平成六年九月〕

夏ゆかば

終戦よりほぼ五十年になんなんとする昨年の夏、「夏ゆかばわれはも神風特攻隊」の一句を詠んだ。昭和二十年の春に大学に入ったものの、すぐさま特殊潜航艇のジャイロコンパス（回転羅針儀）を極秘裡につくる軍需工場に学徒動員の一員として派遣された。国土とその女子供を護るべく、二百五十キロ爆弾を積んだ特攻機で敵艦に突っこむ覚悟はできていた。中学生のころ、校長の縁者に当たる大西瀧治郎中将が講演に見えられ、のちに特攻隊生みの親として知られた中将は笑みすら湛えられながら淡々として生きる死を語られた。海軍技術将校の見守るなか手作業のコンパスをつくっているあいだにも、機首に一トン八百キロからの炸薬を詰めた桜花神雷特攻隊による、決して帰らざる、攻撃のことなどがひそかに伝えられ戦局の不利を知った。空襲で牛込の家を失ってより身を寄せていた国分寺の寓居に体調を崩し一時帰休しているとき、八月十五日の終戦となった。軍司令部次長だった大西中将は翌十六日に腹一文字に掻き切り自決、遺詠となった「けふ咲きてあす散る花の我身かないかてその香を清くと、めん」一首はいまなお戦没学徒の手記を繰る折ふしに思い起こす。われらの時代は人生五十年といわず、人生二十五歳と見定めていた。

　生きるでなく死ぬるでなく、与えられた自由とか民主主義とか別段ありがたいとも思えぬ戦後のどさくさのなかで、古神道の道に入り、神書の数々に接し得られたのは天恵のたまものとしかいいようがないだろう。言霊学のうち、殊に大石凝真素美翁の著作にふれられたのは僥倖の極みであったといわねばなるまい。最初に入手できたのは『弥勒出現成就経』で、五十六億七千万稔屈伸自在の事、にはじまるこれにより大宇宙には天地創造更新を司られる主神のましますいわれを教えられ愕然とする。のちに大石凝翁の全集を出すこととなる八幡書店の武田社長がこれを確かめに来宅されたりするが、私はこのほかにも異本ともいうべき写本類を所蔵してあった。しかるに某宗教団体が分裂騒ぎを起こした折、『大日本言霊学』や『天津金算木之極典』ほかとともにどこかに持ち去られてしまった。以来、書物の貸し出しは一切せずと自戒していまに至る。終戦のほぼ一年前に千葉成田の天之日津久《ひつく》神社で神がかりされた岡本天明氏の『日月神示』は昭和二十七年に訳出されはじめたころから拝読しており、御嶽教の祈禱師に推したいという話のあったのもこの時分である。終戦によりことごとく価値転換の迫られた占領国にあって、神は文字通り唯一の存在であり救いであり、秘教的言霊学を通してうかがい知った古神道の世界のみがきらきら輝いてあった。

　戦後の二十年代、三十年代をふりかえってみるに、おのれの二十代三十代と相重なるためか、あれほど妙ちきりん千万の時代には二度とめぐり合えぬだろうと思う。戦後間もなく各所に出現したバラック造りの闇市でカストリ、バクダンのたぐいをしこたま呷った上で新宿二丁目から歌舞伎町、さらには足を伸ばして吉原、玉の井あるいは隅田川以東の地に女を買う日夜がつづく。荷風散人の後塵を拝しつつ向島、浅草、神楽坂などの斜巷に遊ぶのは商事会社を経営して金回りのよくなってからである。荒れる一方で詩集ほかの文学書を探すのも忘れていない。新宿聚楽裏の路上に書をひさぐにわか本屋の一隅に吉田一穂の『未来者』とか稲垣足穂の『弥勒』『宇宙論入門』ほかを探し出す。まだ女学生だった白石かずこを連れては焼跡ばかりの歌舞伎町界隈を飲み歩き、稲垣足穂、坂口安吾、梅崎春生を知る。和田組マーケットのマコの店か大陸かで復員崩れのような田中英光と渡り合ったりしたのも若気のいたりであった。神田神保町のあたりもすっかり空襲に焼かれ、焼け残った古書肆に古書そのものはまばらで棚のなかにはカボチャやジャガイモが並べられてあった。いまのように古書展などという結構な催しもなく、古書を探し出してはカツギ屋よろしく背負って帰るしかなかった。同じように古俳書を探していた楠本憲吉とか柴田宵曲さんと折々出喰わしたものだが、あの食糧難の時代を象徴するような袋をぶらさげた春山行夫とか吉田健一の姿をしばしば見かけた。

三十年代に付き合った友人たちのなかには還暦を待たずに鬼籍に入った者がすくなくない。土方巽、澁澤龍彦は相次いで五十代で世を去り、誰かのいう三馬鹿のうち残ったのはやつがれの馬鹿だけとなった。折々の酒席で語り合うともなく語ったことだが、三人して二十一世紀の朝方に会して飲み明かそう、というのがありふとしたときに思い起こす。大酒との付き合いも絶え酒量もめっきりと減り、薄情で無礼な日本人ばかりのパーティーなどにゆく気はさらさら起きぬから、馬鹿丸出しのころの回顧趣味に耽るだけである。思い出なら山ほどあるが、故友を肴とするような騒ぎ立ては好きでない。

もうしばらく、そっとして置こう。

終戦このかた一貫して半世紀ほどを作りつづけてきたのはやはり俳句である。詩友飯島耕一の名台詞ではないがオジヤのごとき現代詩のていたらくにはうんざり、もう十数年の上も詩集をまとめてない。昭和三十年代より手を染め出した俳諧研究だが、昨今漸く江戸座のあたりが見えてきたような気がする。俳諧をさぐるには江戸風俗ほかをうかがい考証する必要があり、いわゆる雑書のたぐいから漢詩人の随筆あたりを読み耽った。これには森銑三翁よりの御示教が大きな導きとなり、長逝されるまで病床より恵まれた学恩とはげましは拝してありがたく忘れられぬ。日本人の誠が生き輝いていた江戸はそんなに遠い昔ではない。戦後の江戸ルネッサンスに心意気こそ感じられるものの、誠のほうはいまだしである。

〔「戦後50年と私」（メタローグ）平成七年一月刊〕

初読み

旧臘、小出昌洋氏より今日（十二月二十四日）は金蘭斎の命日ですのでその書巻を眺めながらかようないたずらをしました、とあって集字の写しを恵まれた。なるほど蘭斎が京都に没したのは享保十六年の十二月二十四日、七十九歳であった。いまだに知られるところのすくない儒者蘭斎の祥月命日までを憶えておられる御仁があった、というのが大層うれしく改めてその伝ほかを読み返してみることとした。なお、蘭斎の手跡についてはすでに安藤和風が「雄渾の気と、飄逸の趣とを有し、揮灑《きさい》縦横其人を見るが如く、往年秋田に遊歴せし、日下部鳴鶴も朶頤《だい》を禁じ能はざりき」としるしているが、その通り、作らず飾らず自然自在に生きた人柄が出ていて好もしい。

金蘭斎はコンノランサイ、あるいはコンライサイと訓むのが正しい。いまの秋田県、羽後国由利郡金浦《このうら》に祖先の金氏が住したところからその姓を名乗る。

蘭斎の名が出るのは伴蒿蹊の『近世畸人伝』が早いものの、「真の老荘者」はよいとして奇人変人の面ばかりが強調されただけの短文にすぎぬ。最も信ずるに足るものといえば同じ秋田の産で従兄弟だった俳人の平元梅隣、彼が思い出すままに語る話を甥の幾秋が筆記した『梅の月』（寛延三年序）の一本くらいであろう。梅隣は蘭斎を指して、友人忠佐、と述懐するが安藤和風は「諱は徳隣、字は忠祐、蘭斎と号し」と引く。これは蘭斎の自著といわれる『退隠草』にでもよったものか。しかし、中村幸彦氏の指摘されるように近世儒家の目録などに見えるその十八巻を明治以後に見たという人はいまだに現われない。なお、諱の徳隣は従兄弟の梅隣となにがしかのゆかりあるやに思われる。京に上り伊藤仁斎に学んだ蘭斎は『荘子』の講義が上手だった。気欝症の者がこれを聞けば治るといわれて江戸や秋田在から上ってきた、という話、あるいは京に遊学中の僧に『碧巌録』を一日一夜で教えたという話あたりは『梅の月』によったものだろう。秋田藩士の人見蕉雨が『黒甜瑣語』に引き、やはり秋田の俳人で新聞人だった安藤和風が『俳諧研究』に引いている。森銑三翁、中村幸彦氏ともに右の好資料を用いておられる。金蘭斎の行実については森翁の「金蘭斎」（『伝記』昭和十五年六月号）によりはじめて教えられ、中村氏の「老荘思想の実践者金蘭斎」（中央公論『歴史と人物』昭和五十四年）によりさらに教えられた。

大阪の町学者だった加藤景範の『間思随筆』に、蘭斎の隣家に夫婦喧嘩があって追い出された女房を泊めることとした蘭斎はおのれのふすまのなかに抱き入れ翌朝に帰した、その女房の曰く、幼いころに祖父にいだかれて寝た心地がした由を録してあるが、これは何によったものか。やはり何によったものかわからぬ話に、蘭斎四十二歳の元禄六年十二月に厠で立ちくらみ、これが最後と辞世の詩一首「含笑今入地、永謝人間春」を得、数刻にして蘇生した。これを機に舌耕をやめたという逸事は

『俳諧研究』のみに引かれる。安藤和風には『俳諧研究』(明治四十一年刊)の二年前に出した小本の『俳家逸話』があって、なぜか蘭斎は俳人の扱いを受けている。これにも四十二歳に倒れた折の辞世結句「不惑既加二、百年風月人」が拾われてある。和風はまた南畝の『一話一言』を挙げていたから繰り直してみたが、ほとんど得るところがなかった。南川維遷の『閑散余録』なども同じで二条の短文を引くばかりである。

結局のところ金蘭斎の遺したものといえば『老子経国字解』三冊のみ、これは今日でも目にすることができる。ほかに『異学篇』の板行があったというが和風ですらいまだ見るに及ばずと書いている。詩文は書簡などからおおよそはうかがい得られる。七十歳の元旦、と前書のある「忘るゝで世は長閑なり老の春」一句を和風は引いているが、いまだにたしかめ得ないまま今年の初読みを終えた。

〔「正論」平成七年三月號〕

冬の鰻

先日、京都三条の「かね正」のお茶漬鰻を恵まれた。これに、

かね正の茶漬うなきの味に似るなさけの深さわれに得しめよ

とある吉井勇の一首が刷り物にされ、天然鰻を使用しているので十二分の注意はしているが万が一(きも)に釣り針が残っている場合があるかもしれぬので注意はして欲しい旨の主人舌代が添えられ、いよいようれしく賞味した。天然鰻といえば東京で生まれ育った者には江戸前の鰻、つまり隅田川口や両国あたりで捕れたのが天下一品と教えられてきた。しかし、いつのころからか利根川のシモ下りあたりも江戸前と称するようになり、静岡や愛知などの養殖物に圧されて天然の鰻はますますすくなくなっているらしい。鰻好きの知人のなかには、天然の一串、をもとめて埼玉の浦和あたりまで車を飛ばしてゆくという話も聞く。まだテレビ局に勤めているころ、先輩格のプロデューサーに案内されて浅草六区に近い店でいわゆる江戸前の鰻を食べた。長谷川さんというそのひとは長谷川時雨女史の

養子に入った風流家で、舌の肥えた芸人たちの集まる店に通じていた。手賀沼の天然鰻とかいうイカダでちびりちびりやりながら白焼きの茶漬けで上がるあたりまで、三十何年もの前の一夕を京都の味に誘われて思い出したのだからおもしろい。

吉井勇にはほかにも鰻の歌があったはずだと思い歌集を繰ってみたら、

妹の痩このごろしるし近江路の瀬多の鰻のひときれもがな

があった。これは昭和二十三年に大阪の創元社から出た『残夢』の「寒厨抄」十首のうちの一首。終戦の昭和二十年十月に勇夫妻は越中八尾を去って洛南、京都府下の八幡町月夜田にある宝青庵という寺の座敷に移り住む。食糧難の時代でやつれの目立つ孝子夫人を思いやる歌として好もしい。祇園歌人などの名をほしいままにした勇にこうした作のあるのは意外と思われようが、情痴享楽の遊びを為尽くしたのち五十二歳で再婚した夫人との生活により勇の歌作態度は一変したといってよい。万葉集に出る家持の一首「石麻呂に吾物申す夏やせによしといふものぞむなぎ取りめせ」は吉田連石麿に宛てた歌ながら、この歌趣をそれとなくなぞった風の妻恋い相聞の歌ではあろう。鰻の歌を沢山のこした歌人といえば斎藤茂吉に指を屈するが、年に九十回の上も蒲焼きを食べたほどの茂吉に勇のような夫婦愛の歌が一向に見当たらぬのは奇妙だ。

奇妙な話ついでに、食通として聞こえた楠本憲吉とは新橋の灘万を振り出しに銀座、日本橋、六本木ほかに飲み食い歩いたが、一度として鰻屋に入った憶えがない。大阪生まれだった俳友は戎橋の

「いづもや」のウナ丼をしきりと推賞し、鰻は夏より秋、秋よりは冬、それも春三月ころまでが旨いという点で話の合ったのをいまになつかしく思い出す。

〔「健康」平成七年五月號〕

雷の独立ほか

雷が夏の季題として独立したのはようやく明治に入ってからである。それ以前の季寄せ、歳時記の夏の部に雷のみでは立てられておらず、他の題に配した神鳴、いかづち、などが抱き合わせの例句よろしく引かれているにすぎない。明治三十二年の四月号から一年ほど「ほとゝぎす」誌上に子規居士は「随問随答」を掲載した。そのなかに、

第九問　夏季に雷の題無きは如何。
答　夕立が夏なれば虹も雷も夏季と定めて不都合はあるまじと思ふ。

と見える。これが契機となったものだろう、明治三十五年刊行の『春夏秋冬』夏の部に雷の季語がはじめて独立、これはただ一句、

停車場に雷を怖るゝ夜の人　　碧梧桐

が出る。

ところで、至れり尽くせりといってよい現行の歳時記ながらいずれも夏の季題として独立した雷の成りゆきを採り上げたものはひとつとしてない。わずかに柴田宵曲氏が「日本及日本人」の昭和八年八月一日号に「雷霆」と題した俳諧随筆を発表、明治以前の俳句に雷を独立した季題として取り扱わなかった消息をしたためられてあった。もっともこの文章は羅漢柏の別名で書かれたからほとんど気づかれずにきたものだろう。宵曲居士はこれに「雷に古今の別はあるべくもないのに、何故古人は之を季題に加へなかつたか。夕立の題下に自ら包含されることもあつたらうが、一面には古人の自然観が雷霆の如く恐るべきものを、単独に句に取入れなかつたのではあるまいか」との見解を呈しておられた。俳諧俳句の感動するみなもとともいうべき自然畏怖、祈りにも似て通う四季随順への深い思い入れがわれらの歳時記を生み育ててきた。明治以降、太陽暦の採用などが行われて俳句の上でも新しい歳時記の必要が生じる。こうした時期に寒川鼠骨より全幅の信頼を寄せられた柴田宵曲は独力で子規全集を編んだ。何よりも俳句の好きだった篤学の士が昨今のガサツな歳時記あるいは季語論などを見られたらなんと言われたことか。

尾花粥、すすき粥、は秋の部立てに見える季題ながらこれまでの歳時記に例句を示したためしはない。宮廷行事のひとつ、八朔の祝いに尾花の粥を食べ疫病のまじないとした旨の記事が諸書に見える。江戸時代になると民間でも各地にこうしたオバナマツリを行い腹の薬代わりとした由が柳田国男の

『分類食物習俗語彙』ほかに拾われてあるものの、例句は全く見られぬ。一昨年の「俳句」二月号に、

芒粥てふ古き代に遊びけり

という句を田畑美穂女さんが出しておられ、うれしかった。死語に近い忘れ勝ちの季題をよみがえらせて使うのは新しみのよろこびであろう。しかし、サングラスなどはいかがなものか。そもそも四季にわたり冬場でも用いるのだから、夏だけの新季語とかぎるのは無理だろう。亡友澁澤龍彦などは一年中、昼も夜もサングラスをかけていた。

〔「俳句朝日」平成七年七月、二號〕

日本の前途

戦時、いえば非常時に育ったわれらの世代にとり忠と孝の二文字は格別意味重く深く、戦後五十年を経たいまに忘れようとして忘れられぬ。愛国の心をもたぬいわゆる非国民などあろうはずなく、孝養の道を外れる不心得者などは公私の別なくたちまちに制裁を加えられた。教育勅語をそらんじるのは少しもむつかしいことではなかったが、その解義となるとさまざまで、各自が工夫して諸書を探ったり教師あるいは先輩に教えを請うたりして戦時下の日々を送っていたように思う。そうした折々に得た一書に杉浦重剛『倫理御進講草案』があった。二百数十回にわたる御進講を東宮御学問所に果たされた天台道士の千二百頁からに及ぶ大冊は中学生ばらにとても無理だったに相違ない。たまたま戦時体制版と銘打った選集が第一書房より出たのをさいわいとばかりもとめ、敵機来襲に備えて黒い布で覆った管制下の燈火により繰り親しんだように思う。学徒兵として次々と出陣する先輩たちの口から遺言、遺書が語られる折は必ずや忠孝の二文字が沙汰されるのが常であり、これにつづくわれらもまた次代に語りつなぐ遺言を書き置く義務のような心積りを隠し持っていた。

教育勅語に示された、我カ臣民克ク忠ニ孝ニ、に就き杉浦天台道士は忠孝の本源を述べられてより「祖先の心を心として君に仕ふるは忠にして同時に孝なり」と説く。また、忠とは何ぞや、と掲げてより、田道間守《たじまもり》と非時香菓《ときじくのかくのこのみ》、和気清麻呂の忠節、楠木正成の孤忠、乃木将軍の誠忠、と忠臣を列挙された。さらに、「忠とは、純粋至誠の心より天皇に仕へんとして発する高尚なる道徳的感情を謂ふ」とまとめられたのは簡にして潔、玉精神のおのずからなるあらわれというものであろう。道聴塗説の者流に多い小細工、屁理屈なぞ微塵も見られぬ。いまどきの教育者また歴史家にしてこれほど淡々さわやかに忠の解義、いや天皇への道徳的感情を表明できる者がいくたりあろう。

つづけて、孝とは何ぞや、の大事を説かれる。これは、爾臣民父母ニ孝ニ、に言い及ぶが、その書き出しをまず引こう。

孝とは至誠の心を以て子の親に事ふる道徳的感情を云ふ。孝は我邦固有《こいう》の道徳にして夙《つと》に発達せるものなり。而して我邦にては先にも云へるが如く、国体上忠孝一致にして、親に孝を尽《つく》すは君に忠となり、君に忠たるは親に孝たり。二にして一なり。

とあって、これまた簡淡にして傑然、いかさま諸説入り乱れて定まるところない大学講座風の持ってまわった言いくるめなどまるで見られぬ。「孝とは、子が愛敬至誠の心を以て親に事ふるを云ひ、理屈にあらず感情なり。而して孝は百行の基にして、倫理の本原は実に孝の一字にありと云ふ可し」と喝破されたあたり、当時のやつがれのみならず、十代二十代の若者たちはこぞって膝を打ち声を挙げて万歳三唱したことだろう。近江聖人中江藤樹が老いた母を養うべく官を捨てた孝行の一事を引いたくだりでは、「平時に於ての孝道は一見容易なるものの如きも、其実は之と大に反して至難なるものなり」と説かれた。いまにして思う、戦時の若者たちは一種複雑の思いで孝養を尽くせぬまま果てる道の難《かた》きをひそかに歎じていたかもしれない、と。戦後改めて繰り直す本書に、「朕」の説明、「我カ」の説明という二つの重大な解義に目を留め、いまさらのごとく新しく驚き入るばかりである。

「我カ」とは複数にして、天皇御自身儼然《げんぜん》として宣ふ「朕」の単数なるに反して、温情溢ふるる御心より「我等が」と宣《のたま》ふ。されば文部省の英訳勅語にも Our と複数に訳す。

とあり、国士にして教育者杉浦重剛の鴻識また大器量の一面に清々しくふれた思いを催した。後年、漱石全集を読んだところ、大学予備門に漱石が在学していたころの若い杉浦重剛校長の話が出、これによれば漱石は堅苦しさのないさばけて近代的の教育者、若くして英国に留学した先輩格の大人を仰ぎなつかしんであった。その高著に弱輩ながら接し得た奇縁を、一高における漱石の講演要旨のごとく筆者もまた折々大切にふりかえるばかりである。すでに半世紀の上も経ているので記憶はおぼろげながら、天台道士のこの一書を携え、当時通っていた中学で国語作文の教科を担任された田中先生を大久保の御宅に御訪ねしたように憶える。さよう、あの北一輝や維新史の研究で知られた田中惣五郎先生である。談たまたま神風特攻隊ほかの話題にふれないわけではなかったろうと思われるが、御進講草案のなかの字句をめぐり不明をかえりみず私見を呈してより正しい教示を請うたのではなかったか。愛煙家の先生はホルダーの煙草を吸い足し吐き出し、こちらの心底をそれとなく見透かされたかのごとく、死を急ぐな、とたしなめながら、これでも読め、と蘆花の『自然と人生』だったかを恵まれた。

昭和二十年の夏、空襲で牛込の家を焼かれ、学徒動員で特殊潜航艇のジャイロコンパス（回転羅針儀）をつくっているうちに終戦を迎えた。その後いくたびかの転居をしたにもかかわらず、戦時体制版の『倫理御進講草案』は古びたりといえど無事でいま目の前にある。架蔵するこれは昭和十三年十月二十五日発行の第四刷、十月一日に初刷七万部を出してよりさらに七万部発行のうちの一冊である。思うに、私同様にいずれはしたためるべき遺書への導きの書として当時本書をむさぼり読んだ向きは決してすくなくなかったろう。しかるに、はや戦後五十年、いまにいたるまでそうした思いの丈の一書としてこれを採り挙げる日本人のないのを惜しみ悲しみ筆を執った。

天台道士杉浦重剛先生の末期の言葉は「唯国家の前途を憂ふるのみ」であったと、最も近くにいられた猪狩史山翁は特記されてあった。忠孝仁義の道をひたすら歩みつづけられて七十年、その克己の大人に新たの思いを致し、ただ日本の前途を憂うるのみとひとりごつばかりである。

夏ゆかばわれはも神風特攻隊
年設大義に就かん用意あり

〔「別冊歴史讀本」⑰遺言、平成七年九月〕

国士の隠し芸

先頃、杉浦重剛『倫理御進講草案』を繰る必要があって久し振りに選集を取り出した。これは昭和十一年三月に刊行の千二百頁になんなんとする大冊より五十九章を選んだ一書で、戦時体制版と銘打たれ二年後の十月に第一書房より出た。戦時に中学生だった私は本書により教育勅語の真義、あるいは忠孝の本源精髄に就き教えられた。ありていに云って、学校では教えてくれぬ教育勅語のむつかしい一字一句を解き導いてあますところない課外の良書であった。

学徒兵として次々と出陣してゆく先輩たちを送り出しながら、燈火管制下のわずかな光を頼りにむさぼり読んだ思いなどさまざまにこめられてある。空襲による被災、終戦、転居などとあわただしかった五十年の余、一代の師表による宝典は少々古びたりとはいえ無事目の前に架蔵されてある。七十歳で長逝された天台道士には六巻におよぶ全集もあるが、そのうちより一書を選ぶようもとめられたら私はためろうことなく戦時体制版であるささやかのこの一本を選んで推す。

非常の時代を共に耐え抜いたはらから日本人は、当時挙国一致の心根にむすばれて一つであった。

われらが世代は東宮御学問所御用掛の杉浦重剛大人による帝王学の草案に接することで、明治大正昭和の御代を誇らかに語り継ぎ、忠に孝にこもごも喜びと悲しみの大和魂をたしかめ合えたのをいまに大きな喜びとする。

大人は大正三年より七ケ年にわたり東宮御学問所に於いて倫理の科目、すなわち帝王学を担当された。その第二学年にいたり御前に赤穂義士を進講、のちの昭和天皇には、御感斜めならずのおもむき、だったと仄聞する。素行の『中朝事実』、日南の『元禄快挙録』、鳩巣の『義人録』ほかの要籍を駆使され、明治天皇のはじめて東京行幸の折に使者をつかわされて義士の墓を追弔せられたくだりにいたるまで、清興間然するところのない筆録である。

なかでも興の熟するまま大人が四十七士の名を塗板にすらすらと一気に書き上げられたとき、東宮殿下には殊のほか御印象強いおもむきだった、と幹事職にあった小笠原長生子爵の談話記録に見えている。義士の名は三十幾人ほどを書き上げられたところで所定の時間がきてしまい切り上げたというのが事実のようだが、強記の国士また教育者としては四十七士すべての名を銘刻されていたものだろう。歴史上の人物として大人が特に惹かれたのは、近江膳所の出身ということもあって中江藤樹が挙げられる一方で幕末の志士吉田松陰をなつかしむ。そして四十七士を高しと仰ぐ不動の忠孝史観である。

赤穂義士の話が出たところで、にわかに義士物を読みたくなり久し振りに『堀内伝右衛門覚書』を繰ることとした。討入りを果したあと、芝高輪の細川越中守の下屋敷に預けられた大石内蔵助以下の言行を接伴方の細川家士堀内伝右衛門が誠意をこめ精細にしたため置いたこれにより、富森助右衛門の一事なども知った。

「或時富森助右衛門被申候は、私衣類の中に、女の着候白小袖有之候筈に御座候、定ていな事と可被思召候、是は老母が着物にて御座候」しかじかとあるそれは、討入りの夜に母を訪ねた助右衛門が、遠方へ赴くこととなりましたが殊のほか寒うござりますれば下着にいたしとうござりますと云うて借りて着てまいりました、と語った一節。伝右衛門は、さてさて御もっとものこと、母の衣と書いて保《ほ》呂《ろ》と読むたとえもござりますと覚書に感じ切って書き留めた。

おそらく、こうした義士よりの聞書を大人は読み知っていられたように思う。しかし、御進講に際しては、孝は百行の基なり、の大義を重んじられて割愛やむなしの次第もすくなからずあったに相違ない。ちなみに、四十七士に明るかった杉浦重剛先生はそれぞれの名の暗記をみずから隠し芸と冗談まじりに洩らされた由である。

〔「正論」平成七年十月號〕

主客問答

主　俳壇というのは一向に変わらないところだね。昔の改造社から出た『俳句講座』に現代結社篇というのがあって、たまに読むが、俳壇展望などという中味は昭和七年のころといまと何も変わっちゃいない。

客　ま、それはそれとして、このたびの「平成新俳壇第二世代」というのはいかがでしたか。

主　一口に言って、「第四世代」とか呼ばれたわれらの時代のほうがはるかに熱っぽく俳句を作り語ったという印象、自負がある。俳句が好きでたまらぬ連中が集合離散を繰り返しながら鍛えていった。

森田智子「針金」

客　はじめは女流ときました。

　　秋の蛇追って戻らぬ男かな

人事句とかぎらず、不滅の主題といえば、やはり男と女のかかわりにゆきつきますか。

主　いまさら野暮な質問だね。人事のわずらわしさから逃れて自然に対したところで、『玉藻集』にあるとよの春の山のような例に出喰わしたりする（後出）。

青木月斗は、俳句は自然と我との交錯より生まれる、と唱えて作品中心主義の志を貫いたのが偉い。月斗のひそみにならって言えば十七文字の結晶は男女の交錯より生まれるものですよ。秋の蛇にどのような意味があるのか不学不敏でわからぬが、のらりくらりして遊ぶ蛇遣いの女、つまり俗にいうヘビを追っかけるのかな。

客　あなたの俳句観には何か含むところがありますね。

主　さよう、このままでは俳句らしい俳句が消えちまう、という歎き憤りがどこかにある。

　　川幅のその分量の寒さくる

わかる俳趣ですが、分量とくると滑稽味すらぶちこわしてしまう。〈何事も堪忍したる寒さかな〉という、俳句らしい俳句の見本が、荷風のパトロン江戸庵梓月にあった。

酒井弘司「八月」

客　次の酒井弘司はいかがです。

主　このひととは同人誌を一緒にやったりしました。このたびの新作五句のうちに、

　　やんまより少年速し出羽の国

があって『逃げるボールを追って』のころのしなやかな作風をいまなお持ちつづけているのに感心し

ました。

わが戦後南瓜の花と校庭と

にも同様の思いがあるが、反面、飽き足りぬ思いも拭い切れないね。山がない、谷がない、このまま行ってしまうと花が実とならぬ危うさがあるんだ。酒井君の作句のよろしさは受けを狙う思わせぶりのないこと。十七句のすべてに言えるのは辺幅を飾った大作めかしの厭味の句がまったくなかったということ、さわやかの点で酒井弘司はわれらの次の世代を代表する随一の作家だね。

ただね、作句信条という欄に「自らの美意識に反する言葉は使わないという姿勢」云々と述べているが、望蜀の言を呈するならば、おのれの美意識に反する言葉を使いこなしてこそ本物なんだ。ただし、立原道造なんかのあのチンと澄ました美意識なんぞは捨てちまったほうがよい。

客　秋たけて鬼わたりくる水の上

これは作者の言う最短定型詩に当たりますか。

主　そうだね、嵐雪の〈名月やけぶり這ひゆく水の上〉などが頭にあれば作れるものでないね。古句を探るべし、新しみは古句にどっさりとある。

竹中宏「首提燈」

客　自分は文学をもって男子一生の事業とする価値あるものとは思わぬ、と二葉亭が書いてましたが、俳句また然り、男子一生の仕事とするに値するかどうか大事の問題にもかかわらず、これまでみずからに問うなり答えるなりした者がほとんどない。ところが今回の六人のなかで「首提燈」の竹中宏だけが大事に真正面に取っ組んでるかに思えるのです。おそらく、この俳人は男子一生の仕事として俳句を選んだことに悔やむどころか、さらに高い志を示さんとする奇男子のひとりだと信じたい。

主　君の見るとおりだ。佶屈だが一番手応えのあった作家だ。溝五位、日夏耿之介が目を通したら婆羅門俳諧を共に語るべし、などと目を細めたに相違ない。

客　思ふゆゑ終《つひ》にわれなし独活の花

　これはいかがです。

主　感心しないね。ついに書生臭いのだ。それより、

　　鶏の首映りたる牡丹雪

は妙に考えさせられる句だ。近世の句にもこういうのは見なかったように思う。丈草の〈鶏頭の昼をうつすやぬり枕〉に触発されたかと思ったりしたが、いわゆる飜案の句ではない。飜案といえば其角の〈わがものとおもへば軽し笠の雪〉を飜案した〈わが笠の雪に価や句商人〉が一具にあった。これはすこぶる皮肉の句で、当時の業俳たち、すなわち、句あきんど共を痛烈にこき下ろしている。

　現代の竹中宏は牡丹雪に配したニワトリの首で現代俳壇のチキン共、すなわち業俳連中の首根っこをひねり、すなわち右顧左眄する浅ましい俳壇風景をからかったんだよ。

客　この俳人に俳諧はありますか。

主　あるとも。

滝壺に呑まれ帰らぬ水があり

これを現代俳句だと思いこんで読むから浅墓なので、江戸時代の麦翅の一吟〈身の内の道を覚ゆる清水哉〉に通ずる俳味吟々だよ。

鳴戸奈菜「まっくら」

客　次は女流です。

つくづくと鏡に見らるる秋の暮

女流にはえてして冗漫の表現が多い、この「つくづく」は不要じゃないですか。

主　それよりも鏡はキョウと訓《よ》むのじゃないかな。そうだとすると闌更の〈寒月をかゞみに写す狂女かな〉の俳趣に通じておもしろい。

そうでないとすると〈行く春を鏡にうらむひとりかな〉という成美の一句から出ることもない。一字の音感を欠く不明瞭の字余りこそが不要なんだ。

客　階段を秋の途中と思うべし

これなど永田耕衣の〈いづかたも水行く途中春の暮〉を念頭に置いた句でしょう。

主　そうも言えんだろう。「耕衣感賞」と題した蕪稿で、すでにしたためたことですが、耕衣の眼目は十句をかぞえる〝行く水〟俳句なので途中は普通の禅機にすぎない。これまでの俳壇時評とか俳句鑑賞の大方は、師匠の作を善しとするあまり弟子の作をけなす、いなす、傾きにあるが愚かの習いだ。

秋の途中、という中七は利かせた句的措置で階段という厄介なものをすんなり支えている。付けて言えば途中を扱った佳句は古今すくなく、〈牡丹持て気をつめて来る途中哉〉という抱儀の一句くらいです。

客　ところで君は署名のない作を見せられて、男か女か、当てられるかい。

主　無理でしょう。近頃じゃ女までが男ぶってガサツの俳句をものする嫌な時代ですから。

客　そうだろう。巾幗なんていう品位のある言葉はとても使えぬ当世俳句だよ。そうしたなかで次の、

老松や雲やふたりの男の香

というのに感心した。女流の句と知ったうえで言うのだが、不思議な味わいのある句だね。季語にこだわらぬ男振りがさらによい。越前の歌川に〈紅葉にも迷はす松の男ふり〉あるを思い起こした。

寺井谷子「偏愛」

客　やはり女流のひとりに、

おんなより男寂しき百日紅

があります。私にはいかにも女流らしい作だと思われます。

主　いやいや、どうしてどうして、すんなり詠みなしてあるがなかなか含蓄ゆたかの句ですよ。

例の俗物、大阪の淡々を菊舎尼が訪うた折の伝え話を思い出した。緞子の三布団に座って繻珍の夜具にもたれた淡々は妾や侍女にたすけられながらこれみよがしの挨拶をしたというのだ。そこで菊舎

尼は〈化物の正体見たり雪の朝〉と吐き捨て逃げ帰ったそうだ。君、男と女の立場を変え、この逆の場面を考えられるかい。さるすべりに見立てた俗俳の寂しさを言いあてた名句と言えなくもない。

客　なるほど、女流俳人多しといえども化物といわれるほどの者は見られませんね。しかし、あなたのは深読みにすぎるんじゃないのですか。偏愛ですよ。

主　改めて申すまでもなく、批評鑑賞の極みは偏愛に尽きるのだ。いまさらめかした芭蕉論とか名句鑑賞のたぐいは対象にのめりこんでいないから、何も言っていないも同然だ。

聖五月邪険な恋をしていたり

なんとか論じてみたいと思った句だが、マリア月と邪険な恋とがあんまりくっ付きすぎているので投げ出したが惜しい句だよ。〈男なら一夜寐てみん春の山〉と『玉藻集』に出るとよの一句、せめてこれくらいの恋を仕掛けるといいのに。

嶋田麻紀「遠雷」

客　最後になりましたが、どうです。

八月の寺の板の間踏み戻る

主　そうそう、これを含めて「遠雷」十七句ことごとく好句揃いでうれしくなった。

悪人のなほ落着かぬさくらかな

これあたり、並みの力量では詠みなせるものでない。浅草の芭蕉と称された増田龍雨に〈この寺で死にたく思ふ花菜かな〉のあったのをなつかしく思い当てました。どういうおひとか存じませんが、古句をよく読んでいる。「先人の作を超えられない句は潔ぎよく捨てる勇気を持つこと」とあるが、いいね、この勇気がなければべら棒な数の俳諧俳句の遺産を前に五七五なんてやってられないでしょう。

蕪村は相撲でいえば手取りの句ばかり作っていたので、巧は巧でも大力ではない、蕪村を至極力量のある者のように言うが、それはまだ手の内が見すかされないでいるうちのことだ、と露伴先生が語っていられた。嶋田さんにこうした手取りの句のないのをよろこびとします。そして蕪村読みの蕪村知らずにならぬよう望みます。

百千鳥手紙をしまふ小引出

晩得の〈初雪や詩の引出しに歌の棚〉を思い出しました。哲阿弥の一句に匹敵する現代の秀詠に喜びを隠せません。

〔「俳句研究」平成七年十一月號〕

国士

谷澤永一は国士である。日本を売る日本人を名指しで告発、目に余る厚皮面の国賊どもに堂々詞理明通の筆誅を加えてやまぬ。その風霜の気は前後無比、器局の大なること文字通り世に並ぶ者ない国士の典型である。

文弱淫靡の徒輩や三寸不乱の舌を弄する評論者流には、いまだに近代文学研究また書誌学研究の谷澤永一しか見えぬのであろう。戦後はや半世紀から経ったというのに、これではいかにも時代遅れ、下種の勘ぐりから一向に脱け切れぬ書斎派読書人の不幸というものだ。国士は時に臨み応じて清濁併せ呑みつつ、より心術の正しい人物に惹かれる。早くより司馬遼太郎を、渡部昇一を、江藤淳を、あるいは三宅雪嶺や宮崎市定の業績に讃仰親炙の筆を揮いつづけてきた谷澤永一にはたしかにすでに国士の風気があらわれてあった。やんぬるかな、そうした椽大の筆に気付かずだった不明不敏を恥じるのは私とて同じだ。これまで何十冊にも及ぶ高著の恵送に与りながら、戦後民主主義日本に絶えて見られずだった国士大人の気象に漸く気付くのは『皇室傳統』を恵まれたころからである。そののち

『巻末御免』を拝して読み、読みては拝しつつ友人知己にじゃんじゃんすすめ、国を愛する気概見るべし、白刃踏むべしと推重させていただいた。ことごとく成見に捉われぬ前人未発の卓見は簡にして潔く、虚堂懸鏡の心根というべき谷澤精神の素懐ありようを大きく教えられ今日に至っている。

売国奴とは国を売る者であり、国を裏切る者です。国を裏切るとは、すなわち、国民を裏切ることです。そして国民を裏切るとは、つまり、国民を卑《いや》しめることなのです。私たち国民は彼ら売国奴から蔑《さげす》まれているわけです。

つづけて「悪魔の思想」はなぜ生まれたのかについて、

このような、日本という国家を、ということはつまり、その本体である日本国民を、かぎりなく、卑しめ、蔑み、そして劣れる者とみなして罵《ののし》り、見下し、国益を外国に売り渡す思考方法を、私は、ここに「悪魔の思想」と呼びます。

とあり、この「悪魔の思想」は戦前からかなり根強く芽生えていたが盛況を呈したのは日本の敗戦を契機としていると谷澤永一『悪魔の思想』第一章は明記する。白ばくれ、つまり弄鬼妝幺のやからは断じて許さぬ谷澤永一は通り名を進歩的文化人という国賊十二人をものの見事に断じ斬り、大内兵衛をはじめとするへろへろ学者どもの正体素性を明らかにされた。妖は徳に勝たず。国士と国賊とでは同じ日本人でありながら天と地ほどに大きく違う。

国士杉浦重剛を評した国士頭山満の談話のなかに次のようなくだりがあった。

今の日本は上も駄目、下も駄目、駄目なものが寄り集つても結局何も仕出来しはせぬ。中には日本国民でありながら、外国の廻し者のやうな言動をなすものさへある。このゴタ〱につけ込んで、漁夫の利を占めるのはどこの国か、国貧しうして人多く、たゞ偉大なる歴史と、それによつて作られた国民精神と、これだけの力で持つて来た日本として、その根抵が崩れたならば、何を以て、この祖国を支へるのぢや。

今の日本は真に未曽有の危機に立つてゐる。杉浦が死に臨んで「国の前途を憂ふ」といつたのはこゝぢやらう。

国士よく国士を知る。大正十三年の談話筆記ながら古からず、勘どころの国を思う精神は『悪魔の思想』全章に相呼応し、いまに躍動する力がある。

国士谷澤永一は曖昧矛盾妄断不公平をとことん嫌い叩きのめす正義の快男子である。心術の正しい人物に対してはこれまたとことん打ちこみ惚れこむ。私はいまだに上方気質の機微をよく知らぬのでなんとも言えぬが、谷澤永一の著作を繰っているとしばしば江戸者の啖呵を聞いているようなさわやかの気分になる。つまりは国士にとり上方も江戸もなく、まず日本人である自覚をそれとなく教えられるわけである。

先に大江健三郎への告発状『こんな日本に誰がした』を読んで三斗の溜飲の下がる思いを致した国

びとはじつに多かろう。世には素性の怪しい学者や作家ばかりでなく怪しい書物が溢れているから、一読正大の気に打たれる本書の出現は爽快清高の極みでありがたかった。谷澤永一は慷慨激越の文を得意とするだけでなく、風幡の論をからかうかたわらで諧謔笑殺の肴いや戦略を用意するのを忘れない。横田喜三郎の奸物と謬見を打ち砕いたくだりに、内藤鳴雪の歳旦吟「元日や一系の天子富士の山」が出てきてうれしかった。右したり左したりする天皇制批判の失考をあげつらった書物をそう見ているわけではないが、鳴雪翁の一句がすんなり出てくるあたり、手際の妙、心憎い。書誌文献学研究家の谷澤さんがその道での国士無双であること、いまさらに論ずるまでもあるまい。

〔谷澤永一『讀書人の風紋』潮出版社月報、平成八年十二月刊〕

正月匆々

今年の正月は喪中に付き静かな元日を迎えた。さて初読みは、と迷うことなく伊藤正徳の『連合艦隊の最後』を架中より引き出した。昭和三十一年発行の本書をいくたび繰ったかしれぬが、巻尾の結論に近い人間魚雷「回天」の章までくるとそのたび一種複雑の感慨を催す。終戦の年、東京蒲田にあった軍需工場に勤労学徒動員令で働いた私は人間魚雷に積みこむジャイロコンパス（回転羅針儀）をつくっていた。海軍の技術将校の見守るなか、七生報国、往きて還らぬ若い命の決死行に思いを致す日夜だった。戦利品とかいうイギリスの精製油で試動させながら、回天の全体像はつかめぬまま八月十五日を迎えた。本書の口絵に刷られた、人間魚雷回天を積んで出撃する輸送潜水艦イ370、とある一葉の写真ではじめて全容に接したかと思う。わが連（聯）合艦隊のみならず世界列強の海軍筋で不沈の巨大戦艦と恐れられた武蔵が沈み大和が沈みして、八月十五日までにほぼ全滅、太平洋上で戦っていた日本海軍といえば回天を武器とする七隻の潜水艦だけであった、と大海軍記者伊藤正徳は切々淡々と叙してある。

本書が江湖憂国の人々にむさぼり読まれたころ、私は「俳句評論」の創刊同人に加えられ高柳重信を知った。当時、帝国海軍の話の通じる人物といえば高柳ひとりあるのみ。病弱でなかったら天晴れ（高柳の好んだ一語）江田島を巣立って国難に処し、多行型式の俳句などは存在しなかったろう。その『日本海軍』には彼の遣方ない思いの丈がいまだ沈まずにある。昨今のていたらく、似たり寄ったり意図薄弱の分類アンソロジーばかりが出て、国を思う俳句集大成のひとつとして編まれぬのはなんとしたことか。

読みはじむまだ沈まずや回天は

一月十一日、NHK教育テレビの新日曜美術館で現代書について語ることとなり、旧臘、ビデオ撮影に応じた。世界に冠たる現代書の大方は比田井天来に始まる。天来門の双璧として上田桑鳩となび称された手島右卿は技量器量ともに群を抜きながら強持てのする書家だったため一部の識者の外は知られるところのすくない御仁だった。そこで、いい機会だから右卿創出の少字数書を採り上げるようディレクター氏と相談した。出向いた鎌倉の抱雲荘には「崩壊」「龍虎」「燕」など内外で評価高い作品が集められ、戦後十余年を経て東京大空襲をかえりみた象書《しょうしょ》の傑作「崩壊」の前に坐って語った。一口で云えば右卿の書には卑しさがみられない、淡墨により発明したにじみ、書芸における造型というよりは心の造型であろう、など。昨年の秋に亡くなった家内は天来翁の縁者だったので、その夫人の小琴女史よりする聞取り話などを折々聞いた。ともに大酒だった天来、右卿の両翁は硯に微妙の美酒をそそいで書したらしく、そうした秘話などは時間の都合で割愛せざるを得なかった。

いまひとり、井上有一については竹橋の近代美術館に出向き、収蔵庫より出された「骨」と何年振りかの対面を軸に語った。井上さんの作品をまとめて見たのは昭和四十年代、辱知海上雅臣の好意により銀座の壱番館画廊で開かれた花の一字書による連作展だった。銀座裏だったかを肩抱き合いながら酔って歩いていて、彼がしきりにその坊主頭を叩いては、わからんわからん、と叫ぶものだから寒山詩でもでっかく書いたらどうかと慰めたこともあった。そうしたあたりは割愛されて、井上や有一無二のお正月、という弊句が出てきたのでたまげた。これは俳句好きのディレクター氏が『江戸櫻』から引いたオマケであったろう。

一月十五日は大雪、さる高貴の御方よりのお招きで歌舞伎座に御案内いただいた。十五代目片岡仁左衛門襲名の披露でにぎわい、大間に入ると繭玉に春衣姿など初春興行はいつきても楽しい。襲名披露はいくつとなく観てきたが二階正面の最前列で観るのははじめて、孝夫改め十五代目の口上には花があり美しい。寺子屋の松王丸にひとまわり大きくなった当代を見た。姉上の高木女史により楽屋へ案内され、松島屋さんに御祝いの挨拶をした。記念の撮影で隣りの当代に父上十三代目の菅丞相を思い重ねた。

松島やあ、松島や雪の花

〔「俳句研究」平成十年四月號〕

霊景

飛騨の山々といえば御嶽山、乗鞍岳、奥穂高を主峰とする穂高連峰など三千メートルをこえる山々が聳える。そうした北アルプスからはるかに白山、立山をのぞむなか、ほぼ中心に位するように位山（一五二九メートル）は神体山の古称さながら独立している。

歴史の上に位山が現れるのは早く、『八雲御抄』山の部に、笏木伐之山也、と出て、代々の天皇即位の儀式に献上する笏木の材となる一位樫を産出する山として知られた。近代に入り古神道奉持の人々のあいだでは位山にのこされた想像を絶する巨岩石組の大きさから、神座祭座《かみくらまつくら》の山、磐境《いわさか》の宝庫、などと信仰期待を一身にあつめる霊山であった。こうした飛騨位山調査の濫觴《らんしょう》をつくられたのが明治から昭和にかけて神代太古史研究をすすめた酒井勝軍氏であり、飛騨高山にあって位山神陵遺跡研究に余生を傾けられた上原清二氏であった。酒井氏が上原陸軍大佐の案内により位山の一郭にはじめて入ったのは昭和九年、まだ高山線の鉄道が開通する前である。

戦後間もなく古神道修練の場をもとめた私にとり飛騨の位山は、みだりに侵すべからざるの霊山だった。船山、川上岳《かおれ》を含む位山三山を探るにはよほど土地に精通した案内人のないかぎり、単独登山での日帰りなど無理だと聞いていた。ひたすら古文書写本とか山岳地図を頼りの紙上登攀を試みるだけで、三十数年からを経た。

位山に天地創造の最高神（ヤーウェと同じ）にましますす主神を祭祀される奥宮完成の昭和六十年晩秋快晴の一日、遂に念願の機会は与えられ、若い案内者二人を先導に人ひとりようやく通るほどの杣道を登った。もう一月《ひとつき》もすると胸までつかる雪に埋もれると言う。一位や橅の原生林を抜け、次第に短い丈のブッシュとなる道なき道に出ると、木の間越しに金色燦然と輝く神殿の屋根が見えてきた。満天星の紅葉のなかに一際照り映える黄金神殿の奥宮に参拝、世界に二つとない神殿建立にはヘリコプターで建材ほかを運ぶなどの苦労話を聞きながら、現代科学の推理を以てしても太古には一体どのようにして巨石を運び上げたものか考え及びもつかない。

奥宮から斜面を少々ゆくと広い平らの頂上に出る。絶えず風が通り吹き、名状しがたい霊気につつまれる。五年前、モーシェ（セ）の十誡を授けられた日に合わせて飛騨と同じく山々にかこまれたシナイ山に登ったが、太陽石の方位など、位山よりする霊気祭政のネットワークはシナイ半島の禿山にまで及んでいる。うとう平、と呼ばれる頂上の三角点の近く北側は祭場遺跡、特に太陽信仰の太陽石ほかのドルメンがつい近くまであったに相違ない。下山の途中、六角形の鏡岩をかこむ高天原と伝えられる岩屋の一郭にある山麓の祭壇石を拝した。高さ三メートル半、幅が六メートルからある鏡岩はぴたり、真東に向けて立てられてあった。

日球国磐屋に隠レ万国政《つかさど》リ、しかじかと古神道文書に見え、飛驒は太古には日球（日玉、霊玉）と称された。飛驒は馬による往来が行われてからの宛て字で、古くは飛驒と書かれたところからヒダマの称が起り伝えられたものだろう。コトダマ、コトタマと同じく、ヒダマでもヒタマでもよい。ついでしるせば乗鞍岳の古名は祈座居《のりくらい》岳、高山の西南にある松倉山は祭座《まつくら》の山、位山は一位の木の産地ということで名付けられたというが、古くは座居《くらい》の山であろう。位山の頂きに立ってより十数年、霊景への思いはいささかも変らない。

〔『想い出の風景』平成十年九月刊、東急文化村〕

毅然たる風流

作句三ケ条とのことだが、反骨と風流、が句作りに対する私の姿勢信条である。いまひとつは格別思い当るものがないので第三の箇条は仮りに俳味とでもして置く。

現代俳句には反骨の士がめっきり少くなったように見えて淋しい。薄っぺらの俳壇繁栄の只中だからこそ正論を堂々と吐く硬骨漢が望まれるわけながら、風流家と同じく志ある人は市に隠れたかさっぱり見当らなくなった。風流と云うと何か胡散臭い感じを与えるらしいがさにあらず、いくらでもその辺にころがっているのが市井風流である。若い時分から歌舞伎俳優や噺家との付き合いをはじめた吉井勇はこれらの人々の上に市井哀歓の風流を見て取り、本業の歌にとどまらず小説や戯曲を多く遺している。たとえば狂馬楽の名で伝説的に伝えられる三代目の蝶花楼馬楽についての煎れ込みようなど、いまに勇の右に出る者はいない。勇は反骨の人を愛し、みずからも爵位を返したりして反骨に徹した風流の人であった。人により器量により反骨は風流を導き出す。三年ほど前、長谷川久々子さんの好意により「青樹」誌に勇や馬楽の俳句を拾いこれら市井風流についての愚考を述べて置いた。

前衛俳句さかんの昭和三十年代はじめ、丁度そのころ刊行中だった第二次の露伴全集を繰りながらそのなかの坪内逍遙宛のかなり長文にわたる露伴一簡（明治二十三年七月）により私は俳句風流の目を開かれた。蝶の羽に我が俳諧の重たさよ、ほかの自作を示されながら二十四歳だった露伴翁は真ッ正面から俳句風流を論じ「大無風流なりしを自ら責めて悲しく候」などと真情を吐露されていられた。精しく引くわけにはゆかぬがその前年に書かれた『風流仏』、あるいは好色を論じた『風流艶魔伝』など露伴の心の裡では、魔と風流、とが相克争い合っていた。その雅号筆名のごとく俳句より出発された幸田露伴の風流論はそのまま俳句論として読まれてよい。風流の細水《ほそみ》になくや痩蛙、露伴二十二歳ころからの作を収めた『蝸牛庵句集』（昭和二十四年刊）に多くを教えられ、俳句風流への目を開かれた。

若かりし君にたぐひて風流に徹らむとする人生れ来よ

露伴先生に傾倒した斎藤茂吉に右の一首がある。

「風流は青春喪失の日に生誕するといふのが、私の風流史観」と述べる栗山理一氏の『風流論』は長く座右の書であった。「閑寂を愛する芭蕉の句風と伊達壮麗を好む其角の句風の相異はありながらも共に〃細き所〃に於てはやはり風流の系譜につながるものであつた」と『俳諧問答』ほかを引かれながらの其角論など、早くその俳諧風流にふれたものとして群を抜いていた。四十年から前の私が江戸俳諧の風流に惹かれるようになるのは、知十、龍雨、梓月などの風流俳人の風力による。しかし、これら先達には構えて風流俳句研究などと云った野暮の言挙げは全くないから、唯一と云ってよい栗山さんの書物には大層世話になった。それまで、風流論に類したものと云えば九鬼周造の『文芸論』に出る「風流に関する一考察」があったものの、「風流とは世俗に対していふことである」などと澄ました考察では話にならなかった。生前の栗山さんに風流論の続篇を書いて欲しいと話したら、あれは若書きだから良かったのです、と笑って逃げられた。

風流は寒きもの、とは戯作者三馬の名句で緑雨醒客なども引いていたが、これはと云ったうがちの妙を云い当てた者はない。さきごろ、八田木枯氏より新著『天袋』を恵まれこれに〈誰に言ふことなく云ひし夜着の穴〉一句があり、太祇の市井風流に通う俳味を思った。そして三馬の案じた風流の厳しさを思った。伊達の薄着などとのっぺり顔しているうちは本物の風流でなく、日々のたつき、なりわい、そのものが寒いと感じられたら上々の風流と云うものだろう。四十年からを暮らした江戸に未練残さず島原の廓内に移り住み、遊女たちに手習い句作りを教えた太祇には日々生きようがための風流俳三昧が必要だった。八田さんの一句はこうしたあたりをうかがうに足りる風流句である。また、さきごろ若い友人筑紫磐井さんが弊著に就き昔を今にの風流であると論じてくれた。年下の俳人に風流を採り挙げられたのは嬉しかった。毅然たる風流、これが没趣味、ガサツ、重くれを嫌う私の作句信条である。

〔「俳句研究」平成十年十二月號〕

内と外

〈古句拾ひ捨てつ十とせの秋立てり〉〈初風や古書の高山短山《ひき》に〉など、近世滑稽句を拾い集めた一書を脱稿した折に吐いた。書見執筆など大方の仕事をするのは二階の書斎、足の踏み場もない乱雑無風流の部屋にすぎない。雨戸を立てにゆく隙き間が曲がりなりにあるだけで、和本は別として子供の背丈をこえる古書の山がいくつとなく出来る。それぞれの山の頂上には俳諧俳句とか江戸とか神仏とか記した紙きれを乗せて置く。これは谷澤永一氏より教えられたありがたい知恵で、書棚に収める書冊はかぎられるから実用向きで大層役に立つ。四季折々の句を詠みながら身近の山々を眺め暮らしてやがて三十年、龍雨の一吟〈月のあるじやがて二階へ来りけり〉のような俳趣に恵まれないでもない。しかし地震とかぎらず山のかたちは微妙に変化、崩れる。本好きだった亡友澁澤龍彦などはこの人工の山によりかかったものだからたまらない、山津波に呑みこまれ生埋め同然となった。これではいけないと十年ほど前に階下の一室を書庫に改造して移したが、またぞろ、小山がふえつつある。古句に〈二階から山見る秋の夕日哉〉があったが、私にとっては二階そのものが俳句の山みたいな気がする。

明窓浄几からはほど遠い仕事場ながら仕事をする前には机の上を拭ってより、念をこらす。〈座右老い新撰字鏡こそことし〉と詠んだりしているが、長い間、座右の書には『野史』を置いてある。『大日本史』の続編を思い起った飯田忠彦は京都深草の里に隠れ、その二階の書斎から階下に下りる時間が惜しいとて二階にこもり切り、二千余部の書より引き大日本史に継ぐ四百二十年間の事歴二百九十一巻を独力でしたためた。こうした大志精進の人物を教えて下さったのは森銑三翁、二階を仕事場とする私にはまたとないはげましとなった。すべからく考証の大事を教えられた故翁は藤沢の自宅を出られ朝一番の電車で東京駅にいたり、勤め先までの時間を待合室に入り書見、ときには原稿執筆をされた。「私註江戸櫻抄」にすでに書いたが森銑三翁の風力徳化をいただき江戸俳諧考証への道をひらかれ、〈学恩のはやふたむかし春しぐれ〉ほかを捧げてきた。

内と外、句を拾うにはいずれ甲乙つけがたく、書に倦めば出歩くだけである。江戸俳諧に傾いてからは主として吉原、浅草界隈、深川筋を探り歩いた。加藤松薫さんという今香以のような奇特の御仁の好意により、松葉屋の座敷にしばしば連れて行っていただいた。春燈同人である松薫さんは灰汁抜けした通人で顔が利き、角海老とならぶ大籬の松葉屋にすーっと入り、芸達者のたいこもちが芸者を盛り立て次々と座敷芸を披露した。花魁ショーのはじまる前の昭和三十年代は古き良き吉原の最後だろう。格式高い北里の意気がのこされていた。五十間とか田甫とか土手八丁とかいった古い地名が私の句に多いのはその時分をふりかえっての懐旧趣味、俳味に外ならない。

いまなお江戸大川の風が吹いて過ぎる花川戸、助六や長兵衛の出てきそうなあのあたりの路地が好きでよく出掛けた。三社祭とゆかり深い土地柄だけに其角、乾什、抱一などが近くにいるような趣きがのこっている。〈夜桜のよごろ気をやる花川戸〉〈鳥越の氏子芸者とお撫物〉〈みたらしに大夕立はびんざさら〉〈鬢ほつや三社祭に夜半の雨〉〈おしやらくと三社まつりや濡れの幕〉など、三社祭にはきまってひと雨あり、路地の雨やどりなどかなりの句を拾った。去年の祭には、葛飾の俳人柴勇起男に招かれ久方ぶりに路地を歩いた。その折に〈花川戸ゆもじの義理を宵まつり〉と詠んだ。ゆもじは湯文字で女の下帯、いもじと訛って、いもじは外されるが義理は外されぬ、と江戸者は義理を腰巻よりも重んじ義理固い俳諧師の出る洒落本などに使われた。俳人に逢った憶えはないが鳥越神社の方に抜ける路地で宇野信夫氏とは何度かお逢いした。取材中か句を拾っていたのかもしれない。

麦林舎、中川乙由は人は老いれば句作もおのずから古びる、だから「折節は遊里に興を催し、三絃ひくかたはらに案ずる時はその変化におくれず」と語った由。これはいまになお聞くべき意見である。遊里はともかく、芝居好きだった秋桜子や万太郎の句は変化に富み艶がある。戦後、前衛俳句を詠むでなく作っていたころは歌舞伎狂言を句にする思いなど全くなかった。〈白服にかぶく話や四代目〉、女形開山の中村雀右衛門丈が来宅されたときの句である。戦後三年目、はじめて観た友右衛門のころを思い出しながら喋った。以来五十年から観てきたが、いまなお三姫を演じる京屋さんの若さを思いわれらの俳句もかくあるべしと思ったことである。

〔「俳句研究」平成十一年四月號〕

パイプ

古い机の抽斗をあけたらダンヒルの細身のパイプが出てきた。煙草をやめて十数年になるが捨てかねた一本をしまいこんだものだろう。昭和三十年代から五十年代にかけては巻煙草を吸いまくった感が深い。四十歳ころまで勤めていたテレビ局では職業柄けむりだらけの生活で、文学仲間と語る酒席では、向こうの顔がはっきりしないほどの煙草地獄だった。その点、パイプはくわえているだけで気が休まったから、健康的?だったかと思う。

パイプ煙草の旨味を教えられたのは吉田一穂先生だった。詩人は手造りのブライヤーに内外の煙草を混ぜ合わせて、じつに旨そうにふかしていられた。三鷹台のお宅を訪ねた折々お借りしては一服また一服しているうちに、すっかり病みつきとなった。ロンドンでの土産にスリーBのブライヤーを差し上げたら、しばらくふかしてから長年愛用の手製パイプを、君にやる、と下さった。土門拳写真集『風貌』に出る一穂先生はそのパイプをくわえるというよりか、噛みしめ、にらみつけている。

春の朝でも／我がシシリヤのパイプは秋の音がする／幾千年の思ひをたどり。西脇順三郎翁は若いころ大のパイプ党だったそうだが、私が接するようになる五十歳代には、巻煙草、それもなるべく安い煙草をつまらなさそうにふかし二級酒を好んで注文された。『旅人かへらず』の詩人とはぷかぷかやりながら武蔵野の面影の残る多摩川べりとか葛飾柴又のあたりを歩いたが、家に帰られると思い出されたようにパイプや葉巻をすすめて下さった。

亡友澁澤龍彥はよほどでないかぎり巻煙草を吸わなかった。若いころ肺を煩ったのでパイプにしたのだと言っていた。彼がまだヨーロッパに遊ぶ前、イタリーかどこかで海泡石のパイプを手に入れ贈ったらよろこんで使ってくれ飴色になっていた。六、七年前、スイスのルツェルンに遊び、フィアヴァルトシュテッテル湖を前にしたホテルのロビーで老紳士が海泡石のパイプを旨そうにくゆらせており、亡き友を思い出したことだった。

〔「健康」平成十一年五月號〕

高山の夏

八月のはじめ飛驒高山に出かけた。言霊研究の師と仰いだ岡田光玉先生の奥津城である光神殿を拝した。次いで、先師の遺徳を顕彰して本年四月に開館したばかりの光記念館に回った。ピラミッドを内蔵する壮大な建造物は、酒井勝軍氏が世界中で太陽に最も近い神都と称えられた飛驒高山にふさわしく光かがやき聳え立つ。五年の歳月を要し完成を果たされた岡田聖珠先生の令息浩煌氏に案内いただいて参観、湘南育ちの妻は高地の夏とぴったり調和するさわやかなモニュメントに感嘆しきりだった。

光神殿
天戸開人神し知らさむ日車に

光記念館
言霊の師を拝しけり岩かゞみ

ない。

高山はもとより飛驒を詠みなした俳諧俳句はすくなく、和歌短歌にくらべ思いのほかに知られていない。

一位《ひとつくらひ》くらひ山なりほと、きす　　魯九

『飛驒枕発句集』に出るこの句は別書に座五が〝今日の月〟と見えたりする。魯九は蕉門丈草の唯一の弟子、美濃の産だから飛驒の位山を知ってはいたろうが登ったような記事は見当らない。同じ俳書に出る加賀の千代女の「蝶々や裾からもとる位山」とか、蕪村の「飛驒山の質屋戸ざしぬ夜半の冬」など、題詠か想像の産物だろう。

飛驒出身の加藤素毛は異色の幕臣俳人だった。万延元年、遣米使節の一員として世界を一周した折の句業などほとんど知られていない。熊原政男氏による『南飛驒の俳人加藤素毛句日記』は素毛の俳行脚をうかがうに足る随一の好書である。

昭和四年五月、永年の新聞記者生活を打ち切り飛驒地方に至った前田普羅には『飛驒紬』と題した句集があった。その序文には、奥飛驒の水をあつめた神通川のほとりに六年を過ごした、とある。

乗鞍のかなた春星かぎりなし
飛驒の山襟をかさねて雪を待つ

などの佳吟をのこした普羅は最も多く飛驒を詠んだ近代俳人としてなつかしい。

高山生まれの俳人に作家の瀧井孝作があった。帰省した折々の句とか、「飛驒山の腰高障子に人と成」を思い出したりする。市内の料亭角正は当主が十代目となる老舗、聞けば初代は江戸に出て八百善で修行したというからうれしい。翌日は支店の沙羅に酌んだ。

山国の氷室を置きつ夏座敷

〔「文藝春秋」平成十一年十月號〕

郁山人を哭す

郁山人、加藤郁乎溘然《かふぜん》世を去る。昭和四年、東京に出生、齢七旬を過ぎてあれば塵縁を謝するに不都合とは思ひ難し。その人なりや書見笑酌を好むも平生他の嗜好なし。談論上下頗《すこぶ》る老措大の風あり。温和の気象足らずと雖《いへど》も、志剛にしてなほ柔の心遣ひ少しとせず。専《もつぱ》ら霊学古道を探りて親しみ詩俳詠みなすの吟骨鍛へるを以て己が任となし、出しやばる俗物を以て最も醜しとなせり。

先考紫舟は俳家、為に年少より俳句の手ほどきを受け長じて前衛俳句の異彩たり。詩は吉田一穂、西脇順三郎に就き、侍飲対酌また文酒唱和、両師の終焉に至るまで仕へて詩に痩せ酒に悲しみを致す。詩あるいは俳句は江湖散人が手すさび閑文字ならむも、虚名聞達を求めず沈吟推敲の限りを尽す屠龍の技あるのみ。文学は男子一生の事業にあらず、とすでに二葉亭の云へるあり。さればよ、渠《かれ》早く都府に商事会社を経営したるも烟花風月に耽りて産を破る。詮なく某テレビ局に禄を得たるも不惑四十歳、敢然致仕して筆一本の途をえらべり。もとより眇《びよう》たる筆硯の業、砂糖の木へ餅をしよつてのぼる話なぞおいそれとなければ閉居決めこみ、古書の紙魚《しみ》を払ひつつ神道古文書の抄写あたり心響十七文字の口吟少々の文を估《う》りて酒を沽《か》ふ。

終戦時十六歳、学徒勤労動員により軍需工場に特殊潜航艇回天のジャイロコンパスを作りつ終戦を迎ふ。世の中大きく変る。忽ちにして奇縁に導かれ大石凝《おほいしこり》真素美翁の霊書を入手、わが朝古神道の精髄秘法を窺ふ。別してマスミ鏡十四面体による言霊学に傾倒、後に幸田露伴翁その文明の庫に誌せる草仮字、無義の表音字が以呂波讃を徹底探るべしとの志を立てたり。更に奇縁に恵まれ岡田聖凰師の許に参じて超古代よりする祈《の》り言の新しみを教へられたり。言霊のさきはふ国に生を享《う》けたるの一男子、言霊音霊の妙知らずんばあるべからず、古今一徹何の奇あらんや。

渠郁乎を指し、公憤により江戸文苑に探りを致す者、と評されたるは森銑三翁なり。南客先生文集により南畝の唯ならぬ雅藻識才を、春町の無益委記はもとより三和、杜芳などの隠れたる奇才を教へられたるは故翁なり。古俳書を補うて余りある俳趣横溢の江戸雑書を繰るたび江戸座洒落風への傾斜頓《とみ》に強まり、江戸俳諧歳時記外の書をまとめたるなり。郁乎つねに云へらく、森先生の学風は人に対して城府を設けず故を吐き新を納め以て誠の一心を伝へられたるなり、妙処不伝の学恩とこそ謂ひつべし、と。

悍々悍々を知り好漢好漢を知る。土方巽、澁澤龍彥、池田満壽夫、久友相次いで世を去り加藤郁乎また俄に簀《さく》を易《か》へる。星燧貿遷《せいすいぼうせん》はるかなる哉《かな》かなしい哉。かれら四人が折々の徹宵痛飲、長夜讌歌《えんか》のくさぐさは今や紙上一篇の伝説と化せり。酔倒又酔倒、虚空無天をゆけるの酒失稚気雅謔豈《あ》に他志あらんや。郁山人追頌の墓碑銘いまだしと雖も、且尽生前有限杯の好文字を忘れざらめや。

〔『私の死亡記事』文藝春秋、平成十二年十二月發刊〕

付記　私の死亡記事と題する書物にしたためたものだから杜甫の清興詩に出る、且尽生前有限杯、しばらくつくせせいぜんかぎりあるのさかづき、を辞世と早合点した向きがあった。五十歳を迎えた時分と思うが人生にひと区切りがついたという安堵からか、辞世らしきものを案じた書付けが残されてある。一句一首めくかたわらに、不風流処却風流、風流ならざる処かえって風流、の句が引いてある。この好文字を収めるガンゲイ集という書物に当っていないので使わずにあったのだろう。

図書館への謝意

図書館らしいところに足を向けるようになるのは戦後三年目、大学の理科系から文科系に移って間もないころ演劇博物館に気なしに入ったのがはじまりのように思われる。昭和二十三年といえば占領軍の言論検閲が行われており、新聞、ラジオ、出版ほかの表現にはかなり厳しい事前もしくは事後による検閲があった。国劇としての歌舞伎狂言のなかには切腹や仇討ちなどがにらまれ、GHQこと占領軍総司令部から注意され上演中止に追いこまれたものもすくなくない。また兵役より復学してきた学生を含めアルバイトに精を出さざるを得ない者が多く、同館の閲覧室に学生の姿はほとんど見当らず、正面玄関のシェイクスピア舞台に腰をおろして昼食の弁当をつかう詰襟姿がちらほらする程度だった。

演博の名で親しまれる同館はさいわい空襲の災禍をまぬがれ収蔵品や書籍は大方無事に守られてあったのだろう。閲覧室をひとり占めにしたような愉悦にひたりながら坪内逍遙先生の日記などを読んでいると、決まったように午下の一刻、風呂敷包みを小脇にしながら現れる背広姿の青年があった。

この年に級友となった河竹登志夫君である。卒業してより母校の教壇に比較演劇学を講ずることとなる五歳年長の学友は私の知る限り演博を最も活用した学生であり、そのころすでに曾祖父に当たる黙阿弥の行実を探っていたのではなかろうか。私といえば演劇科に入学当初は演劇畑の専門書より「演芸画報」とか「歌舞伎新報」などの雑誌類を読んでいたように思う。殊に明治十二年に創刊されて同三十年に終る千六百七十号からある同誌を揃えているところなど当時めったにあるわけでなく、上野や日比谷の図書館に足をのばさずにキャンパスのなかでこうした特殊の雑誌を読めたのはありがたかった。後年これは江戸風流の考証物を書くときに役立った。たとえば同誌に十七回にわたり連載された仮名垣魯文の『再来紀文《いまきぶん》 廓《くるわの》 花街《はなみち》』を目にしていなければ細木香以の伝を立てようなどとは思い及ばなかっただろう。また、山城河岸の大通香以だけでなく九代目團十郎ほか香以を取り巻く人物たちをうかがうには橋本竺仙のまとめた『恩』という俳書が欠かせないが、これも早稲田の演博で見たように思う。

　演劇博物館はいわゆる図書館そのものではないが演劇に多少なりとかかわる縁辺また圏外の類書雑誌が集められていてありがたい。早稲田というところは大隈侯の建学精神にもあるように在野の心意気がさかんでざっくばらんに学外の人々を受け容れる素地が養われてある。一般に開放している演博では役者とか劇場関係者と一緒に書物を読む機会に恵まれ、市井の人々と今月の三越劇場の演《だ》し物はどうだったといったようなやり取りを折々たのしんだものである。

図書館を自分の家のようにしていたと述懐された森銑三翁は昭和二十五年の四月に早大から招かれ、教育学部に新設された書誌学の講座を受け持たれた。在職は十余年に及ぶ。これにより大学図書館の蔵書が利用でき、それまでの「私の読書生活」に変化の生じた旨を昭和四十六年（掲載誌不明）に書いていられる。

過去の私の読書生活といへば、江戸時代の書物に重点を置いたものだから、明治以降の雑誌の類を通覧することなどには、手が及ばないでゐたのであるが、早稲田大学図書館の書庫の地階は、それらの雑誌の合本の置場所になつてゐて、その合本が充満してゐる。同館の書庫へも、自由に這入られるやうになつた私は、それらの雑誌に惹きつけられた。その何冊かを、五階の教職員の閲覧室まで抱へて上つて繙読すると、明治時代の空気に、おのづから触れる思がしてなつかしい。

森翁はこうして獲られた材料により『古い雑誌から』と題せられた一書をまとめられた。当時、誰ひとり見向きもしなかった古雑誌を丹念に掘り起こした仕事はそれまでの近代文学研究の上で例がない。「帝国文学」などの文芸誌はもとより歌誌「心の花」、俳誌「ホトトギス」また「俳味」、「日本及日本人」、大野若三郎が独力で五十冊ほどを出した「同人」、「ドルメン」ほか、いまでは一種の稀覯書に近い古雑誌を渉猟されていて感じ入る。採り上げられた人たちも沼波瓊音、林若樹、井上通泰、中川恭次郎、三村竹清、斎藤緑雨、坂本四方太、寒川鼠骨、内田魯庵、岩本素白と近代書誌学研究に欠かせぬ異色の人材ばかりである。明治のころの古ぼけた雑誌類は宝の山であり、『古い雑誌から』

は図書館に眠っていた宝の山からの宝探し、稀書と称してよい。まだ学生だったころの私は「行きつけの図書館」と森翁の云われた早稲田大学図書館で痩身長軀の故翁を近くから拝見している。そのころはそうした宝の山のあるのを知らず、「演芸画報」が改題して出た「演劇界」とか柳田泉講師による明治文学史の諸著などを読んでいたように思う。

森翁の話のつづきになるが、「三村翁の日記」と題せられた文章があり、これに三村竹清翁の日記百四十冊の内に「森銑三生立」という一項のあるのが目に付いて驚いた旨をしるしていられる。竹清翁の日記というのは明治四十三年からその没年の昭和二十八年にいたる筆録「不秋草堂日暦」で、美濃版二ツ折百四十冊を算え演劇博物館に収蔵されている。十余の帙に入れられたこの日記を学友で劇作家のいまは亡き野口達二君の計らいにより見せてもらったことがあった。こまやかな筆致でびっしりと書きこまれ欄外に書きこみがあったりして毎日通って何年かかるか、とても筆写できるものでないと思った。ところが奇特の士はあるもので三村竹清日記研究会の有志が「演劇研究」からの抜刷をつくって下さり、そのおひとりで同学教授の俳文学者雲英末雄氏の好意により送っていただく日暦はすでに八冊となった。

先程、森翁の書かれた文章というのは竹清翁が川瀬一馬氏の話というのによって森翁の略歴を書いた条にあり、これは正しくない。

「人の話に誤謬の混入するのは止むを得ないとしても、よくもかやうに間違つたものだと思つた。私のことなどはどうでもよいが、かやうな記載が、とんだ誤の種を蒔くことにもならう。古人の日記なども、そのつもりで見なければいけないといふことを痛感させられる」とあり、他人からの聞き取り話の危うさをやんわりとたしなめていられた。森銑三の親炙した御仁に山中共古がある。同翁の手稿本『共古日録』五十二冊があり、これを早稲田の図書館に通いつめノート十二冊に書写したのは広瀬千香女史であった。このあと、『続共古日録』十四冊を国会図書館に通いつめて読了、手写したというのだからただただ頭が下がる。先年亡くなられた広瀬さんは永井荷風をよく知る女性で『断腸亭日乗』にその名は出る。その大正十二年十二月十九日の条に、「午後南葵文庫にて三縁山志を読みゐたるに、一人の老人あり。椅子に坐し読書する中、突然嘔吐し、顔色土の如くになれり。文庫の役員来り、医師を招ぎ診察せしむる間もなく、息絶えたり。脳溢血とのことなり。嗚呼死は何人と雖免れがたし。古書に対して老眼鏡を掛けしまゝ登仙するは寧羨むべし」とある。玉川の静嘉堂文庫で閲覧しているとき、高血圧に悩む私はたまたまこの散人日記の一事を思い浮かべしばし暗澹とした思いを催したことがあった。散人のしるすように書物に対して眠るがごとく世を辞することができたら本望であろう。静嘉堂文庫といえばここに収蔵される酒井抱一の自筆句稿「軽挙観句藻」十冊はありがたい俳書である。寛政初年のころから没年の文政十一年にいたるこれを写し取ることにより私は『江戸俳諧歳時記』ほかの書物をまとめることができた。生涯こよなく図書館を愛された柴田宵曲居士に一句がある。

図書館の卓に新たや夏帽子

〔「図書館の学校」平成十三年六月號〕

付記　東大總合図書館に設けられた知十文庫、竹冷文庫は俳諧研究の人々にとっては学恩便宜はかり知られぬものがある。また近現代の俳書雑誌類を調べるには東京新宿区百人町に俳句文学館がある。このほか俳書の蒐集家として知られた神谷瓦人氏がその没後、遺族より目黒駒場の近代文学博物館に俳書、俳誌、短冊、写真ほか十万二千余点を寄贈され神谷瓦人文庫として公開されている。恵まれた目録を繰るとやつがれの句集詩集ほかが二十点近く記載されてあり恐縮した。その俳史苑は奇特の老俳人による唯一の俳句図書館だった。

III

裸体のモラリスト

久友澁澤龍彦の不例を耳にしたのは昨年夏の頃、そのうち声が失われたと伝えられ、あの少年のような笑い声を遂に聞かれなくなったかと嘆いたのも束の間、訃音がもたらされた。一昨年の土方巽に引きつづき、ずけずけ言い合える友を二人まで失った淋しさは深い。

澁澤龍彦は、謂えば、裸体のモラリストであろう。権威主義はもとより、ともすれば既成概念に安易に頼る進歩的文化人のたぐいを蛇蝎のごとく忌み斥け、肩肘張ったいわば正装の書斎派学者流をせせら笑いつづけた。

洒脱ざっくばらんに快楽主義を語るかたわら、偏執頑固の古典派をもって任じ、新しがりの未来学なぞには断乎背を向けた。裸体とは、いわば飾らぬ思想ごときを謂うべく、澁澤龍彦は別段これと改まって飾らぬモラリストであったと言い替えてもよい。余談ながら、例によって彼の家で一夜酌み交わした折り、裸になって飲み直そうと言ったところ、洒落が通じなかったものか、いきなり衣服を脱ぎ素ッ裸となった。こっちも酔ってくだんのごとし、素ッ裸の酒興対酌と相成った憶えがある。『夢の宇宙誌』だったかに窓辺で毛布にくるまった照影一葉が出ているが、あの下は生まれたままの姿だった筈である。

最初の会晤は彼も書いているごとく昭和三十七年、彼に献じたバラードを収める『えくとぷらすま』の出版記念会に来てくれた。私の顔をみるなりシャラクだね、と御挨拶だったから、こちらも、よう、ヘリオガバルス、てな調子で切り返した記憶がある。以来、茫々二十数歳、三十年代から四十年代にかけては劇飲酔倒二日三日に及ぶなど交遊密にして妙なるおもむきがつづいた。鎌倉の小町、川べりにあった旧宅をはじめて訪ねた折り、二階書斎の立机の上に指の脂で汚れてくたくたの広辞苑が置かれてあった。この辞典にはしばしば腹を立ててきたものだからその不備不親切を口にすると、その通りだ、いつか二人して使い勝手のよい辞典を作ろう、などと興じた。夜に入り、階下への便所の用足しに階段を懐中電灯で照らしながら行くのには驚いた。あの書斎から『神聖受胎』以下の著作が続々生まれたことを思えば当然の成り行きながら、いたずらに便利本位の設備をもとめぬ見識ある暗がり階段もよろしいかなとのちのち感じ入ったことである。談論風発、強記絶倫、小柄に着流しのフランス文学者はまた好き嫌いのすさまじく烈しい持ち主であった。格調高き斎藤磯雄訳のリラダンや杉捷夫訳のメリメに恍惚盃を重ね傾ける一方で、渡辺一夫教授の俗物性を容赦なくこき下ろして肴とした。早く、澁澤龍彦の名はコクトー『大股びらき』の訳筆によってわれらの間にも知れわたっていたが、これが絶版で入手できぬ。そんな哀れのていを察したものか、手許に一本しかない白水社版を取り出しさらさらと署名の上恵んでくれた。みれば扉には、スコッペに、とあり、これを消した脇に私の名がしたためられた。スコッペは前夫人矢川澄子の愛称である。

烈しさのうちにも優しさのこめられた故人からの友誼は種々多々あって、にわかに思い起こせぬ。まだ邦訳三巻のプリニウス『博物誌』の出版に先立つかなりの前、ちょっとした一件がある。プリニウスを筆舌にすることがしばしばだが、一向に『博物誌』の全容が明らかにされていないのはおかしい、ついては貴訳を江湖博雅の士に示しては如何か、と苦言を呈したことがあった。故人との交わり浅からぬ本紙編集氏の推測によれば、そうしたいきさつがあって『私のプリニウス』や『フローラ逍遥』執筆のきっかけとなったのではないかと言われた。幸いに苦言が容れられ文事一助の足しにでもなっていたらありがたい。プリニウスで思い出したが、弊著『江戸俳諧歳時記』の礼状に江戸のプリニウスしかじかの祝辞がしたためられてあったのもいまに懐かしい。また、書き留めて置きたい一つに昭和三十八年頃の「人間の科学」誌上に発表された小品文がある。なぜか、どの著作集にも見られぬこの文章（題名失念）は、戦後まだ学生だった彼がさる人妻と池袋だったかのバラック建て旅館で一夜を明かす話、なかなかの筆致粋藻だった。朝を迎え窓をあけると戦災時そのままの焼土が眺められたといった思い入れよろしく、焼跡の思想をふたたびと回想してあったのを格別銘記している。庭に野兎の出る洋風の新居に移ってなお、澁澤龍彥の脳裡に日夜忘じがたく刻まれてあった廃墟の風景また焼跡の思想を忘れてはなるまい。

北鎌倉明月院への道を十余年ぶりかで歩き、澁澤居を弔問した。龍子夫人に棺をあけてもらい、額に施光、人死弔霊のみ歌を誦した。五十九歳で終った友の死顔を眺めつつ、半日からねむりつづけた自称眠りの天才のあどけない寝顔を思い起こした。

ひるがほの北鎌倉に北枕

〔「図書新聞」昭和62年8月22日號〕

旧雨音なし

昨年の夏、澁澤家を弔問、久友と最後の別れをしてから明月院、かけこみ寺のあたりを歩き、折り折り掻氷などを食べに寄った店に日盛りの暑さを避けた。三十年からの往き来のように思えたが二十数年、途中いろいろの風流珍事があったものの充実した長歳月の交遊といえるに相違ない。澁澤龍彥、土方巽、私とはそれぞれ半年くらいの年齢差でしかなく、会えば同期の桜また戦後派仲間よろしく酒杯流行、放歌高唱、長夜の飲に流湎酔倒泥のごとしであった。昭和四十年代に入って間もなくのころだろう、土方巽がその門弟諸君を養うべく目黒不動の近くに「仁王」という店を出した。女学生相手の汁粉あん蜜屋だと主人の舌代にあったように思うが、かんばんにしてからはどこからともなく酒肴が運ばれてくる。そうした一夜、くだんのごとく三人酌み交わしているうち、誰が長生きするか、二十一世紀をこの目でたしかめるのは誰か、などと語り合った憶えがある。当時四十前の男盛りながら、それぞれデカダンな死と隣り合わせの戦中戦後を夢中で生きてきたおもむき、他人事でなく、終りについては格別気がかりの思いも籠められてあったろう。三年の前、土方巽のなきがらを焼く桐ヶ谷の火葬場でぽつりぽつりこんな昔話を傾けた。思い出し笑いすら浮かべた澁澤龍彦は、一番長生きしそうだったのにね、と声を落とした。彼と久しぶりの長話を交わしたこの日が、今生最後の別れとなった。あとは任せるよ、と心安立てに言わんばかり、両友相次いで世を去ったのは少々出来すぎた話のように思えなくもない。

牛込の旧宅を澁澤龍彦は殊の外気に入ってくれたらしく、ちょくちょく来泊、彼がはじめて来宅したのは昭和三十八年の春先だった。その前日、私もはじめて鎌倉小町の澁澤旧宅を訪ね前夫人の矢川澄子から心尽しのもてなしに与っている。主人が押入れから次々と出してくる「肉体」「ヨーロッパ」「序曲」「夜宴」外の懐かしい雑誌を肴に、焼け跡の情景とかカストリ文化を語り合ったものだろう。彼は弊居の座敷に入るなり、高いところに神棚が祀られてあるのに驚き入った様子だった。御嶽さまをお祀りしてある、えッ、おんたけさま？　左様、国常立尊、大己貴命、少彦名命の三柱を御嶽大神と称して奉斎、鎮火、探湯、鳴動、ほかの諸式、天神太占之伝、観験、水卜などの神事神占を行うのです、そうそう、石川淳さんの小説『葦手』に女房の辰子が、いいよ、あたしにゃ御岳様が付いてるんだからね、とあったでしょ、あれですよ、霊験あらたかにまします、と言ってもにわかに信じられぬといった面持のようだった。そこで、神棚の奥より恭しく引き出した御嶽教東京教庁より戦後七年目に許された祈禱師の資格書を見せるに及び、驚倒、声もなく見入るていだった。のちに彼は「郁乎との神話的な交遊」を書いているが、これには右のような霊的回想の一面も隠されてあったと言ってよい。精しく調べてみないとはっきりしたことは言えぬが、貴方の名には何かひっかかるものがある、と話したところ是非調べて欲しいというので終戦の年より蒐めはじめた古神道文献の言霊学による姓名判断を約した。大石凝真素美翁の遺された七十五声言霊表、これは翁の発見による水茎文字七十五声「真素美鏡」と称されるもの、澁澤龍雄の本名を解し宛てた手控えがあったので一部を認めよう。

し　小く強き也、寛《ユル》み撤《サバエ》る也
ぶ　黄泉《ヨモ》ツ平坂《ヒラサカ》也、窄《ツボ》み寄《ヨ》る義
さ　撤《サバ》へ弘《ヒロ》まる言霊、従小出及義《チサキヨリイデオヨブココロ》
は　招《ハフ》り葬《ヲサ》むる也、却而籠《カエリテコモ》り入《イ》る也
た　活用而地之上面《ハタラキテツチノウハヅラ》を保也《タモツナリ》
つ　此つを身に私するを罪と云也、切り離す義
を　をめく声也、劣《ヲト》り降《クダ》る也《ナリ》

言霊音霊を文字化するなぞ不可能事に属するものの、近代霊学に全く未知未踏の言霊学を導き入れられた大石凝翁の言霊表は口伝ながら詞理明通、これを超えるものはない。言霊に表と裏のある玄義を探られたのも同翁、右はその気がかりな裏の部分を主として引かせていただいた。

これを彼に示し私なりの解義を加えたところ、感じ思い当るふしぶしが少くないと言う。そこで、さらに筆名の彦の義につき語ったのではなかったか。ひ、の言霊は一般に霊《ひ》の系統の日や陽、あるいは火などの良い面ばかりが採られるが、その裏を探れば、却而陰潜《カクレヒソム》の義、夜、といった面を併せ持つ。

また、こ、の言霊の裏には、劣り負くる義、解け散る、別派之形《ワカレタルカタチ》、などが隠されてある。彦は男と同義であるところから、男根を古くは彦根と称した。たとえば、天津日子根命の日子は男子の称《たた》え名で根は尊称である、という説があり、天津麻羅と一体の神であるという説すらある。鍛冶の祖神で守護神とされる天津麻羅は記紀また旧事記に、鍛人《カヌチ》あるいは鍛部《カヌチベ》天津真浦と見えるところから一神の名ではなく鍛冶師の通り名だろうとも考えられるが、降って法隆寺金堂、四天王のうちの多聞天の光背の銘に鉄師閇《マラ》古《コ》の名が出るに至っていよいよ天津麻羅の一族子孫が考えられもする、などと彼に語ったのだろう。大いに喜んでくれたまではよかったのだが、堀秀成の『神名考』あたりにも採られてあるこの天津麻羅、神とも命とも付けられてないから神としてはいかがなものかね、とがっかりさせたような気もする。

記紀にほとんど無関心、というより恐らく繰る機会に恵まれることが少かったのだろう。彼との往き来のはじまった時分、そうしたわが国史ほかの話題は全く出ずだった。蒐め出した古神道写本などを見せたりしているうち、貸してくれと五部書を持って行ったりした。『倭姫命世記』はおもしろかった、と言われたときはこちらも何かしらうれしい気分を催したように思う。栄名井広聡の『神道指要』あたりは読み辛い漢文に恐れをなしたものか見向きもせず、六人部是香の『顕幽順考論』がおもしろかったと言ってたように思う。いつだったか、これを読み返す必要のあった折り、幽界現世の論義とかぎらず、和漢洋の奇書逸聞に出る海市幻談異物趣味ゆたかに探った本書はいかにも澁澤龍彦好みの博物志である、と思ったことだった。五十代近くで猛烈に書き出した彼の小説諸篇の上に、蒐めるともなく供した神道書のなにがしかが結構役立っていたおもむきを窺い知った。
例のように牛込旧居に来泊、昼下がりの迎え酒でもやらかしていたところに、俳人高柳重信の夫人だった山本篤子が訪ねてきたので彼を紹介したことがある。昆虫学者だった松村松年の未亡人の家に世話になっている、という話から切り出して小野蘭山より白井光太郎にいたる豊かの話題は尽きず、ミイラ化した飼猫や八十過ぎの老人性欲など、私の丹前を着込んでパイプをぷかぷかやっていた彼はこの折りの印象が強烈だったらしく、本草学ほかの探書にのめり込むのはこのあたり、昭和三十年代の終りころからであろう。乾元社版の南方熊楠全集から仏典などのメモを取り出していた私が南方全集の不備を嘆くと、一度、紀州田辺の南方家を訪問してみないかという相談を受けた記憶がある。当時の澁澤龍彦の頭のなかにあったのは稲垣足穂のみならず、南方熊楠や白井光太郎の全集編纂への夢だった。シチリアのパレルモからの来翰だったかに、あった、あった、と認められていたように思うが、これはイタリア旅行に出かけるという彼に出土品を見て太陽紋があったら注意するとよい、わが神紋の菊花十六紋と異なり十二から十四紋にすぎぬ、と話したからである。太陽信仰を基にした神仏混淆研究の一本を楽しみにしていてくれた友人のひとりを失い、旧雨音なし、なんとも淋しい。転生もままならぬ夜叉の国に迷うことないよう、念ずるのみ。

〔「ユリイカ」増刊、昭和六十三年六月〕

久友土方巽

久友土方巽の最後について、私はすでに小説化して別れを惜しんである。『エトセトラ』（昭和四十八年刊）の第三部、大尾に近く、秋深いタマ川べりの洲の中程に舞踏の稽古場を移し、水中浮身の瞑想ダンスあるいは川の上のヨーガと取り組む舞踏界のダライ・ラマがいる。観音菩薩像よろしく四十二本の手を千本に見せるべく、第三の眼を養い、命がけの突っ立った死体幻術の修業に打ち込み、そうしたニルヴァーナ満願の日、うつし世との終りの時を土方巽の肉体に託して書き込んでみたかったに相違ない。「タツミ師匠は弟子たちに焚火や酒盛りの後始末を命じてから、ふわりと起き上がった。彼の肋骨のあいだから一斉に白い鳩の群れが飛び出し、ひとしきり、頭上高く輪を描いていたが、やがて辰巳の方角に飛び去って行った」しかじかとあってより、「立つ鳥後を濁さず、立つ者後を教えず、ご縁があったらまたお眼にかからむ」とほほ笑む舞踏家に追いすがるごとく、例のビクターの犬もまた花束をくわえながら犬搔きで去ってゆく。

その前々年より「海」誌に連載中の弊作を読み、当時思潮社にあった八木忠栄は改めて読み直しあ、すこで泣いたと言ってきた。これをうれしがった土方巽は八木君と私を赤坂あたりの店に招き鱈腹もてなしてくれ、気がついたら雅叙園マンションかどこかで酔倒していた。未完、としてあるこの予感小説のつづきを三回忌までにと考えないではなかったが、相次いで久友澁澤龍彦を失い筆を執る気分ではなかった。追悼をよいことにみだりに曲筆舞文を書き散らすより、ひとり胸にしまって置きたい差しの思い出だってあろう。

通夜の席で、澁澤龍彦より紹介され云々と挨拶したが、あれは誤り、旧著『後方見聞録』にも明記してあるごとく堂本正樹より角刈頭、山本礼三郎ばりにドスの利いた三十半ばの土方巽を引き合わされたのだった。彼は私より半年ほどの齢上、若い黒豹のようにしなやかな身のこなしで渋谷の茶房マウンテンの椅子のまわりを歩き、かつ、にんまりしたりしていた。夫人の元藤燁子を抱きかかえるようにして撮った若い時分の写真を見せられたことがあったが、新婚夫婦相愛の図というより、明日は出撃玉砕と肚をくくった特攻隊員と初々しい恋人、といった取合わせの妙ばかりを記憶しているのは何故だろう。踊る土方巽にはみるみるうちに殺気がみなぎり立ち、飲み語る折ふしには一種曰く言いがたい色気が漂ってあったと思われたが如何。ついこの間、元藤さんからの電話にあの隠れ家を知っているひとは加藤さんだけになったと言われ、成程、その通りかも知れぬ。あの目黒の好日荘の一室で、舞踏家は暗黒舞踏と名付けて間もない闇の厚さを時折り秋田弁まじりに熱く語り、元藤夫人の手料理のもてなしに澁澤、土方、私は正体もなく酔い潰れて雑魚寝している。いまにして思う、三十代から四十代にかけての土方巽が内心最も気にしていたのはヌレエフでもなければベジャールでもなく、実に『エデンの東』のジェームス・ディーンそのひとへの烈しい思い入れであった。少し身をかがめる癖のあった彼にはジャンパー姿がよく似合った。いつとはなし、澁澤龍彦も私も闇市カストリ安吾織田作を懐かしむジャンパー党となり、ズボンのかくしに両手を突っ込み斜に構えた三人衆を決め込んでいたものであろう。

　アスベスト・ホール（アスベスト館の旧称）の一郭に店をひらくことにした、ついては「字母の房事に墨かすむ玉の井のギボン」一句よりギボンの名を使わせて欲しいと申し入れがあり、どうぞと返辞した。かくして、会員制クラブ、バー・ギボンの開店となり主人より祝い酒を振舞われるなどしていたが、どことなく様子がおかしい。白塗りの壁にはなぜか手長猿の剥製まで掛けられてある。弊句は例の『ローマ帝国衰亡史』のエドワード・ギボンを念頭にものした一吟なのだが、舞踏家はギボンをてっきり手長猿とばかり思い込んで疑わなかったらしい。この話は会員諸君に受け、玉の井の娼家を知るわれらから上の連中からはやり手の手長猿も悪がないといった風の意見もあったように聞き及んだ。ギボンの玉の井へ車を飛ばしたなど、亡友を偲ぶ風流事のひとつとしていまに懐かしい。弊著『眺望論』と『終末領』の出版を友人たちが祝ってくれ、その二次会をアスベスト・ホールに催して貰った。席上、すっと起ち上がった土方夫妻が即興のダンスを踊ってくれた。題して「草をむしりにいってくる」、いかにも彼らしい名題だったが暗黒舞踏とは打って変わって軽快にさわやか、ポルカありワルツありの楽しい一刻であった。私も即吟「草刈りの更けてギボンのめをとぶし」を返している。後年、瀧口修造さんと浮世絵研究家の澁井清さんに誘われて行った六本木某処の座敷にこの句を認めた色紙が飾られてあった。新宿の鋤焼屋の松栄か渋谷の大松鮨かで、土方巽が私の書会めかしに一席設けてくれた折りにでも染筆した内の一枚かと思われた。この二次会の夜、はじめてモダンダンスのひと元藤夫人と踊った。昨年の夏五月、神戸の俳人永田耕衣の会で来合わせた元藤さんと逢い、三の宮の酒肆に故人を偲び語り、そして踊った。いまでも踊っていると言う豊満な姿態をかかえながら、私の贈った「ロマノフ朝の貴婦人」という愛称もまんざらでなかったと笑った。友よ、許せ。

踊りで思い出したが、彼から芸者遊びを知らないからどこかへ案内してくれと言ってきたので二人して向島へ出かけた。三十年代に二百軒からあった本所向島界隈の芸妓屋、四十年代に入ってからでも結構繁昌しており、たいこ連中こそ呼ばなかったものの浅い川ほかの座敷遊びを舞踏家は身を乗り出さんばかりに見入っていた。畳一枚ほどのところで、長襦袢ひとつの姐さん芸者があっさりと男女のまじわりを踊り分ける、これを使わぬ手はない。それまで動きの多かった土方巽の舞踏が地方舞いよろしくほとんど静止に近い変化を示し推移してゆく過程には、こうした酒緑燈紅での貴重の体験が生かされてあったかと思いを新たに致すべきであろう。八百松、植半の昔はいさ知らず、しんねこの連れ込みでにぎわった江戸風流の誇りと芸をいまに忘れぬ向島の待合へ連れて行ったことに熟友は馬鹿念入りの喜びよう、結果、気が大きくなったものかどんちゃんやらかしたものだから明けての勘定に二人の持ち合わせで足らず、たしか目黒八雲の土方宅から元大工という口の不自由な兄さんがゼニを持って駆けつけてきてくれた。元藤夫人には気づかれなかったというので三人して浅草に出、仲見世脇の沢田屋あたりに芸者を呼び出してさらに酌んだ憶えがある。二度また三度、すべては時効、元藤さんよ許し給え。

高井富子が弊著『形而情学』を舞踏化公演してくれたとき、土方巽は賛助出演のかたちながら大野一雄、笠井叡とともに踊ってくれたわけだが、いまから思えば空前絶後と言ってよい豪勢の舞台であり、飯島耕一は一回切りじゃ勿体ないと惜しがった。この翌年の四十三年にはテレビの11PM出演に応じ、彼に呈した旧作「永遠と敬遠」を朗読の上で踊ってくれ、私と対談している。その礼というわけではなかったが、隅田川べりで一杯やりたいと言ってた彼を誘い日本橋浜町の水光苑だったかで大川端の雪見酒としゃれこんだ。おなかにマスク、薄い遊び、時間のベッド、希望を密売、などなど土方巽の珍語録を算え上げたら切りもなかろうが舞踏家は「羊羹のへりを歩く」話を持ち出したので絶倒、だが、お酌の姐さんは胡散臭い馬鹿話に呆れたものかにこりともせずだった。彼は私の二品屋の詩を気に入り諳んじて読み、芦川羊子は「ラプソディ・イン・二品屋」として舞踏化、師匠のこころざしを伝えた。

彼から貰った記念品のなかでも特筆すべきは、愛用していた支那服のガウンであろう。これを着た土方巽がチンと澄まして座っていたことがあり、まるでオシラサマだと言うとすっかり上機嫌となり私に進呈すると脱いだ。彼の生地秋田ではオヒラサマとも称されるところから、白山系信仰、つまり白山妙理大権現だけのオシラサマではないと語ったところ、是非精しく調べて教えて欲しいと頼まれたのだったが、間に合わず済まぬことをしたと思っている。現代詩文庫の私の集に刷られた写真についても思い出がある。あの和服は実は土方巽の着ていたもの、『形而情学』公演の幕あけに私の写真をスライドで映写しようという話になり、呼ばれて行ったアスベスト館の外で舞台監督をつとめた写真家の長野千秋が私の着流し姿を撮りたいと言い出した。だが、家に戻って着替える暇がないと見て取るや、かたわらの土方巽がガバッと脱いで着せてくれた。ぴったりだった。これを見憶えていた大島渚監督から『愛のコリーダ』に主演して欲しいと口説かれ、妹さんに託してその第一稿がもたらされたことだった。土方巽には、やはり悩ましい舞良（もうりょう）のオシラサマがついていたのであろう。

〔「アスベスト館通信」第8號、昭和63年8月〕

詩人の書

この夏、書庫の入れ替えをしていていくつかの思いもかけぬ収穫を得た。改まって収穫というのもおかしいが、そのひとつに吉田一穂先生の書幅があり、はるかの昔に揮毫していただいた憶えはあったものの忘れていた。おそらく三十年からの前、牛込の弊居旧宅にしばしば足を運ばれた時分の御作と思われ、詩人六十歳のころの筆跡であろう。

あゝうるはしい距離
つねに遠のいてゆく風景
悲しみの彼方母への
さくりうつ夜半の最弱音

吉田一穂の代表作として高名なこの「母」と題された詩は大正十年の作、同年春、小田原のみみずく荘にあった北原白秋の許に持参して激賞され、詩人としての出発を決意された記念すべき一篇である。不思議なことに、これまでこの詩をしたためられた書幅を目にしたことがない。それと、定本詩集ほかの現行のかたちとは違い字句に異同があり臨池の技とはいえ振仮名もなく、歌作のなごり、初出の趣がうかがえぬでもない。

やはり故人となられた高橋新吉翁とともに能書の詩人として聞こえた一穂先生は行書をよくされたが、珍しいことに隷書の一点が出てきた。

鳥跡汀
拾流木
焼魚介
勺濁酒
濤聲騒
波蝕洞

右の「魚歌」ははじめ「挽歌」と題され、また「哀歌」と改められたりした上で「魚歌」に落着いた。詩人みずから明らかにされているところによれば、三字ずつならべた偶成の「魚歌」を三言詩とみずから称していささか恃むものあったが、三十代のころ上海の一君子より贈られた冊子「詞律」の序をしたためた清末の碩学兪樾の美しい隷体の筆跡に魅せられ、しかじかとある。この話は折々いくたびか拝聴しており、南兪、曲園居士の名は早く二十代より手師の詩人に傾倒師事した者の頭にしかと刻まれてあった。篆隷にすぐれた兪樾は軽々しくこれを書かず行草をもって応じたと伝えられるが、一穂先生またこうした風流事を重んじられたものらしく、みだりに隷体の筆をとられなかったのであろう。昭和三十三年の夏八月、詩人の故郷である北海道積丹半島古平町の厳島神社に「魚歌」を刻した詩碑が建てられた。

ふる郷は波に打たるゝ月夜かな

「魚歌」には右の一句が置かれ、俳句に並々ならぬ愛着高説を傾けられた詩人の代表作となっている。牛込の旧居に来宅されると、酒よりはビールを好まれた先生はまず一杯をぐいと乾されてより御持参の筆を取り出され、空海はうまいな、良寛はいいな、会津（八一）さんもいいな、などとつぶやかれながら染筆の一刻をたのしまれた。右の句を墨気三昧にしたためられた一行書、色紙、いずれも気勢淋漓、毎年三月一日の御命日にはその書幅また写真を掲げ酒を供え、ひとり忌を修《ず》している。先年相次いで去った土方巽、澁澤龍彥の故友とこれらの一穂書を仰ぎながら酌んだのもいまになつかしい。
西脇順三郎翁の色紙が出てきた。それも、金箔地に詩の一部がしたためられてある。

バルコニーのてすり
によりかゝる
この悲しい

歴史　順

とあり、これは『近代の寓話』（昭和二十八年刊）に収められた「無常」の書き出しの一行から二行に当たる。句作のかたわら詩作をはじめたころより私はこの詩句に惹かれ、称讃した。それまで誰も採り上げずにいたためか、これを憶えていられた詩翁が来宅の折りにでも書いて下さったものだろう。おそらく昭和四十年代の染筆、これ一点よりほかにはないものと思う。バルコニーの手すり、についてはニ三の説があったが、詩人の頭には『リルケ書簡集』に見られる「ミュゾット城のそとのリルケ」の肖像写真があったのはたしかである。だが、晩年の西脇翁はじつに茶目気たっぷり意想外の自作解説をたのしまれた。渋谷元代々木のお宅の近くにある京風料理の店で昼酒のもてなしを受けていたとき、突如思い出したように、あのバルコニーは女のひと自身のことです、と語られ、マラルメが肉体は悲しいと言っているが女のからだは悲しい歴史そのものです、と言い足された。滑稽、諧謔を詩の重大事と考えられた詩翁の書体には、どこか、人生の手すりを撫でてこられたような悲しみがある。

〔「中央公論」昭和六十三年十月號〕

ダンディ下駄姿

粧《よそほ》ふといふも種々《さまぐ》や。磊落顔《らいらくがほ》する男《をとこ》の耄碌頭巾《まうろくづきん》被《かぶ》れるを、同伴《つれ》の脱《と》れといへども肯《き》かず、茶屋《ちやゝ》に入《い》りても其儘《そのまゝ》なりしが、いよ〳〵此処《こゝ》その門口《かどぐち》に到《いた》りて、急《きふ》に失《なくな》りしに何《ど》うしたときけば、其男《そのをとこ》小声《こゞゑ》になりて、袂々《たもとく》。

（「ひかへ帳」）

スタイリスト緑雨醒客について書かれたもので、これまで満足すべきものはひとつとして見当らぬ。御当人があああした訳知りのダンディであっただけに、批評がましく切り出すなぞ、なにかと気恥しかったからだろう。卓抜超群のパロディ精神、いやダンディ気質を貫き通した伊勢生まれの江戸っ子が下駄は伊勢由に決めていたという話はおもしろい。これは竹馬の友だった上田萬年が何かに書いた。緑雨みずからも、「香取屋を一とおもへるは伊勢由あるを知らぬなり、伊勢由を一とおもへるは、この外法《げほふ》ありしを知らぬなり」と書い付けてある。さすがは正直正太夫、外法下駄を知っていた。これは新和泉町平四郎と呼ばれた木履の名人で、外方、外法、下方、あるいは下宝としるされるなど、江戸の芝居者などが好みひそかの誇りとした。下駄で、ふいと思い出すのは下駄履きの澁澤龍彥。昭和三十年代にちょくちょく訪ねた鎌倉小町の旧居、その二階から彼は親指のあたりが破れた足袋を無雑作に履いて現われた。下駄をつっかけ、鎌倉駅前近くの酒亭に誘ってくれるときの姿がまたとてもよかった。同じく下駄党に土方巽と私とがあったが、三人して下駄組よろしく、といった記憶はない。

『断腸亭日乗』昭和三年八月廿五日の記に、「三巴天明騒動記四幕の脚本、開花一夜草、桜川春宵月、極彩色夜絵屛風など題せし脚本また浄瑠璃」の草稿を風呂敷に包み、愛妾の歌女を伴いこれらを初更すぎの永代橋から大川に投げ棄てにゆく記述が見える。はっきり書いてるわけではないが、この夜の忍ぶ模様といえば洋服ズボン下駄好きの散人、つっかけ下駄姿であって欲しいように思う。三日の後の記に、ふたたび散人お歌の御両人、やはり永代橋の上から少年時の作という漢詩草稿一巻ほかを投げ棄てたとある。つづけて云えらく、「いづれも死後人に見らるゝことを願はざるなり」と。生きているうちだけのこれ見よがしのダンディなぞ、高が知れていよう。『日和下駄』の作者に於ける夜の生活、ま、待合妾宅のそれにとどまらざるなりとでも謂いつべし。

正徳馬鹿輔の『猫謝羅子』(寛政十一年刊)には「丸じりの雪駄をぐつとはき捨てながら、柳橋あたりの料理ぢややの座敷へとをる」などとあるが、洒落本に下駄の能書きなんかまず出てこない。しかし、イナセ下駄の名はちゃんと遺されてある。これは畳付きの幅の狭いノメリの駒下駄、イナセの謂われはそもそもイナセ頭からきたといわれるが、下駄にまでこれを冠したあたりいかにもしゃれのめす江戸風流らしくて嬉しい。

奢侈を厳しく禁じた享保の時分、なお、金銀の小粒をばら捲く遊びなどが行われ御咎めを蒙った。そのうち、こうした華やかなものが次第に内に隠され、玉子色の縮緬は無地の八丈に兼房小紋と改まり、裏地は花色縮緬、奥裏は白羽二重となる。これまでの派手々々しいものを田舎の背兄《せな》、つまりイナセだと嘲笑し小意気を好む風がはやり、イナセの賛否評価がぐらついた。しかし、いまに、こうしたイナセ下駄の伝統は現代のダンディスムに脈々と流れ通ずるところとなり、欧米依存型のハイカラ趣味とは一線を劃した渋味、かるみ、として行われている。緑雨はすでに「眼先の一寸に明るく足元の三寸に暗き江戸っ子」とイナシていたが、御説の通り、口先ばかりの唐桟花色木綿では一向におもしろくない。

〔澁澤龍彦文学館6『ダンディの箱』月報、一九九〇年九月〕

天使

本名筆名ともに龍の字をもつ澁澤龍彦だが、その龍と戦う天使にすくなからぬ関心をいだいていたようである。ヨハネ黙示録にとどまらず、堕落した果てに悪天使と化した龍が善天使と戦うくだりを伝えたユダ書、あるいはペトロ後書あたりには格別の好みがあったに相違ない。夜叉魔界にばかり肩入れしてきたと思われ勝ちの彼ながら、他面、書見によるアンジェリックの夢想をほしいままにしていたようだ。

かれこれ三十年からの前、彼と軽井沢に遊んだ折、旧道の古書肆でローレン・ベットナーの『不死』をみつけて買った私とその晩は東西の霊界論を交わした。すでにディオニシウス・アレオパギタの天使論などに目を通していただろう彼は、天使の思いのほかの脆さ、弱さ、甘さ、を訴え、叩く。後年の著作にしきりと引かれるフラ・アンジェリコやメムリンクの天使像が、さながらそこいらに翔んできて置かれたかのように語った。天使崇拝を禁じた『ミシュナ』の〝教え〟など、あまり意に介していなかったのだろう。翼をもつ青少年や幼児により多く表現される西欧の天使に相当するものはわが古代にあったか、と聞くから、ない、と答えた。東洋西域はいさ知らず、わが神道にうかがう神霊界はキリスト教のそれとは大いに異なり、御承知と思うが神道には〝祈り〟こそあれ〝教え〟というものはまるでなく、いわゆる聖典教理のたぐいは最初からなかったおもむきを答えた。古神道に出る神の使い、神霊界への案内役の多くは白髪の翁に代表され、天使のように翔びまわる若いのはいない、のも意外だったのだろう。さらに、古神道に伝える神霊界の構造は七次元世界でその上下出入には決まって金色また光の龍体が用いられる、と言うとよろこんだ。

二十代からの共通の友人に藤野一友があった。大作『聖アントニウスの誘惑』の画家と彼と三人して一夕語ったとき、それぞれ見たこともない天使に言い及んだ憶えがある。百数十からの天使の名を列挙するハノク書のようなものはおよそ野暮の骨頂といったあたりから、九階級に分かれる天使の数がユダヤ教にゆくと七人になったり四人になったりするのはなぜか、といった具合だったろう。一説に真の天使というのはガブリエルただ一人だとある、と言い足したような気がする。そして、漢字の「七」を飛翔する天女の象形と見てとり、七と冠を示す、の合成による冠を戴く天使の「弋」、その弋とノという鉾を帯にする審判の天使をかたちどる「戈」などを説かれた佐藤正一氏の説を紹介したように思う。のちのち澁澤龍彦の小説を読んでいて、こうした折の雑談とか、『吾妻鏡』に見える日本第一の大天狗、すなわち後鳥羽上皇の話などを提供したくさぐさを思い起こした。ちなみに、クールべと違い天使は翼があるから描くと割り切っていた藤野君の父君は『巫系文学論』を遺した藤野岩友氏である。

天使と龍の地上での戦いとなるハルマゲドンの終末世界を見ずに逝った彼は、折あるごとに、よい夢を見る、と語ってはかたわらの前夫人矢川澄子をふりかえり照れ笑いを催していた。ほとんど日がな一日眠りつづける特技の持ち主だったから、恐らく天使の一生と付き合っていたものであろう。先年亡くなった名古屋の亀山巌さんから折々恵まれた切り絵のなかに、眼鏡の少年天使がパイプでなく葉巻をくわえている一点があり、彼に呈したように思う。

〔「太陽」平成三年四月號〕

美少女

昭和二十三年の秋、早稲田の戸塚グランド坂上に住む稲垣足穂のところにまだ女学生だった白石かずこを連れて行った。ホテルとは名ばかりの下宿屋の一室に、美少女、という稲垣さんのしゃがれ声が呻いた。あるいは、うれしいときに発せられる得意の口笛が吹かれたかもしれない。『山風蠱』に収める「美しき穉《いとけな》き婦人に始まる」に、ロセッティ好みの少女、が出、「今年になって、彼女には女らしいしながが現れるようになった」薄化粧の少女を思い浮かべたものかもしれぬ。ロセッティ好みとはつまりタルホ好み、小児喘息の後遺症で時おりヒューというような悲鳴を洩らす薄化粧のかずこを前に、当時五十歳近い異色作家がおろおろしている図をいまになまなましく思い起こす。美少年のたぐいはいさ知らず、美少女の扱いには至って不馴れのおもむきだった。かずこの言う、ミイラのお猿さん、はアル中で両手をぶるぶると小止みなくふるわせているばかり、机上に十字架を置く部屋をあとに、坂の途中の焼鳥屋「髭のくに平」で三人してカストリを飲んだ。

このたびの美少女についての原稿注文により改めて気づいたことがある。稲垣足穂はその「愛の世紀の先駆なる日本美少女らのために、お祈りをささぐる」美少女論を一九四八年つまり昭和二十三年の桃の節句にしたため、これはこの年の「新潮」十二月号に発表された。同年の一月には江戸川乱歩と対談、「ギリシアを曙とする文明が美少年の理念に始まったのであれば、来るべき新文明は、美少女の理想の下に踏み出されるであろう」と語り、第二のプラトンの出現を待望している。そうした折しも、女優の卵で文学少女のかずこを連れて行ったものだから稲垣さんの喜びには一入《ひとしお》のものがあったに相違ない。美少年はあるが美少女はない、などと強がりを書いているが、あれは文章上のあやにすぎぬ。スタイリスト足穂の修辞法、たとえば足穂の手にかかれば『春のめざめ』のモーリッツあたりは少女ヴェンドラと同趣向で入れ替り自在である。例のオスカー・ベッカー流の「美のはかなさ」を敷衍というよりは付会すべく、いたるところで無理した筆運びがすくなくない。

女性はいつの時代にも人気の中心だと語っていたが、あれは早くよりの持説であり本音であったろう。焼跡の新宿歌舞伎町にいち早く出現したプチバー「ちとせ」には稲垣足穂に加えて坂口安吾、梅崎春生ほかの常連が待ち受け美少女かずこの「深淵的優しさ」を迎えた。太宰治を亡くして飲み荒んでいた田中英光でさえ、かずこの前では束の間の紳士と化した。小堀遠州とひとしく、稲垣足穂もまた「成長してしまったもの」には何の感興も示さずだった。

昭和二十五年、東京を遁走した足穂は西へ行く。モダンボーイの心意気を失わぬ独身のダンディも遂に結婚、落ち着き先の宇治恵心院から大蔵経を読み通す心境となった旨を言い越す。都落ちしたこの時分から最も充実した読書三昧、晩成の季節にはいる。「ニセモノ」としての美女——には、女性には「永持ち・する少年」の資格、がしたためられ、例の美少年はあるが美少女はないというくだりが出る。その結び近くに、「少年の命はせいぜい二年間であるが、女性には『永持ちのする少年』の資格がある。少年的粉黛は早晩世界じゅうの男女の上に復活するであろう」とあった。これは、花のごとき美少女を見染めた年少の比丘との恋を説教する『法句譬喩経』あたりに想を得たものと思われる。足穂の言う「半少年」「半少女」は、靡爛《びらん》した死体の美少女から透かしうかがう白骨観に外ならぬ。乾陀羅国の迦羅和女の笑いの歯相を見て不浄観を修した比丘の話は『阿育王経』に採られたが、これまたベッカー流の美意識を付会脱化させてとどまるところ知らずだった足穂の美少年（じつは美少女）観に外なるまい。『増一阿含経』に、男や女の子供があるなどというのは愚者にあり勝ちのこと、私には常に自我の身体さえない、どうして私に子供があるものか、と短詩になぞらえ説かれてあった。これを足穂が読んでいたものかどうか、美少年、美少女のなれの果てを一向に語らずしまい、ことあるごと、欲望論を離れていきなり宇宙論に移ってしまったのは稲垣足穂の大きな過失というべきだろう。

釈尊に玉女宝のごとく美しい意愛という娘を差し出した婆羅門の話が『羅刹女経』にある。『四十二章経』にも引かれているからどこかで目を通していただろう。足穂にかようの美少女をお納め下さい、と申し出たら、釈尊のようにわしに女人は不要じゃと断っただろうか。「一切の男子は皆是れ父、一切の女人は皆是れ母なり」（『心地観経』『梵網戒経』）、こうした思いは夫であり父であった稲垣足穂の文学に大きな影を落としている。

〔「太陽」平成三年十二月號〕

付記　昔といっても戦後の待合あたりでは座敷遊びに見惚れるほどのお酌がそっと控えていた。水揚げ前の雛妓こそオスカー・ベッカー風に美のはかなさを備えた少女と言えなくもない。こうした美少女のなかには年増者の命ずるまま、〽雨はしょぼ〳〵、いなづまぴか〳〵、かみなりごろ〳〵、などと悪びれもせず着物の前をめくって見せたりした。芸者遊びを知らぬ稲垣足穂がこうした美少女の消息を書けずだったのは致し方ないとして、岡鬼太郎の花柳小説に美少女のお酌がひとりとして出てこないのは腑に落ちぬ。

　ついでに記せば、お酌を半玉と呼ぶならわしなど置屋や検番のどこにもない、大方、遊び知らずの新聞記者が面白勝手に半分の玉代で済むという安直のしゃれからきたものだろう、と通人鬼太郎は憤慨している。お酌に美少女はあっても半玉にいい玉はあり得ない。

狂花の精神

『近代芸術』の結びには意表を突く生花論が収められ、「狂花とオブジェ」と題されたこの小品は文字通り掉尾を飾る好一篇と称してよい。これに瀧口修造氏は、『抛入狂花園』という珍書を引かれ、「すべていけ花のユーモア的な応用からなる花形本である」と紹介された。絵本『抛入狂花園』には刊記がないものの、人名ほかから察するに明和年間の出版だろう。

（略）その跋に蓬萊山人が書いているように、「凡《およそ》生花はその器《き》とその花と馴染合肝要なりたとへば鼓《つつみ》の胴にたんぽゝを生たるなんどその器とその花と相対《さうつい》したると〔ハ〕いはめ」で、全図が狂歌のような洒落でつくられた花形本なのである。これを超現実主義のオブジェと対照して、酷似するところのあるのに驚く。しかもそれはいわゆるレディ・メードのオブジェに相当する。（「物体の位置」参照）。（〔　〕は加藤加筆）

とあってより、「この洒落花形は花の形式あっての興味であるが、造形的に見ても暗示的である。

新しいレアリテ探究の触手となり、造形的に空間の再構成をもたらした西欧の物体観の変貌が、かりにもしろ極東のこうした現われと交錯したことは注意すべきであろう」と述べられたくだりを、いくたび読み直したことか。瀧口さんの歿後ようやく入手した同書を繰るたび、これを肴に酒間の示教などいろいろ頂けただろうと惜しまれてならぬ。ところで跋文に見える作者の名、瀬川何某《なにがし》、は本文に出る瀬川菊之丞ならば女形で聞えた二世王子路考そのひとであろう。『近代芸術』に採られた「丸一いつき」の「曲大根」図は本文十二丁に見える。

瀧口氏はなお四十年近く経てから、ふたたび「抛入狂花園」について書かれた。

突飛な例であるが、「抛入狂花園」と題した江戸中期の洒落花型絵本を、むかし私は世阿彌のいわゆる「花伝書」と同じ頃に、ふと手にしてつよく興味を惹かれたことがある。それは、ことばの洒落をそのまま物に移し換えて絵にした、あらぬいけばなの型づくしであり、おそらくこの種の絵本は、たとえば「絵見立百化鳥《(ママ)》」(宝暦五年刊) のような洒落本の一変種にすぎないのであろう。

右の「狂花思案抄」は、中川幸夫氏に、という副題のあるごとく、中川氏の作品集『華』(一九七七年刊) に呈せられたものである。ここで格別興深く思われるのは、江戸研究者流でもなかなか手のとどかぬ見立絵本に注意を払っておられた事実である。絵見立百化鳥、とあるのは脱字による誤りで正しくは『絵本見立百化鳥』の書名をもつ三冊本だった。漕川小舟のこの絵本は『続百化鳥』とともに見立絵本の嚆矢とも称すべきもの、瀧口さんがかようの江戸戯作物にまで目を配っておられたのはうれしく、瀧口修造のシュルレアリスム論稿には江戸趣味がさりげなく床しく裏打ちされてあるあたりも蕪稿二三にしたためてきた。北斎漫画ほかに思い入れ深かった故人の眼力はさすがのもの、『絵本見立百化鳥』に今日盛行の漫画本のはしりを見て取っておられた。

また、さきの『抛入狂花園』とほぼ同じころに手にされた世阿弥の〈花伝書〉ついては、折にふれ引かれてある。「世阿彌が能（申楽）の真髄を花に譬えて、花伝と呼び、ことごとに花を引き合いに出していることに、私ははじめて読んだとき以来、素朴に、ふしぎなことだと思ってきた」と述べられてより、『風姿花伝』の原文を引き私注また意説を示されたりしている。ところで、瀧口氏は『抛入花伝書』と題されたいわくありげの書名をもつ稀書を知っておいでだったろうか。貞享元年、元禄の前にすでに板となったこれには世阿弥あるいは相阿弥の影なぞさらさら見当らぬ普通の花道書を装いながら、ところどころ、乙りきなオブジェ論をぶちかましている。「或曰、なげ入花といふ事、いつの比より初まり侍るや、答云く、もと立花を略したる物也、此立花の興立《おこり》をきけば、仏在世に迦葉の拈花微笑よりはじまり、観音の楊柳をもと丶してたて出し侍るなどいへど、是はたゞ小僧喝食のむかし咄を聞やうにて、さらに信用にたらず、まさに法式を立てもてあそぶ事は、東山殿の御時よりとかや」などと書き起こす。花なき時の抛入の事、尺八の花入の事、釣舟の花の入れよう、などを真面目臭く説くあたり、かえって諧々譃々といったおもむきである。

狂歌、狂句などにはそれぞれ発生と伝統があったとしても、狂花というものは型としては存在しなかったであろう。

花はすでにそれほどにも生きものであり、すでに「面白く、珍しきもの」でありえたからか。という鋭い指摘示唆に富む「狂花思案抄」を読み直しているとき、生花に対する死花につき語っていたくだりが『抛入花伝書』に出ていたのを思い出した。「或曰、花に生死ありといふは、いかなるが生、いかなるが死とみわくるや、答、輪のそむきたる物、枝のわろくくねりてありつかぬを死といふべし、これらはおほくは作者の不堪より出で、しなせたる物なるべし、花しぼみ色うつろひちり過る比を、天性の死といふべし」と。これに対する花の生については、「とかく一種々の出生をたづね、木草のありつきかなふやうに入るを生といふ、これ鍛錬の人の所作なり、又誰がいれても枝葉花の体、そのまゝにはづみよく居るものあり、是天性の花なり」と言い、「されば花を生るといふ時は、稀にもしせるかたちあるべき事にあらずかし」と断言調をもって結ぶ。「花は生《い》け（活け）るといい、動物や石なら埋《い》けるというのか」と不審な問いを投じられた瀧口氏が、右の生花死花説を目にしておられたら、いかようによろこばれたであろう。

花はすでに自然の周期とともに生きているゆえに、狂い咲く。しかし真に狂うのは活け手である人間である。むしろ人が花を狂わすのであるか。

瀧口説によりようやくよみがえりを得た狂花をめぐる諸論も江戸期の『抛入狂花園』『抛入花伝

書』と同じく、要は生ける人間がすでに死に体も同然であれば生花でなく死花となるということを教えられた。ひるがえって、現代の花道界を見廻してみたまえ。花に狂う愉悦を知らず、つまり花を生かす術を弁えずに花に狂わされ、果ては死人花にもひとしい家元諸公ばかりであることよ。

一夕、中川幸夫氏が私の書斎を訪れて、卓上で一種異様な出来事を披露してくれた。カーネーションの花ばかり、おそらく数百と詰めこまれた自作のガラス壺を白い和紙の上に逆さに置いて待つうちに、静かに滲出する花液が紙上に刻々と軌跡を描きだしたのである。

花の血か。おそらく花たちはたがいに窒息しつつ体液を滲出するかのように思われた。一見、サディスティックな行為、「いける」ことの否定のように見える。いけにえ、という言葉がまたしても喚びさまされる。

『余白に書く』のうち、独り歩きの「活花師」中川幸夫氏に呈せられた右のくだりに私は魅せられつづけいまに傾倒称嘆あるのみ。

昭和五十六年七月一日、草月会館に催された修造大人三回忌の会場で司会者武満徹氏より挨拶を請われるまま私は右の狂花オマージュを奉読させていただいた。異色の生花作家中川幸夫は、狂花の精神、すなわち瀧口修造の遺志を継ぎ伝える活物独歩の御仁である。

〔『コレクション瀧口修造』第九巻月報、平成四年八月〕

永遠の雑談

生誕百年を迎えた詩人西脇順三郎は晩年にいたるまで永遠を語りつづけ、長い詩に短い永遠を惜しむかのように書いていられた。神田の蕎麦屋で徳利を傾けるときでも、代々木のお宅で浴衣姿にくつろがれるときでも、これでおしまいの永遠ということがなかった。いまに思えば、あれほど永遠の雑談を楽しまれた詩人をほかに見ない。

詩を作るのは人間でなくて偶然の女神、ときには偶然という女性なのだ、と繰り返し書いたり喋ったりしてこられた。偶然の女神はいつか永遠のまぼろしと化し、詩とかぎらぬ野原や畑に出没する。

珍しいことに西脇順三郎は一度だけ新聞の文芸時評に筆を執った。日本語による第一詩集 *ambarvalia* を出した昭和八年の二月ころである。時評というものを頼まれて困った、この種のブック・レビューでは批評する側もされる側も損だと思う、お互いに損はあきらめて正直に読んで感じたことを正直に書くほかはない、といった枕も型破りながら、詩人の小説観をうかがう上で興趣深い。

「君のように外国の文学ばかり読むのを商売にしているやつが、たまに日本の小説をみればなんでもおもしろいんだろう。ばかいえ。宇野浩二や他に偉い人がいるぞ」とあって、宇野浩二のとぼけた小説の神を見定めるあたりは詩的直観というものであろう。そのテクニイクには一見平凡でだらしないようなところがあるが、とした上で「ズラズラかいてちゃんと小説臭い世界が出来ていることは天才的である」とまで讃えている。この年の一月に宇野が発表した『枯木のある風景』を評したものと思われるが、すでに『子を貸し屋』あたりをちゃんと読んだ上での批評だったに相違ない。後年、河盛好蔵氏がこの文芸時評、特にその宇野文学についてのくだりをどこかで絶讃しておられた。宇野浩二の「諏訪もの」つまり「ゆめ子もの」には詩人の言うミューズの恩寵がある。

「詩の中の現実世界」（雑誌「短歌研究」）は歌人の鈴鹿俊子さんへの返信のかたちをとり、「偶然は美しいもので鈴鹿夫人から直接お話をきく機会が二、三度あり、こんどは手紙を下さったのでお返しのふみを書きます」と書き出す。唯一の短歌論として珍しい。「私の詩の世界は現実でない部分がありますo この点が歌人に嫌われるところであると思われます。あなたは嫌われないと思いますが」などと率直の告白を呈する。もし自分が短歌を詠むとすれば、やはり「わからない」詩をつくるだろうとあったが、これは遂に果たされなかった。

周知のごとく、西脇順三郎には芭蕉をはじめ多くの俳諧俳句論があった。俳句の精神に近い詩人としてはシェークスピアの洒落とワーズワースの自然、さらにはマラルメの謎を挙げていられたのがいかにも詩翁西脇先生らしかった。詩作の上で、四季の移り変わりと俳諧のこころを俳人以上に大切にされた詩人だった。

〔「神奈川新聞」一九九四年五月三十一日號〕

付記　西脇順三郎翁には『えてるにたす』と題される詩集があったように、永遠を心底から好いていられた。「すべて紀元前でなければ／人間はつまらない」と書かれるくらいだから、プラトンやホラティウスがいつも頭のどこかにあって会話にちょくちょく顔を出した。土人の言語としてのギリシャ語を愛された詩翁は文京区白山の豆腐料理屋でトウフのギリシャ語を案じつづけて、折角の月見の宴をフイにされたりした。トウフにギリシャ的永遠を感じ取った最初で最後の詩人であろう。

地上とは

いつぞや、書棚のうしろから大阪の封筒が出てきた。開いてみると古めかしい写真にはさまれて色紙があった。

地上とは思出ならずや
加藤郁乎卿のために
タルホ・イナガキ

稲垣足穂氏が何かの折に染筆した上で恵まれたものと思われるが、年代そのほかの手がかりがまるでつかめない。

地上しかじかの句には個人的の思い出がある。稲垣足穂は一九三〇年（昭和五年）の「詩と詩論」誌にエッセイ風の散文詩「物質の将来」を発表、これにはじめて「地上は思ひ出ならずや」の一句が出る。以来、戦後もしばらく「地上は」のかたちで通している。戦後間もなく新宿の焼け跡で出会ってからおよそ二十年ぶりに訪ね当てた伏見桃山の寮でも、地上は、云々と語り出したように憶えている。あるとき、たしか役所を退職した夫人と共に桃山養斎の家に移った昭和四十四年のころでなかったろうか。訪ねて酌んでいるうちに、「地上は」より「地上とは」にした方がよいと話すとタルホさんは同意して、成程この方がええ、と云った。「現代詩手帖」から依頼された稲垣足穂との対談を「地上とは思い出ならずや」と題して発表したところ、桃山からよろこびの手紙が飛来した。おそらく、このとき一緒に恵まれたのがさきの色紙でなかったかと思う。

篤学の足穂研究者だった故人松村實氏には第五次に及ぶ稲垣足穂作品年譜があり、当時は潮出版社にあった高橋康雄氏がまとめてくれた『タルホ事典』（昭和五十年刊）に収められた。これにも「地上は」から「地上とは」への移りようはふれられていない。タルホ入道が身まかってかれこれ二十年になる。

〔「文芸家協会ニュース」五三一號、平成七年十一月〕

吉田一穂詩集・解説

吉田一穂は早くして詩法を確立、その生涯かけて一穂詩学と称すべき独自の記述的世界を構築した詩人である。花よりも三角形を美しいと見る抽象化された思考また幾何学的展開の方法を重んじ、感性とか抒情などに没することなく、いわゆる抒情詩のたぐいは自然主義の文学と同様に嫌った。従い抒情詩が主流大勢を占める詩壇と相容れず、絶えずその外にあって孤立する名誉を誇らかに貫いた。一般には後期象徴派の詩人と見做されているが、さらに深めて言えば、考えて考え抜く思考本位の詩人、絶対詩の世界と見立てるべきだろう。吉田一穂はデカルトよりも厳しいカルテジアンだった。高踏難解の詩人マラルメと比較されたりするが、みずからはソクラテスの直系と称していた。

その文学的出発は短歌だった。明治三十一年北海道上磯《かみいそ》郡木古内《きこない》町に生まれ、積丹《しやこたん》半島東側、日本海に面した古平《ふるびら》町の鰊漁で活気づく網元の家に育った少年一穂は、十五歳で津軽海峡を渡り上京する。その懐には匂うばかりの北原白秋の歌集『桐の花』一本が忍ばせてあった。これには十六歳で一旦帰郷した際に『桐の花』を携えていたという説もあり、一穂先生宅でいくたびとなくその前後を御聞きしたものの往事茫々、記憶は定かでない。後年、詩人みずから述懐するところによれば「十五歳のころから詩を書いたがある人から修辞の粗雑さを指摘され、腹をたてて稿を焼き、ひとりで短歌をやり出し八年ばかり続けた」とある。

大正七年、早稲田大学の文科に入学した一穂は二十歳、同人誌に短歌を発表しつづけていたところを片上伸教授に認められ、若山牧水、太田水穂ほかを知るなど歌人とのつながりもできて、短歌のほか童話童謡による収入を得て自活のめどがつく。その三年後、島木赤彦の紹介により岩波書店に創業者岩波茂雄を訪ね歌集出版の申し入れをするが鄭重《ていちょう》に断わられる。歌人として出発した吉田一穂は生前に一冊の歌集を持つことなく終った。没後三年、ようやくのこされた稿本ほかにより名のみ久しかった幻の歌集『冷明集』は日の目をみた。歌人よりは詩人たらんとした一穂二十三歳の大正十年には小田原に北原白秋を訪い、意中の先達歌人かつ詩人に以後ながらく親炙《しんしゃ》する。一穂にはすぐれた白秋論が六篇からあるが、どうしてもその短歌的原罪というべき抒情性、音感に偏りデカダンスを装う日本風の象徴主義に馴染めない。吉田一穂における歌との別れの時期については説の分れるところながら、「ようし、自己を悔いなく生きるために詩を書こう」と決意して早大を中退する大正九年、白秋面晤《めんご》に先立つ一年前と推定してよい。異国趣味《エキゾテイスム》にとどまらず、いえば詩歌混淆の音律性に惹かれるものの、歌の延長上にある白秋の詩に従うことのできない一穂は、次第にこの浪漫《ろうまん》主義の詩王から離れ遠ざかってゆく。疎遠とはなってゆくが白秋にとり詩友であった一穂は、白秋尊者と称え大らかの器量を終生慕いつづけた。黄金の楊枝を銜えて生れてきた北原白秋こそは吉田一穂の四行詩「母」を誰よりも早く認め讃えて世に送り出した最初の詩人であった。

母

あゝ麗はしい距離《デスタンス》、
つねに遠のいてゆく風景……

悲しみの彼方、母への、
捜り打つ夜半の最弱音《ピアニツシモ》。

第一詩集『海の聖母』は大正十五年の出版、一穂二十八歳の十一月である。刊行前後については詩人みずからが筆を執っているからこれに拠るのが正しいと思われるものの、若干の思い違いがある。吉田一穂の処女出版は大正十三年に出した童話集『海の人形』であり、短歌や童話に満ち足りない思いを託《かこ》っていたところに詩作をすすめたのは早稲田の級友佐藤一英だった。一穂は「私の処女出版」と題せられた随想で、早稲田で北海道出身の同人雑誌の求めに応じて書いた「廃船」という詩を同級の佐藤一英が激賞して「君は詩を書くべきだ」と再三の慫慂《しょうよう》を受けたと述懐しているが、一英の言い分とは微妙な違いがある。一穂死去により往時を偲ぶ追悼文で、一英は一穂から見せられた「石と魚」を読み、「君、これは散文詩で、小説ではないよ。君は詩人だ。本格的な詩を書くべきだ」と、はっきり感想を述べた旨を書いている。つづけて〝彼は暫く考へてゐるやうだつたが、「さうか、これは詩か」と吐きだすやうにうめいた〃と述べ、「よし、俺は詩人になる」との意志表示をしたと証言している。

「石と魚」は第二詩集『故園の書』あるいは『羅甸薔薇』に「猟人日記」と副題を付して収められてあるが、短歌や童話と別れて詩作に没頭しようとしていた若き詩人がこれを小説のつもりで書いたとすれば興味深い。初出は福士幸次郎から依頼されて金子光晴が編集した詩誌「楽園」の第三号（大正十一年四月）に発表され、その後は他の作品と同じく大幅な改稿が加えられている。それはそれとして詩人自身の口からは小説のつもりで書いたとは一度としてうかがった憶えがない。小説といえば、級友の横光利一が小説の題名に迷っているとき、言下に「日輪」の名を与えたと聞いた。私が三鷹台の一穂先生宅に参上するようになるのは昭和二十六年、〃儂《わし》に詩を書くよう再三にわたりすすめたのは佐藤一英だよ、あれのおかげで短歌との縁がきっぱり切れた〃とは何十遍となく折あるごとに拝聴した。

「母」にはじまる『海の聖母』は詩人みずから温めてあった「鷲」という書名を改めさせられた上での出版だった。版元の商売意識から改題させられた経緯は随想「『海の聖母』に就て」で明らかにされており、助纂の春山行夫が詩句の一節を取って書名としたのである。いまとなれば瓢箪《ひょうたん》から駒の結果を喜ぶべきであろう。「鷲」と題された詩には当時の青年層に広く読まれたシュティルナーの『唯一者とその所有』から引かれたエピグラムが出ていた。春山行夫はその『楡のパイプを口にして』（昭和四年刊）に収めた「吉田一穂小論」でこれを意訳していたが、創造的虚無の思想は若き詩人一穂が思いこむほど力強くもなく「鷲」とてさほどにすぐれた詩とも思われない。しかし鷲という力強い存在への思い入れは格別で、「僕たちの新しい鷲の詩人、吉田一穂よ、君はその叡智の眼ますます炯《かがや》かに、感性の翼ますます強く、僕たちの現実の上遥か、実在の蒼空たかく、自由な飛翔を展開せよ！」と評した春山行夫の一穂論は晩年にいたるまで銘記せられ気に入っていられた。第二詩集『故園の書』（昭和五年刊）は散文詩の集だが、これにも「鷲」と題する一篇が収められ、詩人は折ふしストックホルム版の『エッダ』を繰られたころの話をされた。古ノルド語を探ったとは聞いていないから丸善あたりで需《もと》められた英訳本で翻読されたに相違ない。ゲルマン神話、英雄伝説、グリーンランドの古譚歌謡などに並々ならぬ関心を寄せられていた。古代緑地を髣髴《ほうふつ》する北の極への誘い、地球上には存在しないながらおのれの意識現在にのみ存在する〈白鳥古丹《カムイコタン》〉、そしてケルト的薄明への傾倒は吉田一穂の詩作における永久磁石のようなものである。長い歳月を注いで鍛えに鍛えられた三聯詩「白鳥」に代表される時間、空間、意志。これらは砕いていえば三角図形的の表徴として折ふし種々形を変えて表われては消えした「非存」の私、言い換えれば「龍宮の遠い花火」のように、あるいはパスカルの言う幾何学精神のように考えられなくもない。

『稗子伝』（昭和十一年刊）は第三詩集、わずか百五十部の出版だったので刊行当時は書評のたぐいなどもほとんど見られずだったが、「岩の上」「泥」「咒」「哀歌」などの一穂詩学を語る上で重要の位置を占める純粋絶対詩はほぼ出揃ったかの観がある。俳句の弁証法的構造に厳密な比率の構成をみた三行詩、つまり後年の三聯詩を予知させる時間、空間、意志すなわち時空意三本に極まる軸が見えてきた。創元社版『吉田一穂詩集』(昭和二十七年刊)いわゆる定本詩集にはそれぞれ大きく小さく改訂が加えられて収められてあるが、これらではうかがい知られぬ初出時の初々しいばかりの興奮がいたるところに見られるだろう。「岩の上」では一行目にすでに刪改《さんかい》が示された上で〝我れ〟を発する声を導き出す。「泥」にはT・E・ヒューム『スペキュレーション』より採られたエピグラム、「咒」には『寒山詩』の豊山詩より引かれて同じくエピグラム「無始被境埋」が出る。この詩の結句、

骨を焙《くべ》て、雀の卵を温める。「鶴に孵《な》れ!」

に打ちしびれた詩的高揚感は半世紀から経て沸々たるものがありいまに忘れられない。「哀歌」は後に「魚歌」と改題され、「枕にしまた夢めぐる朝夕の幾日《いくひ》やみなき荒潮の音」と応じた反歌一首は削られ、エピグラムはまた入れ替えられ、

ふる郷は波に打たるゝ月夜かな

と詠みなした一穂畢生《ひっせい》の名吟が置かれた。初出である『稗子伝』では巻尾を飾る「野分抄」五句のうちの四句目に出されたものだった。

アイヌ語にいう「フル・ピラ」は丘の崖を意味し、そうした赤い岩が月の光を浴び波に打たれ洗われて太古さながらに美しい古平湾あるいは古平町に過ごされた幼少年時の原風景について、一穂先生は度々語られ目を細めていられた。「望郷は珠の如きものだ」と書き出される随想「海の思想」はじ

め道産子一穂は折あるごとに北海道の美しさ厳しさを語って倦まなかった。「この時空に現存しない私のふるさと」は〈白鳥古丹《カムイコタン》〉にほかならず、「わが生の源泉よ、汝に口漱ぐことすでに久しいが、イデエの桃源に水は豊かである」と讃えられた〈桃花村〉もまたこの世に存在しない究極のふるさとである。私が古平町をはじめて訪ねたのは三十年からの前になるが、古平湾を見おろす松林にかこまれた高い崖の上に立ってはじめて一穂先生の素懐にひとしい望郷の念は、ちまちまとした郷土愛をこえて壮大のひろがりをもつ別乾坤《べつけんこん》であったと実感した。海の聖母にせよ、上磯の修道院ノートルダム・ド・ファールの別称から連想した白い灯台の影像をたしかめないことには、聖母観音像、あるいは聖名マリアをいただく母フミへの麗わしいデスタンスは詩的臆測の域にとどまろう。北海道石狩の出身で詩人一穂を敬慕した地質学者の井尻正二氏は、生前、一穂論を書くなら積丹半島からの海や背後の山や森を眺めてからにして欲しい、と繰り返し念を押されるように語ったのを思い起こす。

昭和六年、世田谷区松原に新居を構えた詩人の許には旧制の成城高校生だった今井冨士雄、吉田秀和の両氏が連日のように訪れ、三十三歳の詩人との対話を通して啓発裨益《ひえき》されるところがあった。「文芸」昭和四十五年三月号に吉田秀和氏は故人を偲び「吉田一穂のこと」を寄せ、その「まっ四角な四畳半」の書斎につき、「美しい部屋だった。私が、かつて経験した日本の部屋の中でも、最も美しいものの一つだ。といって、贅沢というのではない。その正反対である」と回想している。一閑張の机、囲炉裏には小さな鉄瓶、一杯になることのない二段ほどの低い本棚など、詩作筆硯《ひっけん》にとどまらず日々の生活の上で清潔、簡素、端正を好まれた吉田一穂を「一穂さんは何ごとによらず、つぎつぎと削ったり切りすてたりするのが一生の仕事みたいな人」と吉田氏は旨いこと言い当てておられた。こうした単純化された生活様式は戦後も変わることなく三鷹台の三畳間の書斎へと持続され、二段ほどの低い本棚、囲炉裏に代わった火鉢、一閑張の机に代わる四角の膳があるだけ、なぜか壁間には戦時中の名残りかと思われる古びた鉄兜が埃をかぶったまま架けられてあった。座右の書は『ブリタニカ』であったとうかがったが、私が師門に入り事《つか》えることとなる昭和二十六年にはすでに手離されて無かった。吉田秀和氏が詩人の許に通いつめる昭和六年は『海の聖母』につづく散文詩集『故園の書』の出版された翌年であり、「詩人吉田一穂がこの二冊の本でもって、彼の基本の音調をすでに誤解しようのない明確さで世界に発音してしまったということは、衆目の一致するところだろうと信じる」とこの音楽評論家は言い切る。詩人は青年に向かい当時すでに重要な詩作信条、高い単純化をめざす三聯詩の発想を打ち明けている、「詩は三行で良い。天と地と人——生物、生命です」と。

今井冨士雄氏は井尻正二氏と同じく詩人の近くに最後まで事えた御仁、それればかりではない、半眼《はんがん》微笑《みしょう》の原理発見に一役担った。昭和九年、京都大学哲学科に在学中だった今井氏は詩人を京都に招き、奈良、大和、飛鳥の各地を巡遊、薬師寺金堂の薬師如来像、法隆寺夢殿の救世観音像の上に古代の笑みを解明、半眼微笑の原理を摑む機会を恵まれた。後年、半折ほかに墨書される半眼微笑の図は広隆寺の半跏思惟像《はんかしい》に似通っているところから弥勒像《みろく》と混同されることがすくなくない。昭和十一年八月、「アトリエ」誌に発表された試論「半眼微笑」はこの折の成果を基としており、改稿され試論集『黒潮回帰』、随想集『桃花村』に収められた。

白　鳥

1

掌《て》に消える北斗の印《いん》。
……然《け》れども開かねばならない、この内部の花は。
背後《うしろ》で漏沙《すなどけい》が零れる。

三聯詩「白鳥」の構想は昭和十年代後半に想を起こし数年を傾けて構成されていった趣きながら、いつという年月は確定できない。『定本　吉田一穂全集』別巻に収められた年譜の昭和十七年六月のくだりに「この頃、十三章にも及ぶ大詩篇（後の詩篇「白鳥」）の構成を練り始める」とあるのが唯一の手がかりとなる。一穂先生より私が直接にうかがった記憶では東京に米軍爆撃機B29による空襲の激しくなる時分、つまり昭和十九年のころと察せられるが「古代緑地」の構想を得るかたがた長篇三聯詩「白鳥」を燈火管制下のほの暗いなかで練りに練り、書いては消しを繰り返していた、という話であった。「白鳥」の初出形というべき「荒野の夢の彷徨圏から」は昭和十九年十月の「詩研究」誌に四章が発表された。「白鳥」は戦後の翌年、昭和二十一年十月の「芸林間歩」誌に十二章で発表され、『未来者』（昭和二十三年刊）を経て『羅甸薔薇』（昭和二十五年刊）に至りようやく現行の十五章となる。《Polarisation théorie》ほか一九一九年以来の一穂詩学における精華を結実せしめた三聯詩の典型がここにある。考える、つまり詩作とは一語一語躓《つまず》くことだ、とみずから問いつづけた詩人の答えはわずか三行十五章の絶対詩に極まったと言えなくもない。「白鳥」以降の詩人は多くを語らず、黙せよ言葉、とまで言い放つ。

言語の極北に屹立する詩人吉田一穂は昭和四十八年三月一日、七十四歳で遠逝した。郷里の北海道古平町には町民有志による詩碑、歌碑、墓碑が建てられてある。現代詩を代表する詩人の飯島耕一は書いている、「今の世の詩にもっとも失われたのは、一穂の硬質な、非妥協の詩精神であり、いつの日かこの大詩人の詩精神が蘇って、もう一度「喝!」の大声を、日本語を母語とする人々に浴びせかける瞬間を郁乎とともにわたしも夢想する」と。

〔岩波文庫版『吉田一穂詩集』解説、二〇〇四年五月〕

稲垣足穂大全のころ

半世紀からの前になるが神田神保町の古書肆街をちょっと入った横丁、三省堂寄りの裏通りにはランボオとかミロンガ、ラドリオなどの酒場や茶房がひっそりと営業していた。新宿界隈の闇市に出現したバラック建ての飲み屋と違い古書肆のごとき雅致があった。戦後五年ほどで東京を遁走する稲垣足穂はときおりランボオに顔を出し、昭森社の社主で店主を兼ねる森谷均から奢り酒を振舞われ金を無心していた。茶房ミロンガの隣に木造二階建ての俗に言う昭森社ビルがあり、靴をぬいでがたがたの階段を上ってゆくと昭森社のほかに二、三の小出版社が机一つ椅子一つで寄り合っていた。そうした一つに伊達得夫の書肆ユリイカがあった。店主ひとりが切り盛りするこの出版社から『稲垣足穂全集』全十六巻を刊行する旨の広告が出たのは昭和三十三年、あるいはその前年だったかもしれない。江戸軟派の蒟蒻本に似た小本仕立ての全集を申込みに行ったが社主の姿のあろうはずもなく、向かいのラドリオに独り酌んで待つことしばし、夜に入りようやく長身の伊達得夫に申込書を手渡したものだろう。稲垣足穂が全集になる、という話だけでも降って湧いた奇跡のように思われたが、案の定、三年後には伊達社主の死去により七巻目かで終ってしまい、仄かながらともされた奇跡の灯は消え去った。

編集者として現代思潮社に入社することとなった川仁宏から電話があり、これに稲垣足穂全集の企画を持ち込むつもりなので就いては力を貸して欲しいと言う。昭和四十二年の暮近いころだった。ユリイカ版の全集中断から六、七年近くが過ぎていた。諾する旨を伝えると牛込の旧居に来宅、的場書房刊の『キタ・マキニカリス』ほかの資料を揃え置いておおよその骨子を固める話合いをした。川仁君は何かの誌面で私と一緒に京都に稲垣足穂を訪ねたのは昭和四十二年の歳末であったように語っていたが正しくない。明けて昭和四十三年の二月九日、新幹線で京都駅に降り立った二人は車を拾い伏見区桃山町伊賀の京都府立桃山婦人寮職員宿舎に至る。粉雪が舞っていた。志代夫人宅の居候のようなおもむきで着流し姿のタルホは東京にいた時分と異りオカズに恵まれたせいか肥っていて、入道頭もひとまわり大きく感じられ、老境にさしかかった桃山の天狗といった感じだった。おりおり文通はつづけていたものの戦後の焼跡時代から隔たること二十年ぶりの対面に話ははずんだ。全集の話を切り出すと快諾、酒になった。初対面の志代夫人の話によると、東京から写楽くずれのヒッピーがやってくるというので朝から落着かない様子でしたと笑った。

酒がまわり上機嫌、ピューッと吹く口笛を合の手に入れたりしながら『花月』ほかの曲を謡い舞ってくれた。タルホは気嫌がよいと必ず謡曲の一つ二つを聞かせてくれたが、これは少年時代に父親からきっちりと能楽のたしなみを仕込まれていただけでなく、客人に対する風流本来の礼儀と心得ていたからであろう。澁澤龍彥、土方巽などの友人たちがこれに対していささかの関心敬意をも示していなかったのは没風流、腑に落ちぬ。松村實氏が見え、座は盛り上がり足穂全集の具体的な相談を助けられた。松村氏は東京の萩原幸子さんと同じく稲垣足穂に傾倒、タルホ世界を精細に探ってくれる身近の理解者であり全集刊行を心底から喜んでくれた。亀山巖、小谷剛をタルホ党の兄弟子筋とすると松村實、萩原幸子はこれを引き継ぐ愛弟子たちとでも称すべき実務者レベルのありがたい人たちであり、全集編集担当の川仁君はどれほど助けられたか量り知れない。周知のごとく稲垣足穂の仕事の大半はヴァリアントの結晶であり、加筆、削除ほかの改訂による語り口の妙にあるのはたしかだ。いわゆる定本に類する決定稿がまるでなく、変幻自在、ことごとくが書き込みだらけの進行中の作品である。このたびの全集はジャンル別の決定版にしたい旨を伝えると即座に承知した。書名も一任すると言う。ただし、戦前のドイツ医学書に見られる堅牢重厚の造本にせよ、との注文が付けられた。

東京に戻って書名を案じたものの、なかなかに思い浮かばない。ふっと口をついて出たのがスンマ・タルホロジカ、各巻ごとに付せられる月報栞文にはタルホートピアの通し名を考えて稲垣さんに一報した。折り返し、二月末日付の返書だったと思うが、命名を感謝する、と書き出してあり、僕を天に引き上げてくれた功績により貴兄も天の戸籍に記入されるでしょう、としたためられ、聖タルホと署名してあった。一万枚をこえるだろうと予測していた川仁君からリストアップの結果がもたらされ、菊版六巻本とし、稲垣足穂大全、に決定したいと言い越した。各巻の表紙に使う題簽の Summa Tarhologica を西脇順三郎氏に確認して欲しいというので西脇先生に依頼、イナガキタルホ君が全集になるのですかと喜ばれた先生は早速に豆腐料理屋の手許の袋にラテン語で書いて下さった。タルホートピアは私の造語、タルホトピアがよいという意見も出たがホーキ星のようなタルホ・コメットを眺望するには舌足らずとして斥けた。

『稲垣足穂大全』Ⅰは一九六九年六月三十日付で発行、その目次にヰタ・マキニカリスの文字が見当たらないのには大方が戸惑ったらしい。これは著者と版元の現代思潮社企画室、つまり川仁宏と萩原幸子、および年譜作製の松村實が協議して下した英断であった。ヰタ・マキニカリスの名はタルホ世界の代名詞のように長い間に親しまれてきただけに、書肆ユリイカや的場書房の読者には失望感めくものがあったに相違ない。第一巻には巻末に付せられた松村實による作品年譜の前に版元企画室、つまり川仁宏による口上が出る。「さらに、『稲垣足穂大全』における事件として、かの著名な「ヰタ・マキニカリス」の消滅がある。ただし、消えたのは作品集としての「ヰタ・マキニカリス」であって、かつてこの星座に煌いていた作品群はすべて新たな星雲たる『稲垣足穂大全』に鏤められた。原籍を尋ねられるならこの「作品年譜」に明らかである」とあってより、「稲垣足穂の全作はなおかつ動いてやまない。本『稲垣足穂大全』刊行に当っても、稲垣足穂は、あらゆる原稿に手を加え、大幅に面目をあらためた作も多いことを附記する」と、ことわり書きが示された。これを裏付けるようにタルホからの来簡はさかんとなり、少年時代の回想をクレヨンで描いた葉書が立てつづけに何通も飛来したり、コクヨの便箋の裏表を使って物質の将来ほかを論じた十枚からの手紙がもたらされたりした。大全発刊を機に筆力いよいよ旺盛絶倫をよび戻した観があった。

大きな活字、ゆったりと組んだ大判の足穂大全を繰り直すたびに新しく気付くくだりは文字通り枚挙に遑がない。殊に、第六巻に収めた「僕の蕪村手帳」には閲読するごとによみがえる俳味の魅力に感じ入った。

　骨拾ふ人にしたしき菫かな

これはよく知られた蕪村としては凡庸にすぎる一句。なんでもかでも感心したがり、先人たちの解説を鵜呑みとし勝ちの現代俳者流は秀句扱いにしているが、それほどの作ではない。タルホはこれにシュルレアリストのタンギーやアルプに見られる墓場趣味を引き合いに出しているが、これは新しい。蕪村鑑賞に化物趣味を論ずる向きは古くからあっても墓場や骨片の趣味を引き寄せシュルレアリストのフランス俳諧趣味にまで近付けて見せたのは、恐らくタルホが最初の人であろう。戦後間もなくタルホと新宿あたりでカストリ焼酎にヤキトリで向き合っていると、早口で喋りまくる話の合い間に蕪村の句がぽんぽん飛び出した。文庫本の蕪村句集が唯一のよりどころだったようなので乾猷平の『蕪村の新研究』だったかを進呈した憶えがある。小谷剛の「作家」誌ほかに書かれた蕪村鑑賞にもこれを使った形迹はないようだから、あるいは酔って無くしてしまったものか。

　凩きのふの空のありどころ

丸山薫に教えられて蕪村を注意するようになったと書いているが、京都の中川四明あたりから触発された蕪村好きが天文学志向とむすび付くのではなかったろうか。

硝子《ビイトロ》の魚おどろきぬけさの秋

稲垣さん御贔屓の愛誦句。ブソンというよりタルホの句と称してもおかしくない。右の句をあしらったクレヨン画入りの葉書や封書を幾通となく頂戴している。稲垣足穂の世界はすでに稲垣足穂自身が語り明かしている世界である、とこれまで何遍となく書いてきたが、このごろ、足穂大全を拾い読みしながらこうした思いはいよいよ深まる。

〔「浪速書林古書目録」第三八號、平成十六年九月〕

寸心居士の歌

あさに思ひ夕に思ひ夜におもふ思ひに思ふ我が心かな

西田幾多郎大人の遺された二百首におよぶ詠歌のうち、殊に右の一首に惹かれた。いかにも哲学思索の人らしい歌と言ってしまえばそれだけだが、それだけではない。寸心居士の歌について書くよう編集子より機会を与えられて半歳、朝に夕べに夜更けに読み誦しているうち格別忘れがたい愛吟の一首となった。これまた純粋経験よりする歌の恩寵であろうか。『西田幾多郎全集』第十一巻に収める「自撰詩歌集」には右の一首、我思かな、で結ばれている。万葉集に傾倒された大人は、我、を多く詠みなした人麻呂が好きだったのかと案じたりしたが、心、の例も三百からをかぞえる万葉集そのものに心の拠りどころを求めていたかに思われないでもない。「心こそ心をはかる心なれ心のあたは心なりけり」、万葉にとどまらず、ひろく『古今六帖』あたりまで眼をくばっておられたものであろう。私は詩や俳諧俳句に就く者、以下、門外の老措大が気づいたままを探らせていただく。

西田幾多郎博士頌徳会により編まれた『西田幾多郎の歌』（昭和五十六年刊）は博士の歌業をうかがうにとどまらず、全集に収められた日記書簡ほかよりする行実あるいは日常生活を丹念に蒐められた趣きでありがたい。三女静子さんの編まれた『父西田幾多郎の歌』は未見のままだったが文字通り博士頌徳の有志による補綴一書は歌人幾多郎を探る上で不可欠のものとなろう。

寸心、西田幾多郎の歌は総じて端正である。いかにも思索の人らしく推敲琢磨、書しては消しの繰り返しもあったに相違ないが三十一文字に志を述べる姿勢はことごとく端正に美しい。処女作『善の研究』（明治四十四年刊）からすでに体験的であった由を述べ、また西田哲学という名称につき下村寅太郎氏の解説（岩波文庫『思索と体験』）には種々教えられた。『善の研究』第一編となる「純粋経験と思惟、意志、及び知的直観」が書かれ、次の宗教論の構成が脳裡に湧出去来していた明治四十一年の夏に詠まれたのが、

大海原空行く雲をながめつゝ一日暮しぬ物思ひして

の一首ということになる。哲学と雲が直接にむすびつくなどあろうはずもないのだが、たとえばマグリットの絵に出る哲学的な雲、純粋経験の横雲とか知的直観による巻雲とか名付けられそうな雲が湧くか浮かぶかしていそうな気さえする。行雲流水のたとえもあるものの「自撰詩歌集」の第一首にこの歌が置かれているのはなにゆえか、物思いは深まる。「波となり小舟となりて夕暮の雲のすがたぞはては消えゆく」と詠みなした蘆庵の一首にすがってみたが、徒言歌《ただことうた》に頼った哲人の思いの丈でもな

さそうである。後に詠まれた「春の雨しきりに降りて今日一日心さびしく暮しけるかも」「春の雨いやしきふりて今日一日そこはかとなく物思ひせし」とは歌想歌趣はおのずから異なる。同巧異曲という段でなく、歌詠みの心は段違いに大柄である。『善の研究』の成立前後、の副題をもつ下村寅太郎氏の『若き西田幾多郎先生』（昭和二十二年刊）を手にしたのはいつだったか思い出せないが、西田哲学は戦時中に勤労動員先での学生のあいだでも折々話題にのぼったが難解の雲にさえぎられ勝ちのちんぷんかんの結論なしだった。終戦直後より神道に打ちこんでいた筆者は下村氏の一書に付録として加えられた『善の研究』欄註に出る「実在としての神」や第四編「宗教」に註記された純粋経験が知りたくて本書をもとめたものと思われる。以来五十年のあまり、西田哲学とはそれ切りでベルグソンの神秘的直観を引くときにちらりと思い出す程度だった。久しぶりに本書を繰り直したところ、西田博士宅を訪ねた一学生が『善の研究』の原本とおぼしき純粋経験の出る草稿で鼻をかんでいる博士の無頓着の姿を伝えていて、飾らぬ大器の姿勢に改めて親しみを覚えた。右一首の詠まれた明治四十一年のころの話らしい。その三年後の自序で博士はゲーテ『ファウスト』第一部よりメフィストの科白を念頭に「思索などする奴は緑の野にあつて枯草を食ふ動物の如しとメフィストに嘲らるるかも知らぬ」と叙す。一日暮しぬ、の一首誕生にあるいは「常に悪を欲しながらかえって常に善をなす」メフィストの力が働かせてあったのか、と想像をふくらませてみたくなる。二十二歳の長男を失われたのはほぼ十年ほど後の大正九年、「死の神の鎌のひゞきも聞きやらで角帽夢みき病める我子は」の一首が手向けられる。一見、平穏無事に思える〝一日暮しぬ物思ひして〟の背後に〝死の神の鎌のひゞき〟の不安をすでに予感した四十歳の哲学者歌人がいる、と推し測るのは深読みだろうが、敢えて考え落ちを承知の上で「自撰詩歌集」第一首のありようを考えてみたい。長男謙の死去を悼み追慕する歌は異様と思えるほど数多く詠まれているからである。

赤きものを赤しといはであげつらひ五十あまりの年をへりけり

人生五十年、と称された時代の述懐として誦すれば意味するところはシニカルに深い。さらに言えば、万葉ますらをぶり、をいまに失っていない。寸心居士の歌は総じて端正と言ったが、なかに狂詠まがいの滑稽歌があって生真面目一方の歌ばかりでなかった風流吟懐に救われる。

年ぐれにとしがゆくとは思ふなやとしは毎日毎時ゆくなり
すみ駿河硯の水は大井川画き出せるふじの高峯
春ごとに草木はもとに反れども反らぬものはわが身なりけり

万葉、古今の集の戯笑俳諧歌ばかりを本歌取りとしたわけでもなかろうが、三首目は明らかに業平の一首に拠っているから八代集あたりを折々ひもとかれていたものだろう。西田幾多郎が京都大学に講じていたころ、国文学の藤井乙男も金沢の四高から名古屋の八高教授を経て明治四十二年に京大に移って教えていた。紫影と号して俳句をよくしたこの近松研究家にはかなりの歌が遺されてあり、「百になる伯母はこの春みまかりぬまだ五十年とから景気にも」「よき人のよしとよく見て呼ばひしによき人よく見むよし酔へりとも」などと興ずる。同じ大学構内ですれ違い、赤いものを赤いと言わずに意地を通す学問のしんどさを語り合われたりしたか、如何。もっとも寸心一首の初句は「甘きもの甘し」であったそうだから辛口党の紫影博士とはそもそも吟詠の上でも趣好の違いは歴然たるものがあっただろう。同じ京大出身で紫影先生に師事した近世文学の中村幸彦氏に「道聴塗説記」と題せられた風趣快々の月旦評があり、これに珍しく京都における西田幾多郎教授の逸聞が拾われているので少しく引いてみる。「西田幾多郎先生は、日本に於ける哲学の耆宿たるは人々の知る処なれど、その縕袍に巻帯にての散歩姿は、その炯々たる眼光を見ざれば、村夫子然たり。また先生世事に馴れず、嘗て靴破損す、その修繕の為とて、これを東京の某製靴所へ小包にて郵送せらる。製造元にあらざれば、修繕かなはずと、心得られし由なり」と。また言う、教育学の木村素衞教授が三高在学中に病いに倒れ『善の研究』より『働くものから見るものへ』を読破してこころ大いに動き、よって直ちに西田先生の門を扣いた。「時に盛夏、来訪の声に「応」と答へて現れしは、夫子その人、読書中褌一つの姿なり。一面識もなき木村青年に応対して、「先づ上れ」と言う。ここに意気投合して、先生は、木村青年の為に、御自分の講義は勿論、朝永三十郎、田辺元、二先生の聴講許可をも取り計らはれしとなり」と。また言う、木村教授が広島高師に在職のみぎり、西田先生を自校に招聘して一場の講演を依頼、終って同地のカフェーに案内されたところ大いに喜ばれた西田先生曰く、「こんな処は、京都にもあるかネ」と、以下略す。

西田幾多郎が島木赤彦の歌風また歌論、別して歌の大道と称したその写生道に傾倒していたのは知られているが、赤彦が大正五年から六年ころにかけて到達した歌境の寂寥相や幽遠相にひそかに惹かれていたように思われる。「いとどしく夜風にさわぐ桑畑に天の川晴れて傾きにけり」「玉きはる命のまへに欲りし水をこらへて居よと我は言ひつる」ほかを収める第三歌集『氷魚』あたりに短歌の未来像ゆたかな頂上と裾野を見据えていたように思う。二首目は「逝く子」二十六首のうちの一首、同じく長男を失った親としての悲しみを一連の追弔詠に重ねていたかもしれない。大正十一年のころ、赤彦が京都大学収蔵の仙覚本万葉集を見たいと岩波茂雄を通して西田幾多郎に依頼、黒谷瑞泉院の滞在先から京大図書館に通って筆写していたころに初面識を得たおもむきは、西田自身が「アララギ」の赤彦追悼号（大正十五年十月）に書いている。「島木赤彦君」と題せられたこの小文で『歌道小見』は近頃見た書物のなかで最も面白く読んだものの一つ、と述べてより「君の所謂写生に刻苦した鍛錬の結晶」と讃えている。また、赤彦、寸心ともに万葉集に傾倒した二人だったが、赤彦に先んずるかのように「殊更らしい万葉調は却つて非万葉的といふべきである」と喝破した寸心の覚悟素懐はいさぎよい。この言やよし、「短歌について」と題せられたこの長文にわたる短歌論は赤彦没後の昭和八年一月の「アララギ」に出たわけだが、『万葉集の鑑賞及び其批評』に最期の力をふりしぼって逝った赤彦へのたましずめの歌と思えなくもない。

　　鎌倉は町にしあれど鳥の音も深山さびたる松のむら立

鎌倉雑詠は昭和三年末から翌年春にかけての佳什、このほかにも山に囲まれた京都から鎌倉に移り住んだ寸心居士には海が一入珍しく、なつかしく思われたものだろう。七里ヶ浜、あるいは音無川に想を得た秀詠は寸心ぶりと申すべくいまにめでたい。そして相聞歌を捧げられた琴夫人とむすばれる。昭和三十年代からの友人澁澤龍彦は晩年円覚寺に近い山の内に住んでいた。彼の家で夜を徹して酌み交わし語る折ふし、ひと眠りしてから寸心居士とゆかり深い近くの塔頭黄梅院を歩いたり、北鎌倉駅の線路をわたり越えて東慶寺に西田幾多郎の墓にお参りをした。澁澤はそのころの夫人の矢川澄子をかえりみながら、寸心居士と刻された水輪を指さして、駆け込み寺で坐禅をしているみたいだ、とかなんとか呟き茶目っ気たっぷりにほほえんで見せたように思う。西田大人が参禅打坐に熱心であったことはその日記を繰ればわかるが、禅の影響を早くから与えられた人に北條時敬、今北洪川の恩師、あるいは雲門老師があった。そして若き日より生涯の友となる鈴木大拙の影響を受け参禅している。しかし、不思議なことに打坐接心の歌は全く遺されていない。禅、哲学、歌、これらは一体のようでありながら全く別物として生きつづけた。

　　世をはなれ人を忘れて我はたゞ己が心の奥底にすむ

永きにわたる友誼の人だった也風流庵大拙は、世間並みの言い草でない奥底に徹底し尽くした寸心の霊性的自覚を指摘している。西田幾多郎という大器は逆対応、平常底を抜け超えて純粋経験を身を以て貫き通した潔癖の高士であった。

わが志果てゞ止むべき七ばかり石をかけむも神の諸伏

西田大人は至誠ということをよく言ったと久友大拙は伝えている。さもありなむ、寸心居士の歌は端正にとどまらず至誠のしらべに支えられる。しかし、右の一首は家持が坂上の大嬢に贈った歌とひとしくいまに解けそうにない。

〔『西田幾多郎全集』第十三巻月報、二〇〇五年一月〕

Ⅳ

女方開山

中村雀右衛門丈は現代女形の開山である。人物器量のよろしさによりおのずからもたらされる芸域のひろがり、深い理解工夫のありようではおそらく梨園随一の熱心家であろう。熱心はやがて名優独自の芸風となって立ち現われ、早くよりささやかれてきた独創的女方という讃辞はいまや全く不動定着した。一昨年、『義経千本桜』に典侍局を演じられた京屋さんにつき「演劇界」記者のどなたかが、立女方の貫禄、と評していたがまさしく御説の通りである。戦後とびとびながら友右衛門時代から四十年ほど見惚れてきた者のひとりとして同慶の至り、うれしくめでたい。このたびは雅丈の写真集が上梓される由、これまた重ねてめでたく、もとめられるまま蕪文少々をしたため御祝い申し上げます。

いまになつかしいあの築地東劇での七世友右衛門襲名披露こそ見のがしているものの、戦後三年目ころから三越歌舞伎や演舞場、明治座、あるいは東横ホールに出かけた。歌舞伎を見はじめのころより六代目、吉右衛門という戦前からの両名優に接し得たばかりでなく、広太郎改め友右衛門という匂うがごとき初々しい新女方の出現登場をまのあたりにできたことは僥倖そのもの、舞台客席ひとつとなっての熱い出勤感賞はいまにして思えば眼福かぶく三昧以外の何物でもない。さらにありがたいことには芝居見物の鬼だか仏みたいな先輩と友人にも恵まれ、広太郎時代を知る大木豊氏よりその命名による広太郎歌舞伎の見どころ肝どころを教えられた。先代團十郎の海老蔵と広太郎の『吃又』ほかを、興奮ふたたびのていで語ったりしてくれた大木さんは当時すでに友右衛門の踊りは筋がいいと今日あることを予見しておられた。海老蔵、友右衛門による極付『十六夜清心』は望月太意之助氏の令息高久真一君と見て、おさよ役の新しい魅力に感銘、そのころ話題となった雲の絶間姫と同一役者とはとても信じられない、などと語り合ったものであろう。山根寿子や高峰秀子などの名花をからませた大谷友右衛門主演の東宝映画『佐々木小次郎』もなつかしいひとつだが、雀右衛門さんというと、私にはいまなお小柄でしゃきっとしたかわいい女、いえば春信えがく水茶屋娘お仙のような江戸前の美形が思い浮かぶ。

梨の花会より発行の月刊「劇評」誌に連載された川尻清潭翁の『楽屋風呂』は戦後歌舞伎をうかがう好個最良の読物、毎回むさぼり読んだ。これに、当時の広太郎、友右衛門をめぐる逸事好趣味が例の暢達自在の筆さばきによりいくつとなく拾われてある。曰く、昭和三年に歌舞伎座の舞台ではじめられた「お子様方のお芝居」に『天下太郎』で好演して好劇家の記憶にのこる広太郎が終戦で復員帰国、ふたたび舞台の人となったものの父友右衛門の死去により幸四郎劇団の世話になった、幸四郎の意見としては現在劇界の中心は菊五郎吉右衛門であるからそれぞれについて修行したらよかろうと説いたが、広太郎断然肯んぜず、どうぞ将来とも高麗屋伯父さんのそばにいて小言を言っていただきたいとのこと、それはどういうわけかと聞いてみると、伯父さんの頭の禿ッ振りが死んだ父親そっくりなのが懐かしい、と。久方振りに読み返しながら、「雀右衛門の会」公演冊子に聞き上手の金森和子さんが雀右衛門さんより聞き出して下さっている好話柄と種々思い合せてみた。京屋さんは芸の命を拾ってくれた恩人として、高麗屋のおとうさん（七代目幸四郎）、松竹の大谷社長、市川寿海のおじさんの三氏を挙げていられる。梨園の生き字引でにらみを利かせた清潭居士はさらに友右衛門が初役で『野崎村』のお染を勤めるにつき、松竹の大谷社長より「近頃サワリを略す人もあるが、心掛次第で此役の出し物にもなる狂言、精々勉強をしてしっかりやって下さい」と特に声をかけられたおもむきを採られてあった。『野崎村』と申せば、おみつ役は物堅い鄙には珍しい行儀よい娘であるから、むやみと鳶足をして坐ったりするいかにも田舎娘らしい蓮葉な態度でこの役を当て込むのは前半を知らない不用意から起こる役者の演じ過ぎである、と岡鬼太郎『鬼言冗語』に言い、故人（三世）雀右衛門のような工合にゆかねば嘘であるとし、六代目による写実癖の新工夫をしりぞけているのは聞くべき一見識であろう。

雀右衛門さんが先代の芸、家の風を大切にされるという話はしばしば耳にし、いずれも、当代が芸の折目正しい継承を重んじた上での新しみを好意的に迎えているのはこころよい。大正五年十一月、浪速座の興行に『忠臣蔵』で平右衛門を演じた八百蔵時代の七世中車がおかる役の芝雀のちの三世雀右衛門と共演した。その平右衛門が妹おかるを抱くと腕にまですっかり白粉をつけているのでひやりとする、いかにも本物の遊女、いや、女方をこえて本当の女を相手にしている心地だったと涙をながして感心した、と何かで読みいまに忘れられぬ。先代の芸を銘記推重される当代の遊女役には、こうしたすみずみにまで気くばりのゆきとどいた至芸の色気が香り立ち、折ふし敬々服々している。
雀右衛門丈にはこれまで一度だけ面晤の機に恵まれた。十年からの前、名古屋で仁左衛門丈の息女高木夫人より紹介いただき、昭和二十年代に胸をきゅーんとしめつけられた笠森お仙の印象がにわかによみがえってきた。花道に出てくるだけで舞台を一変させる女方開山のまなざしは控え目に笑みこぼれ、率爾ながらあたたかな御人柄を宝のように感じ入ったことである。

〔『雀右衛門写真集』昭和六十二年六月、京都書院〕

一つ印籠一つ前

一つ印籠一つ前、などと河東節にうたわれ助六の出端《では》に欠かせぬ印籠だが、『甲子夜話』にその由来が書き付けられてある。二代目團十郎が松英公から拝領の印籠は、黒塗きざみがた、表に行書の寿の字、金高蒔絵、裡に梅花篆の福の字、があったという。これを佩《おび》よ、とはげまされた栢莚はかしこまって持ち帰り、河東節に「一つ印籠一つまへと云ふ文句を添たりとぞ」と見える。『助六』を完成させた二代目にとり、心強いお守りであったろう。

紫の鉢巻とか蛇の目の傘など語り尽くされた感さえあるものの、印籠ひとつのほかは何も腰に提げぬといった思い入れよろしい〝一つ印籠〟についての記事は、そう、見当たらない。「市川團十郎が助六の印籠を蒔絵師羊遊斎もとめて造出させけるを箱のうへに発句望れて」の前書をもつ一句、

花ひらも其夜桜や一ツまへ

は酒井抱一の稿本「軽挙観句藻」文化十三年の雅藻に出る。このころの茶人芳村観阿の『白酔菴筆

記』には、七代目團十郎は甚だ数奇者、舞台で提げる印籠にはすこぶる結構なこしらえの物を用いた、文晁の下絵による滝登鯉の図、抱一上人下絵の牡丹図、粉地高蒔絵で内は刑部梨子地、羊遊斎原更山の製作で三十五両を費したのはたしかだとある。文化八年二月、四代目の三十七回忌および五代目と六代目の七回忌追善として市村座で初役の助六に扮した七代目、その「印籠は意休に扮せし五代目松本幸四郎が聟引手として三十両にて新調せしを贈り、梶川の蒔絵、鯉の滝登りなり」などと青々園の『市川團十郎の代々』にも引かれてあった。

遠藤為春、木村錦花両氏による市村羽左衛門大正四年四月の歌舞伎座公演での書留『助六由縁江戸桜の型』には、河東〽一つ印籠、で傘を立て、翳し右手を前に引いて印籠を見下し」、とあり、参考にさせていただいている。

助六の初役に

花に酔此鉢巻の不釣合　　九代目　三升

〔「演劇界」昭和六十三年二月號〕

率意の一字

「書勢」の天来翁追悼号（昭和十四年二月）に手島右卿翁は、「悠久書道五千年、卓然として生まれ出て来た先生は、現世に活ける王羲之、顔真卿その人であつたのだ」と哀悼追惜の記をしたためられた。これは、そのまま右卿翁御自身の上に宛てられてよい頌述好文字であろう。八面出鋒、顔法を探り古法帖主義を唱える比田井天来に就かれた書翁右卿は、天来歿後さらに古法と新法を探りに探られた。その新古の分け目を顔真卿と目された硬骨熱心の一事など、いまなお余人の追随を許さぬ。

臨書はわしの健康法、と語られた素懐のどこかには天地悠久の理のうちにおのれを没し切り遊ばせることのできた翰墨林中の風流、ゆとりさえ感じられよう。事実、右卿臨書は楽毅論でも争座位稿でも、あるいは灌頂記でもこころゆくばかり楽しんでいられる。もう、見せ物としての書は終った、と喝破された晩年、ことに遺作となった「以虚入盈」には単なる書人臨池の技をこえた霊妙の気すらうかがえてならぬ。書翁は、書は人間の土台（霊智）に発すべきである、と説かれた。山崎大抱氏が二年前の告別式弔辞に、人間の霊智の所産が書だと説かれた故人の言葉を引かれ、その象書について捧読されたのが印象深い。

「随」の一字書を令息泰六氏より恵まれ、朝に夕に拝し、ときおり書空の真似事などなぞったりしている。最晩年の作と聞くこの一字は、一字書の嚆矢といわれた「虚」よりも高く深く思われる。『俳諧一葉集』に芭蕉の遺語として「格に入りて格を出でざる時は狭く、又格に入らざる時は邪詠にはしる」が伝えられる。格の出入自在、つまり、横に入りて縦となる右卿書の真髄は芭蕉の遺語一句と同じく、おのずから率意の一字にきわまろう。

〔「墨」七十八號、平成元年六月〕

五　筆

空海を五筆和尚と称したのは『古事談』あたりに出たものらしいが、後代の雑書にはいずれも韓方明の『授筆要説』に見える執筆五法により、第一執管、第二簇管、第三撮管、第四握管、第五搦管、しかじかと孫引きしてある。甚しいのは、弘法大師は左右の手、左右の足、加えて口にて書き給うたので五筆和尚と言うなどとあって笑うに堪えぬ。なかに面白いのは、五筆ヲ一度ニモチテ文字ヲ書カレタリ、と伝える『元亨釈書』の一条、投げ筆伝説も手伝い三筆空海を五筆に持ち上げたまでの話であろう。

弘法大師ハ頭手足口ニテ筆ヲ拈テカ、レケルユヘ、五筆和尚トイフハ謬伝ニテ、単勾撥鐙擫管捻筆握管ノコノ五法ヲ暁通セシユヘ、五筆トイイタルヨシ中良ガ説ニ見エタレドモ、コノ説モアヤマリナリ。コノ五法トイフハ唐韓方明ガ授筆要説ニ出タルヲ、何トテ空海ノ知ルベキゾヨシ。空海ハ入唐セシ僧ユヘ、ソノ頃コレ等ノ説ヲ親ク授リタルニモセヨ、当時ノ人コレヲ賞賛スル題目ニハアルベカラヌコトナリ。窃ニ按ズルニ、五筆トイフハ篆隷楷行草ヲサシテイフガ、空海コノ諸体ニ自由ナリケレバ、五筆和尚トイ、タルナルベシ。

浅野梅堂の『寒檠璅綴』にはかようにあり、はじめて納得が行った。

古法帖研究の比田井天来翁が隣人の松方正義侯から大師流の秘伝『入木道』を見せられ、その奥儀より王羲之の古法をうかがったということを何かの書で読んだ。のちに『書話』を繰ったところ、羲之の『姨母帖』を挙げられ、「行草書の中に楷書又は篆隷書の筆を雑ふるのも是亦筆意となるのである。更に筆意の外に結体の上からも意を生じて来る場合がある。篆書は円を以て体となすから方を雑ふれば其れが意となり、隷楷書は方を以て体となすから円を雑ふればそれがまた意となるのである」とあって、ハッとした。伝本『四体心経』ほかを探られた天来が空海のいわゆる五筆、あるいは羲之の古法を知ったのはこの時分でなかったかと思った。天来を古法の人とすれば古法新法をひとつにしたおもむきのある川谷尚亭、その『尚亭先生書話集』に「空海は如何に書を学びたるか」が録され、これに八分隷のみならず梵字の書き方を自得されたであろうと言う黒板勝美博士の説（「入木道に於ける空海」）を引かれてある。たしかに、『性霊集』には、梵字悉曇字母幷釈義一巻、の書名が挙げられてあり、空海の種字などが思い起こされた。さらに尚亭翁は、画法を書中に用いたと思われる空海書を示唆されてあったのはいまもって忘れられない。

天来、尚亭の両師より単鉤法また俯仰法、あるいは八面出鋒（中鋒の説）を学ばれた手島右卿翁が、八面出鋒をやろうとするには腰で書かねばならぬ、と語られているのを知り感じ入った。早く、五指のすべてをかける鳴鶴流の廻腕法を学ばれた右卿翁が周密変幻精進して、腰を中心とする全体運動、大字は腰で書くという学書理論を導き出された大事は正しく理解銘記されるべきであろう。また、空海の書法には四季の移り変りがある、『風信帖』には春夏秋冬がある、と喝破されたいきさつを知り右卿五筆とも称すべき古懐気勢を深々と感刻したことだった。その説かれる左手線の書法解明など、新しき五筆の出現到来を思うのはひとり筆者のみであるまい。右卿臨書、その背臨にいたる古法開眼の右卿書をできるだけ多く見るように努めた。また、書には霊核の活動がなくてはならぬ、とあったりする書人霊智の説は直接うかがうしかないとそのときの来るのを心待ちにしていた。

はじめて拝眉面晤の叶えられた折りは温泉場という場所柄もあって、浴衣姿にくつろがれた書翁よりざっくばらんの話に恵まれた。筆者の名に興味を示され天来先生の漢字蒐集の話が出たので、『学書筌蹄』で一番に学んだのは乎という字です、と申し上げると御顔をくしゃくしゃにされながら喜ばれた。北島雪山の『庭訓往来』でも乎の字を習ったとお話したが御返事なし、空海のほかは関心を持たずといった風情をいまに忘れずにいる。

かつて梅堂は空海の五筆を篆隷楷行草に言い宛てたが、これに右卿の言う象書を加えてみたいという思いが私にあった。かたがた、象書は一体何に拠ったものかを探りつづけた。たまたま、比田井天来・小琴研究の特集を組んだ「信濃教育」誌の昭和三十七年十月号を手に入れたところ、上田桑鳩氏による「天来先生碑銘揮毫の思い出」と題する一文があった。これに昭和十一、二年のころ、代々木山谷の書学院で天来翁が「文字によらずして、書的な線によって新しい芸術を考え出し」、これを「象」と名づけ云々とあるくだりが目にとまった。しかも、右卿翁も同席していられたらしい。戦後早く提唱実作された象書の兆しは恐らくこのあたりに胚胎してあったものだろう。新しき五筆による墨気三昧の待たれる昨今である。

〔「出版ダイジェスト」平成元年九月三十日號〕

封印切の東西

荷風はその「色男」（『新橋夜話』）の書き出しに、大阪の芝居に出て来る色男と東京の芝居に出て来る色男との面目の違い、について率直に述べている。「伊左衛門も治兵衛も忠兵衛も、大阪の色男はどれもこれも、皆飽く迄柔和で親切で、そして何処にか恐ろしい程我慢づよい処歯切のしない処がある。封印切の忠兵衛が若し江戸ッ子であつたならば、封印のきれるまで、あんなに何時までも八右衛門の侮辱を忍んでは居まい」と言い、封印の切れる騒ぎの前に癇癪を起こして八右衛門を〝ぽかり〟とやっ付けてしまったかもしれぬ、とある。東京育ちの芝居通としてみればごく当り前の所見、しかし、好劇家ならではの一識見として謙虚に聞くのも一法だろう。散人はつづけて、『冥土の飛脚』の作者が如皐か黙阿弥だったら忠兵衛は封印の切れるのを見るとすぐ気が変わって、くるりと尻を捲り、泥棒になって高飛びしてしまったに違いない、と言う。なるほど、こんな威勢のよい「封印切」の一つもあってよいと感じ入ったことだった。

忠兵衛の美男ぶりについては、「酒も三つ四つ五つ所、紋羽二重も出ず入らず」しかじかと原作にあるが、近松が立役と考えた八右衛門の毒づきようあたり、よほど江戸者?・臭い。岡鬼太郎『鬼言冗語』に鴈治郎が近松の原作によって立役の八右衛門を買って出たところ、看客の目がどうにも承知せず、忠兵衛にばかりひいきが付くので一度で懲りたという「封印切りとは反対の封じ物」の話が引かれてあった。

昭和二十三年一月、帝劇で吉右衛門が不得手の和事、それも忠兵衛をつとめたところ、これが上方式の二枚目からはなれて好評だった。実事の役者が火鉢のへりに封金をこちこち当てたりする新しみ、そうした東西混淆の〝切れ〟なども悪くなく、いまは、二つの流れが楽しめる。

〔「演劇界」平成元年十一月號〕

江戸の二枚目

『与話情浮名横櫛』の通し狂言といえば二十年ほど前にあったきりか。ほとんど上演されぬ八幕目「元山町伊豆屋の場」、島破りの与三郎と夜そば売りとの対話の一ヵ所だけがこの狂言のいいところだ、と評したのは山本勝太郎（「劇評と随筆」昭和四年刊）だった。もっとも、「そば漫録」と題された一篇に引かれているから江戸趣味による蕎麦礼讃、ひいきの引き倒しの気味がなくもない。脚本には与三郎が「何時だえ」と聞くと、蕎麦屋が、「今九つを打ちました」と答えており「お前《めえ》様、夜番をしながら時をお聞きなさるなア可笑しいね」とあったりして、羽織落し、とも違う別趣のおもしろさを改めて教えられた。

源氏店については十一世團十郎が、すらすらした運び、せりふの美しさ、役者の雰囲気で見せる芝居、などと語っていたが、如皐の七五調とはがらりと打って変わった八幕目のこのくだりについての芸談劇評はまず見当らない。八代目、九代目、五世菊五郎、十五世羽左衛門へと受けつがれた江戸の二枚目の与三郎役に、新味らしさを加えるならば、時そばめくこうしたかぶく二枚目の諧謔くらいしかなかろう。当世菊五郎の直次郎が入谷の蕎麦屋でするするとやるのを観ながら、そのうち、切られの与三ではどのように〝しっぽく〟をするものかなどと思いめぐらし期待する向きもすくなくなかろう。全九幕が長すぎるのはわかっている。三十四ヵ所の刀疵、の与三郎が伊豆屋裏木戸の場を経て元の美男にもどるあたり、わかっていそうでわかっていない。

切られ与三のように色男が悪党らしく拵えられ、人情本一流の色男が満足されないようになったのは幕末の女連中の心持ちの変化、と評したのは鳶魚だった。また、荷風は「来訪者」に、日本の小説であのくらい男の未練を書いたものはない、と芳村伊三郎の事実よりも与三郎のはなしに感じ入っている。

〔「演劇界」平成二年二月號〕

弁天の小僧

同じ白浪物でも『弁天小僧』と『三人吉三』の違いについて渥美清太郎は、弁天小僧は立役の菊五郎に書き下ろし、お嬢吉三は女形の半四郎に演《や》らせただけの違いがあると指摘している。立役の演じる女装の不良少年でなければ遂に弁天の小僧となり切るのはむつかしいのでないか。そう思いながら、緋縮緬の長襦袢で屋敷娘に化けた前髪の弁天小僧に期待をつないできている。

ところで、弁天小僧の弁天については満足すべき答えが出ていない。黙阿弥は馬琴の読本などに読みふけり、若いころすでに十代で貸本家になったというくらいの読書家だった。こうした本好きが田にし金魚の洒落本「妓者呼子鳥」を読まずだったとも思われず、これに出る芸者の弁天おとよについてはなにがしかの知識をもっていたに違いない。金魚の序に「天に乙女の踊子あれば。地にまたお豊とお富在り。妙音を以て弁天と呼。容色によつて小町と称ず」などとあったが、これを正した南畝の「金曽木」あたりも参考としていただろう。南畝によれば容色の美しい妓を弁天とばかり呼ぶのでなく、カルタの白絵にアザ一枚があるところから「白き肌にアザある故のたはぶれごと也」と考証した。

弁天おとよはその襟足に疵《あざ》が少しあったという。黙阿弥はこれを頭に『弁天小僧』浜松屋の場で、「女と言つて憎からねど、最前チラリと見たるは、二の腕に桜の文身《ほりもの》」以下のくだりを案じ出したのではないか。弁天の小僧が片肌脱いで文身を出すとき、白浪作者の腹案としては弁天小僧、武家娘、鉄火の弁天おとよ、といった三重人格の変化が働いてあったように思える。

知らざァ言って聞かせやしょう……とあって、「種はつきねぇ七里が浜、その白浪の夜働き、以前を言やあ江の島で……」とくるから、はて、盗人連による弁天講でもあったかと感心する。

〔「演劇界」平成二年七月號〕

荒事と色気

ほぼ二百年から前の狂言を『鳴神』として復活上演した二世左團次は、今日では言うことのできないセリフもあって岡（鬼太郎）さんに詰めてもらった、由を芸談に語っている。明治四十三年（一九一〇）、その改訂初演から現代にいたるまで、上人が絶問姫の乳にさわる以下のくだり、それほど露骨とは思えぬ。川渡りの〝ぞんぶり〟〝ぞんぶり〟にせよ、芸者幇間の座敷芸〝浅い川〟あたりからくらべればおとなしい学芸会のようなものだ。狭斜の機微に通じ、花柳小説に荷風とならぶ岡鬼太郎だったから、当時なんらかの秘策を左團次に与えたものと考えてもおかしくなかろう。しかし、現行の脚本の上からでは事情は察するに難い。

「太平記」、巻三十七に「身子声聞一角仙人志賀寺上人事」が出、琵琶湖のほとりを逍遥する上人が京極の息女にこころ奪われる話が引かれる。この話の場合、誘惑されて浮き心地であるのは上人よりもむしろ美貌の息女の方で、「極楽の玉の台《うてな》の蓮葉《はちすば》にわれを誘へゆらぐ玉の緒」などと返しの歌をしたためた趣向立である。『鳴神』の作者、いや『雷神不動北山桜』の合作者たちがこれを知らなかったはずはなく、謡曲『一角仙人』を脱化しながら、ゆれ動く女心女体の表現をめぐり迷いに迷ったものであろう。

『鳴神』のパロディ『女鳴神』の成立にも、どこか、伏せられたかしたいきさつがあったと思う。鳴神尼とか美男の雲野絶間之助といった取り合わせに感心しながら、三世河竹新七や福地桜痴の材料ぶくろを吟味してみたくなる。浜町のあたりに、鳴神比丘尼といわれた女のあったおもむきが馬場文耕の『当代江都百化物』に見えた。この医者の未亡人、瀬川菊之丞の女鳴神の芸を見てより路考比丘尼といわれたいばかりに色に耽り大化物となった。荒事と色気はうらおもて背中合わせの芸、御霊信仰にしっぽを巻く大化けの見せどころであろう。

〔「演劇界」平成五年二月號〕

矢の根

曽我五郎が住んでいたという相模国の足柄下郡曽我谷津村には、五郎の足跡、と称される四尺と二尺ほどの大石があって、その表面には一尺三寸に七寸八分からのくぼみがあった、と相模国の風土記に見える。『曽我物語』の書かれる前から、五郎は、東国では荒人神だった。そうしたところから、荒らぶる神の再来みたいな五郎を御霊の音に通わせて、霊（み）荒れなどの信仰に付会した五郎伝説、さらには春狂言の吉例がつくり出された。

『市川團十郎の代々』には、二代目がはじめて『扇恵方曽我』で矢の根五郎を演じたとき、「中橋に住せる矢の根御用某と親交あり、其処にて鏃を磨くさまを実見して此の狂言を案出し」たとある。五郎、御霊、御用と三拍子そろえての歌舞伎十八番『矢の根』の五郎は、寝たふりをしているあいだも正月興行の雄である。

大田南畝はその「俗耳鼓吹」に、俄と茶番とは似て非なるものだと分けてからこんな例を引いていた。「今曽我祭に役者のする、是俄なり。ナンダ〱と問はれて、思ひ付の事をいふ是也。茶番は江戸の戯場より起る」と。これを読み直して気づくところがあった。『矢の根』の五郎が夢からさめて起き上がり兄十郎の危急を救うべく、奪った馬にまたがり鞭の代わりと大根を振り宛てがって駆けつけるくだりは、曽我祭における座敷俄からの思い付きであろう。楽屋の三階で茶番にあたった役者のふとしたひらめきを工夫熱心の二代目團十郎は練りに練った上で、曽我者の間釣り（祭）に活用したのではなかったかと思う。大薩摩文太夫による末広と宝船の絵、ヤットコトッチァア、ウントコナの掛け声もろとも、江戸狂言の初曽我じつは荒事御祝儀の幕明けにふさわしい。

炬燵やぐらに腰かけて、のやぐらは矢の倉に当てはまるし、『曽我物語』にいう、やたての杉、は矢立てから曽我の家を立て直す家立てに通ずるなどと、結構毛だらけ切りもない。

〔「演劇界」平成六年二月號〕

柳の精

昭和三十年ころ、焼跡の残る東京にはまだまだ柳の木立がそこかしこにあった。国破れて山河在り、の詩にたとえれば、東京焼かれて柳あり、の風情は川べりや池畔といわず町中にいくらでも眺められた。当時のそうした風景と重なるようにして忘れられぬもののひとつに、渋谷の東横ホールで見た『三十三間堂棟由来』がある。手許の資料でたしかめると十一月の興行、いえば散り柳、枯れ柳の舞台に当たる。吉右衛門劇団と猿之助劇団による合同公演だったとは忘れていたが、まだ松蔦のころの七世門之助がお柳、半四郎の平太郎役を憶えている。

柳の精が人の女房となり子までなす、という『柳』は数多い丸本物や異類婚姻譚のなかに際立って優婉妙々の印象が深い。『葛の葉』の書き直しとか『葛の葉』もどきの演出とか、あるいは『関の扉』下の巻における小町桜の精がどうのこうのといわれるが、それはそれで結構、もっとお柳の斧への思い入れ見立て、つまりメルヘン趣向をすんなりと受け取ったがよいと思う。

近松門左衛門が『百合若大臣』の鷹の精、竹田出雲が『蘆屋道満』の狐の精などに暗示を得てこの柳の精は書かれたものと思はれるが、その趣向は最も優れてゐる。陰鬱な紀伊の山奥に零落した北面の武士と柳の精とが夫婦の契を結ぶ、舞台の色彩も暗緑色にしんみりと整ってゐる、

とあってより飯塚友一郎はその『歌舞伎細見』初版で「浄瑠璃作者の目まぐるしい小細工が見えずして、我が民族の郷話そのまゝの純な所が見える」と、すでに指摘してあった。かぶく初心をどこかに忘れて小細工ばかりがごたごたと目立つようでは、筋立て道具立てにとどまらず夢もメルヘンもぶちこわし、歌舞伎の大道も先が見えたという破目になりかねない。イギリスでは古くから Wear the willow という諺があって、柳、ことに枝垂れ柳を花嫁や恋人の死にむすびつけて悲しむならわしがあり、芝居の上にもこれが象徴的に用いられている。わが国の芝居そのほかでも、昔から柳の下に出る幽霊は女と決まっているが、どうしたわけかこの謎を解いた者はない。わがお柳の上にもこうしたやなぎ影のような生あるものの哀れ、はかなさ、などを素直に見て取るのがメルヘン観賞の基本的態度というものだろう。

ところで『柳』の台本に使われた白河法皇の御不例、前生の髑髏、京都に三十三間堂の御堂を建てこれに髑髏を納めればたちまちに御平癒という夢のお告げ、あたりは何に拠ったものか。諸説いろいろと出ているようだが、あまり採り上げられぬもののひとつに神道縁起書『熊野権現口決』がある。やはり、熊野三山信仰なくして法皇の病気平癒、王城での蓮華王院建立の事、引いては棟木の柳まで

因縁話はめぐりめぐってこなかったものだろう。しかし、柳の精と棟木の因縁話は熊野だけにかぎらない。宝暦二年に記された地誌『裏見寒話』（甲州府志）には、永禄年中に武田信玄により建立された善光寺の棟木として横十五間、奥行二十五間の古い柳の話が出る。この巨柳がじつは男性の柳の精として村の女と夫婦の契りをなしてより消滅、数千の人数をもってしても動かずだった柳の木を妻女が今様をうたうことで善光寺まで難なく運んだとある。『三十三間堂棟由来』と全くさかさまの口碑もおもしろいが、願えることなら柳の化生はなよなよとしたお柳のような女であってほしい。

何に拠ったのかわからぬが、秋田藩の御用達をつとめた津村淙庵の『譚海』には三十三間堂の梁は羽州秋田郡から出た萩の木だったとある。しかし歌舞伎狂言舞踊となれば柳の精にまさるものはあるまい。聞けば京屋さんの家には先代のつくられたお柳の演出ノートがのこされてある由だが、雀右衛門丈に道成寺物よろしく柳女縁起のような新作を吟味工夫してもらえればどんなにありがたいことであろう。

〔「演劇界」平成六年八月號〕

籠釣瓶

いまになお、『籠釣瓶』や『春雨傘』で八文字をふむ華やかな花魁道中が見られるのは歌舞伎あっての眼福というものである。「花魁の道中といへば花街の盛観とするものなり。近頃にては明治三、四年に一度、其後同廿年後三月花開きの候に際して此催ほしありしが已《い》後絶無に帰したり」と明治三十一年発行の「新吉原画報」にあったが、いまでは古老の語り草にでも頼るしかない。明治二十年生まれの俳人だった長谷川かな女さんは日本橋本石町に生まれ育ち、幼い日に最後といってよい花魁道中を見ておられた。その話に、花魁の通ったあとの引手茶屋あたりのしんとした静けさ、が格別印象深い。八ツ橋の「見染め」あるいは「見返り」に見入るたび、この話を思い起こす。

吉原百人斬りのことはよくわからない。即死者三十八名はおろか、斬られたのは八ツ橋と孫兵衛の二人だけという鳶魚翁の考証もある。

小松原次郎右衛門の佐野次郎左衛門にしても名主、百姓、炭商人ときて三世河竹新七の芝居では絹商人、一書には博徒だったとある。

相方の八ツ橋にせよ大兵庫屋の抱《かか》えとか中万字屋の遊女とかはっきりしない。戸板康二氏によれば現行の脚本では兵庫屋だが昔は万字屋、ということになる。『艶道通鑑』雑の恋に次郎左衛門とおぼしき男が出てきて、「此男が誹諧名を杜若と云ひし、扨は女郎は八橋といへる成るべし」とあった。杜若といえば岩井半四郎の俳名でもあったが、黙阿弥を師と仰いだ作者が『土手のお六』の『佐野八橋』あたりをどの程度脱化していたか。

大門といえど玄関なく、川岸といえど舟を見ず、角町《すみ》というも隅ならず、茶屋とはいうも茶を売らず、新造というも婆多く、若い者にも禿頭あり、遣《や》り手といえど取るばかり、以上を吉原七不思議と称した由。八ツ橋に代表される見染めの笑ってないほほえみ、を入れてみるのも一興だろう。

〔「演劇界」平成六年十一月號〕

小猿七之助

黙阿弥の三親切、「役者に親切、見物に親切、座元に親切」が勢い余って突っぱしるところに世話物狂言の面目がある。なかでも『小猿七之助』の洲崎堤《どて》など、安政四年の初演このかた、露骨のへちまのといわれながらよくぞこれまで踏ん張ってきてくれた。と、こうしたあたりに感じ入った御仁に岡野知十があって小猿の独吟に自作の小唄を提供された。昭和六年二月の東劇に十三代勘弥の七之助、森律子の滝川で土手場を出したときのこと、これは木村錦花の計らいだった由が木村菊太郎『芝居小唄』に伝える。「浦漕ぐ舟」「木小屋」「浅黄幕」三題のうち、

〽黙阿弥さんの名セリフ　いなごやばつたと割床の　草は刈られてひつそりと　聞ゆるものは中木場の　きやりといふのが　シツ　あぶねヱところが浅黄幕

とある「浅黄幕」は、初日から一週間ほどで其筋の注意により黙阿弥の名セリフがほとんど削除されたと聞いた知十翁が一夜にわかに筆を執り、吉田草紙庵の節付けを得て茅場町の喜加久で開封された。

『小猿七之助』の劇評そのほか、ことに洲崎の濡れ場を語ってこの「浅黄幕」の風流をこえる例をいまだに見ない。ついでに書い付ければ、この折の思いを俳人知十は「勘弥律子相勤め候春の幕」の一句に詠みなしてあった。

戦後、『小猿七之助』の初演台本を目にすることができるようになったのは学友河竹登志夫君の好意により、河竹家秘蔵のそれが名作歌舞伎全集に収められたによる。その解説で、原作に近い土手場を復演したのは昭和二十二年の一月、これまた東劇で猿翁の小猿、三代日時蔵の滝川により、斬新な印象を与えたおもむきを教えられた。

泥棒伯円とか乾坤坊良斎の講談種ばかりが引かれるが、黙庵の『講談落語今昔譚』には初代の古今亭志ん生が柳橋の上州屋慶次ほかに就いて網打ちを教えられ高座で好評を博したくだりが出る。

親切じいさんの黙阿弥がこれを見ていないわけはなかろう。

〔「演劇界」平成七年八月號〕

雀右衛門萬歳

戦後三年目のころから七世友右衛門を襲名したばかりの雀右衛門を観ている。そのころの三越劇場というのはいまの歌舞伎座あたりからは想像もつかぬほど舞台が小さく、前の方の席に坐ると俳優の顔の動きほかが手に取るごとく眺められた。広太郎時代に『毛谷村』のお園で好評を博したそのころの雀右衛門といえば、控え目でありながら第三の女方、小柄の大器、といったおもむきだった。復員後、二十七歳で女方に転向したのは上々吉だったわけで、何よりも折り目正しい人柄、昔気質の役者を髣髴させる。三姫、花子とかぎらず雀右衛門の登場は美しかった。春信えがく水茶屋の娘お仙もかくやとばかり、あどけなく、色っぽく、いまなお美しい。

「私の履歴書」のなかで雀右衛門は亡父六世友右衛門、岳父の七世幸四郎の言葉をそれぞれ大切に引きながら女方のありようを綴っておられ、耳傾けるべき芸談としても率直で奥深い。亡父が「立役からいい女だな、いい女房になるな、と思われなければいい女方とはいえないよ」と言われ、これと全く同じことを女方に転向したときに岳父から言われた。

「日頃、気分転換は早い方ですが、舞台の上では常に相手役の胸に溶け込めるようにと努めています」とあってより、「これは、どんな年下の相手役でも同じことです。何と言っても、女方は立役次第なのです」とあった。芸一筋の雀右衛門の現在もまた初心のころといささかも変るものでなかろう。女方はあくまで立役の後見の心でつとめにゃならぬ、と教えた九代目團十郎の至言とを改めて重ねてみたくなる。

四世襲名の舞台だった昭和三十九年九月の『妹背山』御殿のお三輪と『金閣寺』の雪姫、あるいは富十郎との『二人椀久』に観入りながら、女方の変遷といったものを考えたりすると、戦前から論じられた女方におけるユラニズムに帰着しないわけにはいかない。これは俗受けガサツに堕しやすい現在全盛の歌舞伎にとっても大事の問題なのだが、一向に論じられぬのは如何なものか。ユラニズムを大いに論じた尾澤良三『女形今昔譚』は小山内薫の「女形は女になる修業よりは、寧ろ女形になるという修業を主としてすべきである」を引いて結んであったが、雀右衛門の女方一筋を思う折ふしなるほどなるほどと思い起こす。道成寺物を一心にきわめながら踊る雀右衛門を、たとえば歌右衛門、梅幸までしか御存じなかった川尻清潭翁が目に留められたらなんと言われただろう。今では立派の道成寺役者、と直言居士はにっこり断言されたに相違ない。

家の芸についてはあまり語ろうとしない京屋さんながら、好きな舞台をと宇野信夫氏に問われて、やはり三姫になりますか、と答えておられたのがいつまでも記憶に深い。三姫の完成に向け精進する雀右衛門丈は喜寿、いまなおお軽の役を若々しく演ずる女方開山に改めて拍手を贈る。

中村会　歌舞伎座

寺入りの千代は京屋に春惜しむ　郁乎

〔「演劇界」平成八年六月、臨時増刊號、〝おんながた草紙〟〕

歌舞伎座えとせとら

昭和二十六年、焼土より復興した歌舞伎座の玄関に入り大間を抜けて吹寄竿縁《ふきよせさおぶち》という天井を見上げ、ホッとしたのを憶えている。そして何より、改築落成の歌舞伎座はあたたかかった。それまでの底冷えする東劇あるいは三越劇場での外套着たままの観劇とは違い、椅子の下から温風の吹き出す暖房装置はありがたかった。戦後の電力不足から休電日を余儀なくされた各劇場だったが、これで新しい木挽町の芝居見物に大きな希望が湧いたとよろこび合ったものだ。

開場間もなく東都の話題をさらったのは『源氏物語』の公演だろうが、私には吉右衛門の『二条城の清正』が印象に深い。その二年くらい前に東劇で観たのとは違う印象を与えられた。吉右衛門の魅力を教えてくれたのは吉之丞の甥に当たる友人で、東劇そのほかでいくらも観ていない初代の声や所作に惹かれ、亡くなる昭和二十九年までいっぱし播磨屋贔屓らしい気分だったような気がする。それと俳句にかかわるようになって俳人吉右衛門の句集などにふれることで、吉右衛門そのひとの得云われぬ人柄におのずから傾いていったのもたしかだろう。二条城の本丸書院の間を観て、これはやはり歌舞伎座ならではの清正だなと納得したように思う。『春日局』や『桐一葉』と較べて『二条城の清正』の大きな舞台は際立って豪華であり、その清正になりきる初世吉右衛門の存在はさらに大きく感じられた。十五世羽左衛門に、どこだって俺の芝居をしているところが歌舞伎座だ、という名言があったが、これはこれで一つの見識、心意気ではあろう。復興成った歌舞伎座で充実した晩年三歳ほどを勤めて世を去った吉右衛門をふりかえるとき、播磨屋は歌舞伎座をわが家、終の栖とした俳優だったように思われる。

二階に上がれば大観、玉堂、栖鳳などの逸品が飾られた画廊が出現したのはいかにも国劇の殿堂らしい工夫と思われたが、これらを素通りする客はいまなおすくなくない。先年、ミラノのスカラ座で『オベロン』を観た折、幕間の休みとなると着飾った紳士淑女が向う風の大間に出てきて酒肴をじゃんじゃん採って喋りまくる。客層よろしいと思われるわが歌舞伎座でも、正月とかぎらず赤い顔したついでにグラスを持ち歩くくらいの趣味が行われてもよろしかろう。さる高貴の御方に招かれ二階に貴賓室のあるのを知った。そこで、戦災で焼け落ちた歌舞伎座のあたりから三原橋の彼方を眺めると何やら動くものがある、なんとそれは東京湾をゆく船の帆柱でした、などとお話した。昭和六十二年の十二月十七日に猿之助一座の師走興行を観たところ、午前十一時ころ大きな地震がきた。後に知れば震度五ともいう大きな縦揺れにさしもの歌舞伎座も柱や床が激しく振動したが、一座少しも騒がず、地震の鳴物入りの『神霊矢口渡』を観たのは初めてのことだった。

〔「演劇界」増刊、平成歌舞伎の劇場、平成九年一月〕

初芝居の句

連れ立ちて買ふ簪や初芝居　　かな女

いかにも初芝居らしい情景、春芝居を観にきた女たちの華やいだ気分をいまに伝える。日本橋育ちの作者が大正十四年に詠んだ句ながら、正月興行の劇場界隈にはいまだに見られる一幅の絵ではある。
浅草生まれの万太郎が二十代に詠んだ句に、

茶屋へゆくわたりの雪や初芝居

というのがあった。芝居茶屋の面影などは劇や小説に残るものの俳句では思いのほかにすくない。古いしきたりを大事にする芝居好きにとり、なにやら淋しさを催す句であるに違いない。

歯に泌みる小鰭の鮓や初芝居　　迂外

小泉迂外は両国の与兵衛鮨の跡取りだった俳人。茶屋からはこばれた鮓の噛み具合、その冷たい歯ざわりまでが伝わってくる。この迂外翁にかな女さんの句と趣向の似た「初芝居土産に簪頒ちけり」があり、男の俳人にはあまり例を見ない句だと思ったことがあった。

初芝居の句というと決まって引かれる「初芝居見て来て晴着いまだ脱がず」が子規にあったが、このほかにも「初芝居團十郎の烏帽子かな」「歌舞伎座の前通りけり初芝居」があった。しかし、ひとりの俳人に初芝居の詠句がそう多くあるものではない。例外といえば岡野知十翁には、

一代の名優出でよ初芝居

にはじまる十句がありいまだに類を見ない。

初曽我や五郎の隈はむきみ隈

が戸板康二氏の句集『花すこし』にあって、対面の五郎の剥身隈を見事に詠み当てている。六代目はむきみ隈が似合う顔だったと、言い当てられたのも戸板さんだった。

初曽我や五郎が肌の緋縮緬　龍雨

初曽我ならではの一句、こういう風流句をさらりと吐く俳人がいなくなってしまった。

喜多村の幟もみえて初芝居

水谷八重子の残したこの句からは、いまはなつかしい新橋演舞場の初芝居風景が髣髴する。

〔「演劇界」平成九年二月號〕

右卿書道

手島右卿大観、臨書篇、その第一期全十巻がこの一月に版元の独立書人団よりいただいた第一巻でめでたく完結した。臨書に明け暮れ〝臨書はわしの健康法〟と云い遺された書翁いますがごとき集大成である。ところで、篆隷楷行草をさして五筆と云ういわれは浅野梅堂の『寒檠璅綴』あたりで教えられたが、右卿大観の第一巻にはまずは甲骨文字よりの臨書が収められてあるから五筆より多い。五筆和尚と称された空海よりも上をゆく六筆和尚?ではないか。

空海の書、それも真蹟により王羲之の古法あるいは顔真卿の新法を摑み取られた右卿先生の精進は詩に痩せるたとえのごとく、書に痩せる日夜だったに相違いない。しかし、空海の不二思想や左手法など、語り明かそうとすればするほど謎は謎のままのこる。異を立てず理に溺れず、臨書に光と気象を探り取れば足れりとしたのが右卿書道の骨頂であろう。比田井天来翁が空海を臨書するのを見ていられた右卿先生は、その突く、ひく、ひねる、により古法だと察知されたとはよく引かれるところだが、このあたり微妙だから書論や書話などではとても云い尽くせるものではあるまい。毎日十時間の上からの臨書を十年から修行しなければ古法をわかったなどと云えぬ、とは生涯かけて書に誠実だった大人の教えであり、たやすく古法を筆舌にする者への戒めであったろう。

旧臘、NHK教育テレビで手島右卿の書を紹介することとなり、鎌倉の手島邸抱雲荘に久しぶりに出向いた。その新日曜美術館で現代書を取り上げるのははじめての由、正月早々の第一回に手島右卿を選んだのは新しい見識気運であろう。「崩壊」の前に坐り右卿の少字数書につき語った。右卿の書には卑しさがない、にじみ、書芸の造型と云うよりは心の造型をこそ大切にされたのであろう、などと時間の制約もありはしょって喋った。「崩壊」「龍虎」「燕」などに代表される象書につき少々喋りたかったのだが割愛せねばならなかった。いまだに象書という名の由来、出ところはたしかでないらしい。昭和十一年か二年のころ、代々木山谷の書学院で天来翁が文字によらず〝書的な線〟により新しい芸術を案出し、これを「象」と名づけたという記述が上田桑鳩氏の「天来先生碑銘揮毫の思出」に見える。比田井南谷氏は晩年の父君天来翁が打ち込んでいられた漢字整理、その途上で字句の反復とか逆にならべたり二字を混り合わせて一字にしたものとかの筆勢気象おもむくがままの様子を伝えておられた。昭和十二年の大日本書道院設立の後に同処にしばしば出入りするようになられた右卿先生は、「象」を決して文字から離れることのない「書」にすべく私案を胸中深くあたためていられたと思われる。その象書は新法による抽象書、戦後の書道復活運動に至って、決定的の少字数書をみちびき出す。

何年かぶりで出向いた手島邸の二階書斎で令息泰六氏の許しを得て硯を見せていただいた。右卿先生は四宝のうちで最も大切なのは筆だと語っていられたが、私は右卿書の秘密は硯とその中味にあったとにらんでいる。端渓とかぎらず、その硯にひそかに入れた何かがあったろうと思っている。私事ながら家内は天来翁の縁者だった。その母親は女学生のころから小琴女史に就いて仮名の手習いをしていただいた。小琴さんよりの聞取り話に、大酒だった天来翁は折々美酒を硯にそそいで用筆の糧とされていたと云う。やはり大酒だった右卿先生にして然り、さらっとした酒とか粘りのある土佐鶴あたりを愛用の硯にひそかにそそがれて期するところがあったのではなかろうか。江戸時代の書家には硯に泡立つときは耳の垢を落とすといった話がすくなくない。流墨の沈むときに耳の垢を点ずるはよし、と云ったたぐいはシナの書話にずいぶんと出てくる。右卿先生には長逝される二年ほどの前に拝眉面晤の機を得たので、浴衣姿にくつろがれたのをさいわいと対酌応酬を重ねてこうした話をうかがってみたが笑ってとうとう答えられなかった。知る人ぞ知る、「龍虎」の〝虎〟の方にはわずかながら深い朱を入れたあとがある。これだけで按ずるのはいかがとは思うが、淡墨による〝右卿のにじみ〟の発明には美禄を硯に振舞っての遊び心が働いてあったように思われる。

弊居二階には令息泰六氏より恵まれた右卿先生の「随」一字書を掲げてある。山崎大抱氏にも随の一字があり、従うだけでなく付き添う意味もあるこの一字への思い入れは、六十年からを行を共にされた大抱さんにとり格別深かったに違いない。戸田提山、小林抱牛、立石光司、上松一条ほかの愛弟子諸氏に敬い慕われた書翁が登天されて十年からの歳月が流れた。光る気象をいまに力強く伝える右卿書道はいよいよ凜乎として美しい。

〔「書道藝術」平成十年三月號〕

付記　手島泰六氏は書翁手島右卿の令息、平成三年に出版の『右卿伝説』は家族の一員で長男として最も身近にあった御仁による生活即書道の日々が満載されてある。なかに、右卿の書が一大転換したのは昭和四十年代である、という記述に目をみはった。泰六氏によると、積年の無理が重なり肺気腫に悩まされつづけた書翁は霊験比べる者ない岡田聖凰師との奇縁により霊肉ともども癒しをもたらされ、「天心」「幽貞」「解脱」ほか、これまでに見られない霊書の世界に入って行かれたと云う。「実に父右卿は六十五歳にして、〝霊界〟へ突入した」と明言されてある。書翁の名付けられた〝霊《れい》活《かつ》〟の造語は空海書を拠りどころとしたそれまでの古法と新法の分け方にとどまらず、これを超えて大きな気韻生動が示されたように思われた。昭和四十九年には一字書「神」が発表されている。

かぶく花、京屋の三姫

『雀右衛門写真集』に付せられた舞台年譜は昭和六十二年までが収められ、四世の三姫伝説をふりかえるには欠かせない。二十七歳で女形に転じてより迎える友右衛門時代の昭和三十年代、他の俳優に比して際立って数多く三姫を勤めているのがわかる。三十代半ばをこえた昭和三十一年四月に中座で八重垣姫を、その九月には明治座で時姫を、翌くる年の五月には神戸に出勤して十三代仁左衛門の大膳で雪姫をといった具合である。若くして、十年のうち八つの月に三姫を勤めたというのはめでたい。

遠い記憶をたどってみると四世襲名興行の昭和三十九年九月、歌舞伎座での雪姫がいまになつかしい。このときすでに第三の女形として生きる自覚、つまり成駒屋型や音羽屋型とは別趣の、さらには先代の芸を重んじた上での新しい京屋型への精進飛躍を決意していたものであろう。

先代は上方の女形だった。従い、文楽の大夫方と付き合いがあり人形の型を採り入れている旨を八重垣姫を語ったくだりに云い、「その場合でも、人形通りではなくて一度消化してからとり入れるようにしていたことが、文楽を拝見したりして比較してみますとよくわかります」と述べてあった。いかにも当代らしいおだやかな語り口ながら云ってる要旨の意味は重い。五世歌右衛門は自由に動ける人間が魂のない人形の真似をするのは芸術でないと云う。また六世梅幸もケレンの人形ぶりは俳優の本道からはずれて卑怯だと云う。いずれも三姫可愛さゆえの見識、それはそれで結構じゃないか。

傘寿に近い雀右衛門の三姫はこれまでの誰よりも気品にすぐれ、美しい。美しい姫に手拭かぶらせ片襷かけさせるのが代々練られ磨かれてきたカブク精神であれば、当代の三姫はかぶく花そのものであろう。増田龍雨に〝ひめ始八重垣つくる深雪かな〟があり、これは京屋の三姫をなぞらえたような名句である。

〔「演劇界」平成十一年七月號〕

金閣寺

『祇園祭礼信仰記』が上演される五十年もの前に、江戸の俳人其角は金閣寺に遊んで「八畳の楠《くす》の板間をもるしぐれ」の一句を詠んだ。三間四方の天井が楠の一枚板でつくられた室町時代の華美な遺物に感嘆、その荒れ様を伝えた。脚本ではその究竟頂の天井に雲龍を描かせようという設定だから芝居の運びとしてはこの上なく面白い。四段目、北山金閣寺の場では三重にセリ上げセリ下げるのであり、芝居好きだった其角が五十年遅く生まれこれを見たらどんなにか唸り感興の吟を吐いたことだろう。三層の寝殿造り、回遊式の庭園ながら舞台の奥に見るあんな大きな瀧があったわけでなく、大膳が名刀倶利伽羅《くりから》丸を抜けば龍が姿をあらわすといった歌舞伎狂言の逞しい想像力には恐れ入るばかりである。

井戸の中に打ち込んだ碁笥の器を手も濡らさずに取り得る工夫を利かせる碁立ての段、これにつづく爪先鼠が雪姫の一人舞台であるところは女方の見せ場である。六世梅幸の芸談に、両手を後ろに縛られそのままの足先で落花ふりしきるなかに鼠の絵を描くむつかしさ、やかましさ、女の姿勢と姫の品格を損じないようにする、その骨の折れるくだりで若年の人気役者などは人形振に逃げる、と語っている。人形振の良し悪しではあるまい、何にも逃げずにかぶく精進をするのが本筋、本道であろう。〽足にて木の葉をかきよせ〳〵かき集め、筆はなくとも爪先を筆の代り、墨は涙の濃薄《こきうす》桜、足に任せて書くとだに……絵より生まれた鼠のことは画僧雪舟の逸聞を脱化したものだろうが、これは『金閣寺』脚本の書かれる少し前の宝暦六年にまとめられた『遠碧軒記』あたりによったものだろう。「葛の葉」子別れに狐手や左手や口を使ったり裏文字を書いたりするケレン味ともども、狂言作者の多くは和漢の雑書を漁り探りして観客を楽しませる一事のみに心を砕く。そうした大時代の精神をいまに受け継ぐ女方に幸いあれ。

〔「別冊演劇界〈名場面を読む〉」平成十三年九月刊〕

忠臣蔵の顔

十三代の仁左衛門丈は大星由良助の芝居について、四段目では城明渡しを一身にになった大丈夫だから何が起ころうとびくともしない性根と風格と重々しさが必要で、色気があってはいかん、と言う。七段目になるとその色気が要る、特に大阪では七段目ができるかどうかは色気のあるなしだと言い切る。團菊の演出を規範とした東京型と同じことをするのを恥と心得ている大阪型とのそれぞれの忠臣蔵を演じてこられた十三代目はまた、「実際の大石内蔵助は四十代だったそうですが、四十代の役者ではまだ若輩に見えます。五十代になってする役でしょう」とその『とうざいとうざい』(昭和五十九年刊)に明記した。以来、示唆に富む右の芸談を頭に『忠臣蔵』を観てきた。通し狂言『仮名手本忠臣蔵』を私が観たはじめは吉右衛門劇団、菊五郎劇団と海老蔵、歌右衛門による昭和三十四年の顔見世興行である。故人となった野口達二君がまだ牛込の弊居にいた時分で演劇出版社に入ったころの彼にはちょくちょく歌舞伎座に連れて行かれた。野口君は『忠臣蔵』には四季があり、四段目までが春、五、六段目は夏、七段目は秋、以下は冬だと説き、俳諧精進する者として教えられた。

超二流、とはかつてプロ野球の監督だった三原脩氏による造語で、二流以上だが一流でなく、その一流と比較して論じられるべき次元にとどまらない超二流のおもしろさ、これを『忠臣蔵』に言い当てたのが青江舜二郎氏で、出逢うたびに忠臣蔵超二流説の楽しさを吹きこまれた。合作の長所と短所が入りまじり整理されていない脚本は多少の落度や無理があってもそれなりにおもしろい。東西型の違いにとどまらず役者それぞれの個性判断がなお一工夫される余地のある名場面は決まり通りにこだわるべきでない。かぶく意外性、期待感は超二流の大歌舞伎をさらに大きくする。

たとえば由良助のいわゆる腹帯論義で、ゆるめる、締める、の違いは思い入れがおのずから型となる芝居だからよほど集中して見入っていないと見えるものが見えない。それらしくわかるような説明ごかしの演技ではそれこそ褌いじりの気散じとなりかねないから、肚芝居でゆくしかない。〝でも侍〟たちが引っこみ、花道七三へきて城を見返る由良助の独り芝居となるところはいつ観ても感動する。大先の肚芝居をこえる顔芝居の醍醐味だろう。にらみ、見得とはほど遠い歌舞伎俳優の顔が問われる大事の実事である。白鸚あるいは松緑（二世）の顔には由良助かくあり候と覚悟する男の気概が印象濃くこめられてあった。

先年、山科に大石閑居の跡を訪うた折、あたりの深い木立に囲まれた家で内蔵助はすでに本所吉良邸への奇襲、それも夜討ちと決めた計画をはじめから練っていたのだろうと思い知った。すでに三田村鳶魚が書いているように赤穂浪士の討入りは夜討ちであって敵討ちというのは当らない。『仮名手本忠臣蔵』を観るたび、「道行」に代表される昼の顔と「山崎街道」に代表される夜の顔とが各段巧みに使い分けられているのに感心する。

〔「演劇界」平成十四年十一月號〕

付記　明治四十二年に出版された熊谷無漏編の『歌舞伎俳句』と題する珍書に失名氏による忠臣蔵の全段が出ており、なかなか読ませるので引く。

大序　　虫干や御代にならべる星兜
二段目　待宵や松ケ枝きるも明日のため
三〃　　鮒だく鯉とおもふた寒見舞
同裏　　きさんじな夫婦連なり花の旅
四段目　夜桜や当世風の長羽織
五〃　　鉄砲の獲物さぐるや木下闇
六〃　　鳴ながら売られてゆくやきりぐす
七〃　　稲妻や斧見出した椽の下
八〃　　嫁にやる子をさきにして花野原
九〃　　煤払や此所をせぎつてかうせめて
十〃　　ちさくとも男でござんす菖蒲太刀

十一〃　衝突入や足を大槌《かけひ》に数十人

十二〃　討入　雪ふんでお望たりぬ富士詣

書翁　手島右卿

どのような世界であれ、師運に恵まれるということはありがたく、人生の進路が決定づけられる奇縁だって起こり得る。十四歳の少年だった手島右卿翁は高知県安芸町（現在の安芸市）で生家の近くに住まわれた川谷尚亭先生と運命的な出会いを果たし入門、書家への志を立てた。この出会いの妙により土佐の高知の書風は一変して行ったと私は思う。新法が古法へと変わる気運は土佐の高知で大きく動きはじめた。

戦後七、八年ほどしたあたりから愛蔵する一本に『尚亭先生書話集』（昭和十四年刊）があり、いえば座右の書、おりおり繰りなおしては教えられている。なかでも、「真の筆力といふものは空間より来る」とあって、宇宙のなかに漂っているかのようなあらゆる「力」、あらゆる情調をつかみ取り引き出してゆくような心持ちを大切にせよ、と教えられているくだりは格別に銘記して忘れられない。用筆法から臨書、碑帖の研究にいたり、書道立志の動機を述べられて結びとする。編者として努められた愛弟子右卿の苦心、発刊のよろこびの念などがいまなお率直によみがえり伝わってくる。昭和三年に出た『書道史大観』と違い、しろうと、初心の者にもわかりやすく、門生手島巍（右卿）の序文にもあるように、現代に生きている尚亭先生の言葉は平明朗暢、その人の如し、である。

戦後は一挙に活気づいた文壇、画壇、そして書壇だったが、手島右卿その人と書を論じた書物はいたってまれであった。私は戦前に出た書道誌、たとえば「書道」「書勢」「書道春秋」などの雑誌を古書肆《しょし》に探りもとめていたものの「南海書道」のような右卿翁の息のかかったものはなかなか手にできないでいた。昭和四十四年一月、日本橋の高島屋で「鷹の子書展」が開催されたのはありがたかった。土佐の高知に生を享けられた書家三兄弟による書展そのものが珍しく、一堂に会した右卿、慕真、不乗それぞれの人と書に接することのできるよろこびは大きく、そのころ在籍したテレビ局にこれの中継録画を企画したが果たせずだった。この折に出陳された右卿一字書「涙」に最も惹かれ、古法新法の悠然迫らざる絶品であると迂言《うげん》を呈した憶えがある。手島家第四の兄弟と称される山崎大抱先生とは面晤の機会ないままに終わったが、この土佐四天王のひとりに「随」の一字書があったのをのちに知り襟を正した。天に従い師に従う「随」の一字書は右卿翁にも遺されている。

右卿翁三十四歳の昭和十年、比田井天来に師礼を執り、その死去までわずか五年に満たぬ歳月であったが、空海をめぐる古法の探究ほかの事績は大方承知と思われるので割愛する。私事ながらしるすと五十年の前からわが家には『学書筌蹄』二十巻があって、これは天来の縁者後裔《こうえい》にあたる亡妻がもたらし『天来翁書話』ともどもに繰ることで右卿翁をうかがうよすがとしていた。しかし、右卿その人と書を精細に知るには平成三年に出版された右卿先生の嫡男手島泰六氏の『右卿伝説』（高知新聞刊）を含む右卿三部作の完成まで待たねばならない。高知の書家とその一字書の招来、右卿象書の誕生など網羅されて時と所とを明記された上での考証評論はいごっそうの情意と精進を語り、さながら近代書道史を土佐の高知に移して論じた大著であり、追随を許さない。書きたいものはおよそ書き尽くした、と言い遺して旅立たれた手島右卿を身内の側から描き尽くした無双の記念碑である。平成十年に創設した加藤郁乎賞、その第一回を贈って祝った。

〔「高知新聞」平成十六年九月一日號〕

V

大石凝真素美全集　推薦文

「抑此世の大元素は、其至始元の時に◉《す》と謂ふ物あり。神々、霊々、浩々、湛々として、至大、至誠矣。極乎として純なる物矣」と書き起こされた『弥勒出現成就経』冒頭のくだりは本書をはじめて手にしたころより三十余年を経てなお鮮明、その驚きはいまに新しい。道人聞こえずのたとえもあることながら、超群絶倫の霊能者大石凝真素美翁の天津金木学ほかの偉業遺事の数々がいまだに覆刻本にすらまとめられてないのは甚だ遺憾のきわみとせねばならぬ。大石凝翁はまた、例の野馬台詩を引かれ、「倭《やまと》を野馬臺《やまと》と塡字《はめじ》したる、心根は、実に、日本を、野馬視したる妄念也」とも道破していられたが、かつて、日本神相学を説いてこれほど玄々妙々の神意また道理を言い当てられた御方がひとりとしてあっただろうか。

水野満年氏はその『古事記新考』自序に故翁の『大日本言霊書』ほかを敬々服々讃えられ、また、水谷清氏はその『古事記大講』に先師の学識徳望を種々挙げられたが、改まるまでもなく、近代の古日本霊学は大石凝翁にはじまる。昨今、さかしら鼻持ちならぬ糟粕陳腐の説を構える神道者まがいの異言封じのためにも、このたびの大石凝真素美翁全集の刊行はまことに時宜当を得た快挙と申せよう。

〔同刊行会　昭和五十六年七月刊〕

ビッキ展に寄す

ビッキは天成の彫刻師、気宇壮大の芸術家である。周知のごとく、その木彫の熊や鱒はいずれも生き生きとしており、さらにどっしりと重々しい。アイヌ神話に出て世界最初の木であるアカダモの木あるいはチキサニの木のように天から地に下されためでたさの象徴樹、すなわち天地人合作の造型と讃えたい。巨木をくりぬき、舟をこしらえたこともあった。その鳥舟もしくは寝棺を思わせるなかに身をよこたえ耳すましてみよ、大海にそそぐあまたの川瀬をつかさどる神チワシコロ・カムイまた妖精コシンプのささやきいざなう声さえもが聞こえてくるであろう。

七、八年の前、小樽に講演に出かけた折ふし、ビッキはどうしてるかな、逢いたいなと思っていると、念が通じたらしく、ひょっこりと姿を現わしたときはうれしかった。旭川から駆けつけてくれたという。二十年から前に出逢い、牛込の旧宅の庭で草笛をつくってくれた当時の優しさを絶やさず失わず、ひとなつこい髯面をすり寄せんばかりにしながら美禄チクプを酌み交わしたっけ。さきごろ、青木画廊主人青木外司氏が札幌から急行で五時間という音威子府《オトイネップ》村を訪ねられた折りの写真を見せていただいた。駅前に建てられたビッキと村人たちの共作というトーテム・ポール、これが凄い。大空碧落を突き、また支えるごとき柱の上部に刻印された太陽紋ははなはだ象徴的である。菊花に代表される太陽紋、つまり太陽信仰の遺跡をもとめて十六弁の紋章をのこすエジプト、ネパールなどを探り歩き、小アジアからギリシアにかけてはなぜ十二弁であるのかなどと考えてきたが、わがビッキが先祖伝来の太陽紋シニシコロ・カムイの天神を祭祀しているのはありがたい。また、小学校の校舎だったという工房にはビッキ製作による卓や椅子、照明器具、木彫、デッサンなど目白押しのていに見えたが、別して、柳の木を素材としたオブジェはすばらしい。江戸のころ、農作物の豊産をねがったという削り花のおもかげを思い起こす。青木氏が、花か花火かと問うたところ、主人こたえて曰く、女体だ、と。なるほど、柳暗花明、そのむかしから小股の切れあがった姐さんたちを花柳の枝ぶりにたとえたものでした。このたびの久々の個展、いまから楽しみにしていよう。

近年、いよいよオーソン・ウェルズばりの風貌奇男子の風格を備えたビッキよ、君はオイナ・カムイがつかわされた天才だ。

Chikisani Kamui ainu moshir hoshikinopo aeranke ruwene.

〔青木画廊、昭和五十八年九月〕

戦後の俳書ベスト10

戦後俳句には異色多彩の作家が登場したが、別して魅力的な俳人に日野草城があった。いわゆる新興俳句運動を主たる理由に戦時中は筆を折らざるを得なかった草城が、待望久しい句集を世に問うたのは戦後四年を経ての『旦暮』である。病床にあった草城が次に出した『人生の午後』により、私の草城傾倒いや敬慕の念は確かに深まった。昭和二十四年作の「高熱の鶴青空に漂へり」ほかを収めるこの第七句集はいまなお著しく新しく、昨今のだらけた俳壇向けの御用俳句なぞを圧倒一蹴している。

俳句に多行型式と称する新しみをもたらした高柳重信にはすでに『蕗子』の集があった。これにつづく『伯爵領』にはフランス象徴詩派などの影響がより濃く出ており、デュカスがロートレアモン伯爵を名のったごとく、重信もまた大宮伯爵という架空の位号を僭称しており興深い。カトランほかを俳句詩法としたことで十七文字による切字や段切れがなくなったかに見えたが、多行の俳句が改行の自由詩と異なる点を意識化して示した功績は大きい。先行する大手拓次が作句したとすれば、あるいは多行型式を採ったかもしれぬ。

荷風ははじめ俳句から出たひとであり、それは素人離れしている。断腸亭日乗や小説随筆に見える俳句のあらかたが江戸趣味で貫かれているあたり、職業俳人には望むべくもない遊俳の雄、手だれの感が強い。戦後、荷風ゆかりの地や狭斜の巷をたずね歩き、散人艶冶の句などが射られた的のように思い出され、いよいよ江戸趣味に傾いていった。荷風の著作を通じて其角、南畝、如亭などの江戸俳人戯作者詩人に親しんだ。江戸庵梓月と組んで出した「文明」誌を繰る折ふし、こうした風流人はもう現われまいと嘆くばかりである。

俳句は本来が滑稽に発したもの、そうした根本義を一途に守り吐きつづけたひとりに和田魚里があった。芋銭風の俳画をよくした魚里は、存在そのものが俳諧の画となる御仁であった。昭和六十二年に続篇ともいうべき『再機』を出しているが、こうした世に出たがらぬ真俳人を賞し論ずることなく偏愛もヘチマもなかろう。

硬骨の俳論家だった栗山理一の最初の本は其角ほかを論じた戦前の『風流論』だが、『俳句批判』に収められた「現代俳句ノート」は読み返してさらに筋太い新風流論である。その「俳句の毒」はいまなお馬鹿げた過褒を重ねつづける「芭蕉の毒」にすでに釘を打ち込んでいた。

山田孝雄『俳諧語談』は露伴の七部集評釈を徹底して反駁した一書、これを超える俳諧考証のたぐいは全く見られぬ。漢文学、江戸文学を眼中に据えてかからぬそのへんの芭蕉評釈あたり、いかにチャチのモノであるかを具体的に教えられた一本である。露伴の説は誤解誤読されやすい。これをいいことに異を立てるばかりの芭蕉論なぞ埋め草にひとしく、採るに足らぬ。

岡田利兵衛『鬼貫全集』により、「誠」俳諧の鬼貫を知ることのできる学恩を忘れてはなるまい。『伊丹風俳諧全集』が上巻のみで終っていたので、新発見の『上島譜』『宗邇伝』を加えた増補版の刊行はじつにありがたかった。

岡村健三『芭蕉寿貞尼新考』は芭蕉の妾あるいは内妻と目されていた寿貞を探りつづけられた労作、芭蕉研究や評釈本のたぐいに時を費すよりもよほど貴重に楽しく教えられた。最近、芭蕉の猶子桃印の妻であったとわかったようだが、この一書の考証価値は一向変わらず繰るたびに頭が下がる。

市橋鐸『俳文学遺蹟探究』は東西南北、飛驒にはじまり伊勢、武蔵、岩代、讃岐、大和、小豆島など、各地の俳人ゆかりの跡を百五十たび訪ね探られた文字通りの歩く俳諧考証である。机上でああだこうだと軽薄きわまりない俳句談義をしている徒輩には、真実怖ろしい良書の出現であろう。

『柴田宵曲文集』は現在刊行中であるが、戦前の『古句を観る』（旧仮名使用）ほかに戦後書きつがれた新聞雑誌発表の小文も集められており、小部数の俳誌が入手困難の昨今、待ちに待たれた出版である。子規居士周辺に最も親炙、二度の子規全集にたずさわったひととしての宵曲居士を慕う人々があり、そうした人々のひそみに倣い私もまた宵曲筆の子規研究にふれぬようなガサツの子規論なぞ全く信用していない。二万句ともそれ以上とも聞く遺された俳句はこのたびの企画に入らぬ由だが、唯一の『宵曲句集』（昭和四十四年刊）は温雅清潔の妙語に尽きる好句集である。

①　日野草城『人生の午後』（昭和二十八年刊、青玄俳句会）

②高柳重信『伯爵領』（昭和二十七年刊、黒弥撒発行所）
③永井荷風『荷風句集』（昭和二十三年刊、細川書店）
④和田魚里『機《き》』（昭和四十五年刊、私家版）
⑤栗山理一『俳句批判』（昭和三十年刊、至文堂）
⑥山田孝雄『俳諧語談』（昭和三十七年刊、角川書店）
⑦岡田利兵衛『鬼貫全集』（増補版）（昭和四十六年刊、角川書店）
⑧岡村健三『芭蕉寿貞尼新考』（昭和五十三年刊、大学堂書店）
⑨市橋鐸『俳文学遺蹟探究』（昭和五十二年刊、名古屋泰文堂）
⑩柴田宵曲『柴田宵曲文集』（平成二年より全八巻刊行中、小沢書店）

〔「リテレール」第2號、平成四年九月〕

一九九三年単行本文庫本ベスト3

❶大宮司朗監修・久米晶文校訂『言霊秘書』（八幡書店）

❷ 鈴木勝忠『近世俳諧史の基層』（名古屋大学出版会）
❸ 結城秀雄編『明治藝文拾遺』（醒客菴）

❶ 平井照敏編『現代の俳句』（講談社学術文庫）
❷『泣菫随筆』（谷沢永一・山野博史編、冨山房百科文庫）
❸ 寺田透編『露伴随筆集』上（岩波文庫）

『言霊秘書』は副題に山口志道霊学全集と銘打つごとく、独自の秘教的言霊学を大成した大人の遺著六種を収める。その代表作『水穂伝』（天保五年刊）は言霊研究に欠かせぬ一書、近現代における言霊学の興隆は全七巻におよぶこの秘書によりもたらされたと言ってよい。昨今、日月神示により知られる岡本天明は戦後早く『水穂伝』をガリ版口語訳で限定出版するなど、志道霊学を継承したひとりである。大石凝真素美、楢崎皐月、熊崎健翁それぞれの三大皇学、あるいは出口王仁三郎、川面凡児、武智時三郎などの霊学をうかがう上でも正しく校訂された『水穂伝』紹介の意義は大きく、ありがたい。『国書総目録』の水穂伝の項には天保十二年刊のみ引いてあるが、『言霊秘書』はこれと無刊記本を参照、異同の訂正を施すなどのくだりは興趣深い。「田子の浦にうち出てみれば白妙の」で知られる赤人の一首における地名を、それまでの通説を排して房州勝山辺の字《あざ》名だった田子の地と解したのは歌人志道としての知見、写本を含む志道の諸書は繰りて飽かず、いまに新しい。

芭蕉中心に偏した俳諧史また俳諧研究が主流をなして久しい。『近世俳諧史の基層』はそうした不見識や考証不備をひとつひとつ丹念に採り出し、新発見を含む豊富の資料に徴し縦横徹底して批判した労作、待望の論集である。鈴木勝忠氏は江戸俳諧を通して従来ほとんどかえりみられるところのなかった雑俳研究に活識を傾け成果を挙げられた博捜精細の熱心家、こころざし豊かの風流学者である。田舎者の芭蕉が江戸人の其角に気兼ねした挙句に旅まわりに出たとか、前句付の点者として聞こえた不角が芭蕉に近くなかったばかりに俳文学畑からほとんど無視されつづけたという指摘にとどまらず、俳諧史の見直しを根本より迫る高説満載の大著である。

桑野鋭、をよく知る者は果していくたりあろう。近代文学専攻でございい、などと恰好つけただけの大学教授あたりは顧柳散史の花柳物『龍山北誌』を手にしたことすらあるまい。『明治藝文拾遺』により紫溟居士と名を改めた鋭の自筆稿本『紫溟随筆』を読むことを得たのは文字通り眼福というものであった。飜訳家依緑軒を追弔する「磯野徳三郎追悼文」を教えられ、「依緑軒追悼の文、右の外、未だ見ず」の付記がある。その筆者である勿来庵主人は『済民記』や『王安石』をものした吉田宇之助であろうという。川柳人阪井久良伎のハガキ通信、『鷗外全集』の杜撰に言い及ぶ筆鋒は木村毅の誤りを許さぬ。すなわち、石倉翠葉と石倉小三郎を同一人とみなして明治文芸研究者流を迷わせた罪は軽くなかろう。限定百部の私家版により定説の誤りを淡々堂々と正された結城秀雄氏の健筆こそは読書人の誇りである。

〔「リテレール」別冊4、平成五年十二月、メタローグ〕

文庫本ベスト5

❶ 成島柳北『柳北遺稿』上・下（博文館寸珍百種・明治二十五年刊）
❷ 北原白秋『白秋詩抄』（岩波文庫・昭和八年刊）
❸『江戸切絵図集』（鈴木棠三・朝倉治彦編、角川文庫・昭和四十三年刊）
❹『万代狂歌集』上・下（宿屋飯盛撰、古典文庫・昭和四十七年刊）
❺ 柴田宵曲『古句を観る』（岩波文庫・昭和五十九年刊）

❶ 文庫本のはしりともいうべき寸珍百種、これの第五、六編に『柳北遺稿』上下が収められたのはうれしい。みずからを濹上漁史、濹上隠士などと号し、隅田川を東京第一の勝地と愛賞した成島柳北に「墨水看月記」「墨水看花記」「墨堤栽桜ノ報告」ほかの名文があった。それだけではない、『柳橋新誌』の粋士は「芸妓辞」とか寵妓「ポン太ノ伝」などを遺し、騙されて柳橋や船宿に流連荒亡した言い訳を綴る。学術文庫にでも入れたら如何。

❷　白秋の詩集はいろいろとあるがこれは吉田一穂の撰抄編集、惨憺たる現代詩には失われて久しい詩がある。小序に白秋みずから「大体のことは詩友吉田一穂君に委《まか》した」と記す。昭和三十二年、改版に伴い吉田一穂による解説がしたためられ、その二ケ月後に刊行された『白秋抒情詩抄』とともにそれぞれ独自の詩人論を述べて美しい。はじめ岩波は二段組にしたいと言ってきたが、いかん、と断った上で二種つくらせた由を一穂先生からの直話でうかがっている。

❸　江戸切絵図が文庫本になろうとは思わなかった。江戸の旧跡なり武家屋敷跡なりを探るには、『日和下駄』の荷風ではないが近吾堂板などの切絵図をたずさえてゆくしかなかった。すでに横綴じの懐中本で吉原細見あたりがあったわけだから、切絵図の文庫本化とは一種の風流心のあらわれであろう。芭蕉の一句「雨の日や世間の秋を堺町」を芝居町の作とばかり解するのは半可、その道の一つ向こう、田圃ごしに吉原があった。

❹　『万代狂歌集』は天明狂歌の白眉であったにもかかわらず、古典文庫により日の目をみるまではどこの出版社も出そうとしなかった。編者宿屋飯盛の跋文にもあるごとく、四方赤良編の『万載狂歌集』を継ぐ続万載集の内容にふさわしい。校者の粕谷宏紀氏により、初版本より三首多い異本からその三首をも収められてあるなど心配りがありがたい。頭光の「ほと丶きす自由自在にきく里ハ酒屋へ三里豆腐屋へ二里」ほか、巨大な江戸文華をすぐり盛った小本。

❺　戦後間もなく手にした俳書のひとつに七丈書院から出た『古句を観る』（昭和十八年刊）があり、柴田宵曲と号される篤学の士を知った。元禄時代に成った俳書のなかから、「なるべく有名でな

い作家の、あまり有名でない句を取上げて見ようとしたものである」と自序にあったのに感じ入り、多く採られた鶴声ほかを探りながら江戸俳諧の世界に傾倒していった。本書の文庫本による復刊を最もよろこばれた森銑三翁の跋文は清爽の一語に尽きる。

〔「リテレール」別冊7、平成六年三月〕

戦後詩ベスト3

吉田一穂「白鳥」十五章
西脇順三郎「無常」
飯島耕一「わが〈戦後〉史」

吉田一穂の「白鳥」十五章は昭和二十五年刊の『羅甸薔薇』により知った。三聯詩、と詩人みずから名付けるこの詩法をいまだに説き明かした者はない。小沢書店版の定本全集にその校異と解題が出、これによると「白鳥」のかたちが最初に現れるのは昭和十九年で五章が詩誌に出る。昭和十九年、その十月といえば太平洋戦争も末期に近い非常時下であり、詩のみに生きる清貧孤高の詩人は、これに遺言の覚悟をこめ「荒野の夢の彷徨圏から」と題されたのではなかろうか。戦後、五章は十二章となり、十五章となるまでに六年の歳月が傾けられた。

三鷹台のお宅で、酒がはいり御機嫌となられた一穂先生は「白鳥」十五章をそらんずるごとくいくたびとなく朗読して下さった。牛込の旧宅に来駕いただき、何章かを揮毫していただいた書幅もある。いまに思えば、白鳥の詩人と称されるのはまんざらでなかったものの、日本のマラルメと呼ばれるのはさぞかし御迷惑であったろう。俺は俺、だった。

西脇順三郎の「無常」は『近代の寓話』（昭和二十八年刊）にひっそりと出る。序言に「私の詩などは現代の画家と同じく永久に訂正しつゞける」とあるにもかかわらず、「無常」は書き変えられずにきた。その書き出しの「バルコニーの手すりによりかかる／この悲しい歴史」が好きで、あとはうろ覚えだったが、いま読み返してみてもやはりこの最初の二行だけがよい。そのほかは要らぬ。『リルケ書簡集』がいまにわかにみつからないが、これにミュゾットの城館でのリルケの肖像写真が出ていた。二行はこれを言い宛てたらしいが、もっと大きく想像するのがよかろう。死んだ鍵谷君はそう言ってくれと頼むから詩翁に、リルケにかぎらない方がよろしいでしょう、と申し上げたが、いや、バルコニーにはリルケが合うのだ、ということだった。

昨年訪ねたルクセンブルグのアンスブルク城で、この詩に似たような経験をした。アンスブルク伯爵夫妻が案内されるいくつもの階段を上り下りしながら、イタリーのドゥイノ城やミュゾット館を思い、バルコニーによりかかっては西脇翁を偲んだ。

飯島耕一の『虹の喜劇《コメディ》』（一九八八年刊）は戦後四十年からを経てはじめて書かれた最高の戦後詩である。最終回に当たるその「わが〈戦後〉史」をこえるものが出れば別の話だが、これは戦後という歴史の入口であり出口である二つの痔、つまり虹（虹を江戸時代は二字といった）に思い入れした上で、早くもなく遅くもなし、丁度よい時?期に書き上げた。痔に悩んだことのない健康馬鹿の現代詩人ばらには無縁の戦後詩であろう。すなわち、喜劇たる所以、痛みを笑いに高めた恐ろしさに外ならぬ。

光晴、三鬼、若林奮《フン》、みな虹ではないか。虹を見て、虹を見ぬ振りをする詩人もどきに戦後の詩の悲しみがわかってたまるか。

〔「現代詩手帖」平成六年六月號〕

井上通泰文集を推す

南天荘、井上通泰翁は清高の大人であつた。歌人、歌学者、あるいは史家、万葉学者として歌文論考いづれも気品に満ちて高い。おのづから徳化する力を備へた大手筆、謂へば風力精強を以てする鴻学は大人のあと絶えて久しいものがある。さらに、具眼の士の現れて遺著復刊にはげむなど当分は望むべくもあるまいとばかり思つてゐた。ところが先頃辱知小出昌洋氏より文集出版を知らせる一報が入り、『南天荘雑筆』同じく『次筆』が奇特の版元を得て近々上梓されると云ふ。まことにありがたく、両書をはじめ『墨宝』ほかの書を繰り直すなど近来にない心躍りを覚えてゐる。

南天荘大人を敬仰師事された森銑三翁にはすでに、「井上通泰博士のこと」「井上通泰先生のことども」あるいは「南天荘学園」と題された世人うらやむばかりの師弟愛にむすばれた切々追慕の記があつた。大正十五年、大人六十一歳より七十六歳で長逝される昭和十六年までの十幾星霜にわたる回想には、博文約礼、学文また行実が意を尽され述べられてある。読者諸賢には森翁の回想記を是非併せて読まれるやう進言する。

早く、二十七歳で桂園叢書の第一集を出された大人は景樹の風を学ぶ歌人として知られた。さうした消息はこのたびの文集に改めて整理統合された景樹関連の考証、また『桂園一枝』抄註、管見により旧著にもまして親しく窺ひ取られることが出来よう。ふる寺の庭のこがらしおとたてて昔をさらにおどろかしけり、この歌は景樹の日記に漏れてゐるから補ふがよい、との指摘が「篠沢隆寿復讐顚末」に出てをり、若いころに読んだ折の学恩をつい昨日のやうに思ひ出した。景樹の名声が上がるにつけて元老先輩格がよつてたかつていぢめつけた際に、蘆庵ひとりが景樹を引立てた趣きを教えられたのもいまになつかしい。「南天荘歌話」に飛驒の田中大秀とか下総の伊能穎則ほかの人と歌が紹介されてあつたのがうれしく、昨今かうした歌人研究などほとんど絶無と言つてよからう。万葉以降二十一代集や近世歌人だけではない、流風余韻を探つて江戸の狂歌師宿屋飯盛の本歌取りにまで及ぶその博捜精細には敬して服するのみ。

滑稽詼諧を愛された大人には「活人剣」「女」「人情」などの小品文があつたが、「歌はアクビでございます。アクビに節を付けたものでございます」があつて驚いた。南天荘歌訓の条々に拠るまでもなく、誰より語格に厳しい歌人にしてアクビ説が出たのはめでたい。「父祖の遺墨」とか「恩を忘れざる人」とか、素顔をうかがうに足る好もしい文章など何遍読んでも人なつかしい。才と識と学のみにあらず、徳と義の人であつた大人の面目躍如たる文集の上梓を機に『南天荘集』より立志の一首を引かせていただく。

たましひのゆきたる方へつひに身もあひ従ひて行きしばかりぞ

〔『井上通泰文集』平成七年六月刊、島津書房〕

穂積茅愁句集『魂柱』序

趣好は玉をひろふがごとし、かりそめの道端にもあるなり、總じて取ると拾ふとは作者の心裡にあるべし。かやうに云ひ置いた山口素堂の俳話を折ふし思ひやりつゝ穂積茅愁句集稿に眼を通し了へた。魂柱と題せられた一本は和韻和字の気をしつかりと留めて伝へた文字通りの家集、やまとうたのなつかしく匂ひ立つ俳趣横溢の集である。

堂上派に就て和歌を学んだ俳家素仙堂のひそみにならひ、かりそめの道端にも探りもとめればある俳味の玉を巾幗の心裡に取り拾ひして半歳程を経た。雅致掬すべく、俳におどけて品さがらず、おのれの拓いた道をひた歩む穂積茅愁とはさてどのやうなおひとなのであらう。一瞥晤言の機もないまゝ云ふべからざるの親しみいや増す佳什、すなはち無似下名なりに気に入り感じ入りした句々の玉を拾ふことゝする。

世の中、大きな見誤りや見当違ひを夫々判つてゐるにもかゝはらず平然と見過ごして羞ぢない。俳句と称するかぎりは飽くまで俳あつての句なのだから、俳すなはち滑稽おどけの気味を欠いてしまつては困る。正風いや蕉風などが生真面目におどけの俳味を排して、さび、しをり、細み、ばかりを重んじたのが近代の子規といふこれまた遊ぶひまのなかつたこち〳〵居士に引き継がれ、遂には新派の旧派のわけわからぬの月並批判に至つたのだから、現代俳句の大方はいまだに偏見不幸を負つたまゝである。歎いてばかりもゐられまい。降つたか湧いたかした逆境をさらに逆手に取り、おのれの俳道を独歩独往すればよい。さうした平成のひとり茅愁の一句を見よ。

かぎひろや脱がせてみたきくわんぜおん

近代の句に「誕生のほとけも如来はだかかな　自睡」「肌ぬいでしぼる袖なし涅槃像　泊船」といつた類はあつたが、陽炎のなかで観世音を脱がせてみたいといつた句は当世なほ見当らぬ。しかも、観音を詠みなした句は思ひの外にすくない。許六の「観音に尻つきむけて田植かな」がわづかに拾へる程度。近代の山頭火にせよ「松はみな枝垂れて南無観世音」を見るくらゐで、観音さまを裸にしてみたいと念ずる句は巾幗茅愁の一句を見るまで待つしかなかつたのだ。

奇とや云はん怪とや云はん、女流の詠む観世音には何かみそかごとめかしの意味がありはしないか、とにはかに思ひ立ち、取敢へず紫式部や清少納言の物語から日記あるいは和歌などに当つてはみたものゝ、これといつた手がかりは得られずだつた。

文政のころの雑俳に「うたてやの順礼の背にはふ観音」があり、これは千手観音さながらに肢の多いところから虱をいふ。柳句にもかうした見立ての句があるもの、脱がせてみたいとまでは突ッ込むでない。三十三身に化現なさる観自在の菩薩、その尊像また写し絵を脱がせてみたいと願う滑稽真骨頂の俳句は今後ともめつたに出るものではなからう。昨今流行の似非滑稽句つまり洒落気に程遠い駄洒落句のなかにあつて右一吟は嶄然あたりを払ふ風気がある。すなはち、おのれの信ずる道路に死なん心意気の作者は悲響諧調、十七面体の玉にめぐり逢へたのだ。

ついでながら、南天荘井上通泰翁の一書に、下手な画師の書いた観音の顔は芸者に見える事がある、とのくだりをみつけて万葉学者にこれあるかなとその風流滑稽に感じ入つた憶えがある。

蚊帳といふ網にかかりし男かな

古今、蚊帳の句はごまんとあるもの丶これは群を抜いて新しい。其角の「文月や陰を感ずる蚊屋の内」に通ふ新しみがある。視野だけにとゞまらずケツの穴まで狭い現代俳者流のなかには小さかしい物云ひをする者があつて、蚊帳とか火鉢はすでに過去の物でいまでは生活の場で見ることがないなどと聞いた風の当てずつぽうを云ふが冗談云つちやいけない、狭斜花明の里といはず下町の仕舞屋あたりではいまなほ青蚊帳の手を吊つて落雷を避けるまじなひをなし、伝家?の長火鉢に吟味した炭をくべてその日あすの夜の吉凶を占つたりしてゐる。女人の側から蚊帳こそ網だと判じた茅愁は、きつと、近松秋江や長田幹彦の良き読者足り得るひとであらう。

挿花のあちら向きなる姫始

ひめはじめ、の語原についてはいまは問はない。恐らく、この誘惑的の季題季語を正しく解した者はこれまでひとりとしてなからう。飛馬始と明記した歌川国芳の錦絵などにまどはされてか、姫始とする意味付けにも危ふいものがあつた。巾幗俳人による姫始の句は絶無といつてよろしく、右の一句はひろく江湖俳友諸君のためにもよろこびとしたい。こゝはひとつ増田龍雨の極め付け「ひめはじめ八重垣つくる深雪かな」を出して参考に供するに留めよう。

父になほ指環似合ひて業平忌

娘が父親を慕い詠む作の多いなかで諧々譃々に練られた奇骨の異色作、集中白眉の一句であらう。父上は農芸化学畑の穂積忠彦氏、その大切の御仁を昨年に失はれた由を一簡により教へられた。生前の父親像かと思はれるが業平忌といふ取合せの妙、これぞ最も見るべき俳諧の妙そのものである。

その父上の父上、作者の祖父は白秋迢空に就いて夫々の風を併せ持つ歌人の穂積忠翁である。奇縁はあるものだ。やつがれ学生青書生のころ、復興間もない早稲田の古書肆でたま〳〵もとめたのが歌集『雪祭』であり、これは忠翁生前に板行された唯一の歌集であつた。茅愁さんの母上で歌人の穂積生萩さんより恵まれた『穂積忠全歌集』解説により、かつて忠翁は茅愁と号して連句集ある由を教へられた。孫娘が祖父いましますがごとくその俳号をいまに大切に伝へ継いであるといふのはうれしく、博文約礼、めでたくもありがたいかな。父の句はまだある。

菜飯の菜さはにきざめと父君は
父に負ふものの多ければ父の日に
負へるだけ負うて蟻入る狭き門

あるいはまた、

旨きものに大根の臑親の臑

も父上を詠みなしたか。在五中将ゆかりの業平蜆もあることだが、その業平忌により娘茅愁は血縁という最も光り強い玉を拾い上げた。
「石をのみ玉といだきてなげくかな玉は玉ともあらはるゝ世に」とある景樹の一首は親を敬ひ慕ふ娘茅愁の上にこそふさはしい。ちなみに書い付ければ、酒の研究家として知られた椿堂忠彦氏の推挙の辞を掲げる大和の名門酒を茅愁さんより恵まれた。家内を失つて間もないころとて、その造酒司と名つけられた美禄は殊の外はらわたにしみわたつた。

酒皶《しゆさ》といふ言葉を知りし花見かな

穂積朝臣和歌一首を詞書としたこの句に出る穂積朝臣は万葉集巻十六に平群朝臣と戯歌を贈答した伝未詳の人物。穂積の家は代々国学にかゝはる家柄の由を北堂生萩女史が書かれてある。私見を少々しるせばホツミは秀ツ実であらう。ミはビに通ずるから秀ツ美ともなり、つまりホツミはマホロバを指す地名であらう。大物主櫛甕王命のホツマツタヱ（秀真伝）と同じく、ホツマのミクニすなはち大和の国に栄えた物部連の一支族がホツミの地名を名乗つたのであらう。モノノベノムラジ十七世のうちの第四世に大水口宿祢こと穂積臣が出る。

百数へよ肩まで浸かれ湯豆腐よ

二十代のころより古俳書や江戸雑書に親しんできたが、かやうに奇想奇態ゆたかの湯豆腐が泳いでゐたのを見た憶えがない。かゝる耽艶嬉遊の風流句が一女流の手に成つたといふのは昨今稀有の快事である。蜀山人を驚倒せしめたあの也有は、豆腐は三季にわたるべし、などとまことに珍妙極まる警句を吐いてゐたが、その也有に右の句を見せることができたら湯豆腐は冬とかぎらず三季どころか四季にわたる乙りきの好下物であると承知したに相違ない。

穂積茅愁さんは時流に投ぜず虚名を売らず、我いぢましに利口立つことなく、ひとり句作りを楽しむおひと、私の最も好もしく思ふ理想の俳人にぴつたりで市井風流がかうやうかたちでしみぐ〵と伝へられてゆくのはありがたいかぎりである。後世に資益する句集、洒脱吟賞に当る諧謔鍛練の書が一女人により世に贈られるうれしさを重ねてしたゝめ、玉を拾ふよろこび、おめでたうのしめくゝりとする。

戊寅三月霊成《ヒナ》まつりの日に

現代文学の再発見

〔平成十年五月刊　健友館〕

このたびの新装版『全集　現代文学の発見』第一巻の月報に先年逝去した安原顯が「世界にも例のないアンソロジー」を書いていて、なつかしく読んだ。一九六〇年代、二十代だった安原と三十代の私は共通の友人だった池田満寿夫を介して知り合い何かにつけて会しては、夜を徹して語り飲み明かした。六三年秋の一夜、池田のスタジオではじめて面晤を交わしたについては安原が折りにふれて書いている。世田谷松原のこのスタジオにマスオはタエコ（富岡多惠子）と暮らし、パーティ好きの二人は澁澤龍彥、土方巽、あるいは西脇順三郎、瀧口修造ほかを招いては語り酌み踊った。当時の顔ぶれも今では死去するなどほとんど姿を消し、生き永らえた飯島耕一とふたり、戦後文学という名さえはるかとなりつつある話題を肴に在りし日の安原顯を思い出しては浅酌無聊をかこつばかりである。

稲垣足穂の「弥勒」、吉田一穂の「極の誘い」、あるいは中野秀人の「真田幸村論」などは責任編集者のひとり花田清輝の推挽、というか好みによる選択であろう。花田というひとは逆説好みのカラミ上手には似つかわしくない下戸と聞いており、飲み屋で出会うことなぞまずなかったから、こうした文壇雀の喜びそうな事情はいまにうかがう由もない。一方、埴谷雄高さんには新宿の酒場ナルシスやユニコンほかで毎晩のように出会い梯子していたから、無限大にひろがる宇宙論的比喩はともかく、砕けた文芸時評のような雑談は思いの外に好きで聞かされた。しかし、このひとの話は土台重たるいので即座に相槌を打って応答のできるようなものではなかった。澁澤龍彦や内藤三津子とは椿實の作品がこの全集に入れられてないのを不満に語り合ったように思う。そのかたわらには天声出版や薔薇十字社で一肌脱いだ矢牧一宏が必ず飲んでいたが、彼の「脱毛の秋」が洩れているのも面白くなかった。別巻に竹内勝太郎と竹之内静雄が入っているのは一見識というべく、八木岡英治の眼力に改めて敬服、礼を述べたい。筑摩書房の社長だった竹之内静雄さんは酒がまわると口癖のように、良い本は売れない、石田英一郎の「河童駒引考」は一千部刷って百二十部しか売れず断截するしかなかった、といかにも口惜しそうに語っていたのが忘れられない。いくたりもの詩人や俳人からこの全集を欲しいのだがいまだに手に入らずにいると聞かされ、そのたび、なんだかホッとしたものである。市ヶ谷の大日本印刷に隣接する竹之内さんのお宅で酒をいただいているとき、何か良い企画はないかね、と訊ねられ本全集を例に引いて喋ったように思う。

言語空間の探検、と銘打った一巻に、現代の詩、として短詩型の短歌と俳句が採り挙げられたのは刮目すべき快挙だった。解説に当った大岡信の識量は博捜かつ毅然たる詩精神に貫かれており、その選択の妙にはいまでも感じ入る。短歌、俳句がひろい意味で詩である、と認識されるようになったのはいつの頃かはっきりしないが、石田波郷の言うように俳句は文学でないとするやや反語的な姿勢発言が一方にあって、本全集が刊行された頃はそうした風潮気分がまだ根強く残っていたように思う。文学理念とは別趣のそうしたいかにも文壇的あるいは俳壇的の雰囲気を排して、塚本、岡井、金子、高柳に加えて筆者までが選ばれていたのはありがたくもあり面映ゆくもあった。

　第九巻の「性の追求」を解説した澁澤は、春日井建の「未青年」抄とともに吉岡實の「僧侶」抄を採っており、俳句についてはよくわからないが「僧侶」という詩、あれは俳句だね、と言ってたのをいまに思い起こす。恐らく、自由律、口語俳句などを念頭にしての話だったと思うが、吉岡が俳句から出発した詩人であることをその時分の澁澤は承知していない。とにかく、本全集の刊行、その「言語空間の探検」によりいわゆる現代詩また現代俳句の領域はそれぞれ想像以上に拡大され交流の場を深めてゆく。俳句により詩を書く理念を二十代の頃から持ち始めていた私が当初句作するかたがた詩を書くたびに、ある種の違和感のようなものを味わっていたように思うが、昨今の若い俳人たちは最初からできるだけ詩に近づけようとする句を望むせいか違和感なんかどこ吹く風、あっけらかんとしている。詩人の側も同じように俳趣を探るかたわら短詩に手足をつけたような一行詩を作る。それもこれも本全集の刊行のしおによるところが大きかろう。いまだに詩を俳句あるいは短歌との同根異株、交配による結果などを軸とした詞華全集が企画されていないのはおかしな話であろう。新装版の本全集を繰り直すことで現代文学の再発見につながるかもしれない。

〔『全集　現代文学の発見』第十五巻月報、二〇〇五年三月〕

空海とインド

旧臘《きゅうろう》、手島泰六氏より『右卿外伝』を恵まれた。同氏は手島右卿翁の令息でやはり書道にかかわる評論ほかの仕事をされ、古神道実践の指導者である。王羲之《おうぎし》による古法を空海の入木道《じゅぼくどう》に探られた右卿はその師だった川谷尚亭、比田井天来の探り得なかった古法を独力で学び取り独自の書法を確立した。書道における古法は論じるばかりでは埒《らち》が明かないので、私など四十の手習いよろしく令息泰六氏より恵まれた右卿臨書集成を手本に禿筆でなぞったりしている。

このたび上梓された『外伝』は書翁右卿のこれまで知られざる日常や、師弟関係を先に出された右卿論三部作とは異なった観点から実証論述されていて興深い。興深いといえば、本書には驚くべき一事が見えた。

泰六氏は昨年インドを訪れ、ガンジス、ヤムナ、サラスワティーの三つの大河が合流する聖地アラハバードでヨーガの聖者スワミ・ラーマ師の後継者ラジマニ師と面晤された。そこで同師より、八世紀に日本の空海がこの地を訪れ、チベットのカイラス山で千年からの時を過ごした偉大なるパタンジヤリ師の許《もと》で六ヶ月ほどを過ごしたと記録されたサンスクリット古文書よりの話をうかがったという。承和二年（八三五）の奥書のある『空海僧都伝』ほかを繰っても空海がインドに入ったという記録は見当たらない。二十年の予定で三論宗を学ぶべく長安の西明寺で修行した空海はこれを二年ほどで切り上げ大同元年（八〇六）のころに帰国しているから、この間にインドに入ったものか、あるいは二十四歳で出家したあと入唐前の七年ほどの空白時代であったか、はなはだ興味深い問題提起ではあろう。

弘法大師空海は延暦二十三年（八〇四）渡唐して長安の青龍寺の恵果阿闍梨について密教を学び、「大日如来、汝の腹中にあり、日本に帰れ」という恵果阿闍梨の遺言が伝えられる。大日如来はサンスクリットでマハビロシャナ、大日から来た如し、とわが古神道は伝える。

〔「大法輪」平成十七年六月號〕

後書

三村竹清翁の日記を拝見すると淡々水のごとく書見をたのしんでいられるように思われるが、どうしてどうして……あれを見てからというもの書見の厳しさ、恐ろしさというものを無言の裡に教えられて甚だしい挫折感に苛まれつづけた。明治四十三年からその没年の昭和二十八年にいたる美濃版二ツ折百四十冊を算える筆録、和漢にわたる珍籍稀書の多くは手にしたことすらなく、訓みのわからぬ書名の亡霊に悩まされた。稀覯の書とはよく云ったもので、まれに思いがけなくそうした天下の孤本に眼福を得たときのよろこびは一入だった。生業の竹屋の帳場で坐職に徹して終られた竹清翁を手本に、この道のはるかなるを思うばかりである。

読書家大田南畝の大きな世界、あるいは誰ひとり評価しなかった黄表紙の宝庫を教えられたのは希代の読書家森銑三翁である。こころ卑しい者の売名の書を斥けわが朝古くよりする徳行恩義の大切を示され銘刻した。戯作者南畝にはこの徳行恩義の精神が一角に聳えみなぎっている。しっかり読み直して書いてみたいが残された時間すくなく、後人の読書子に頼るほかなし。蜀山先生は幕臣御徒の役人でしかも妻妾同居、日々の坐職書見がどのようにして行われていたか、まだまだわれらの行く末を悲しむべきではなかろう。

さきごろ、北静廬の『梅園日記』を繰り直し、久しぶりに充実した気分を催した。家根屋のおやじにこうした強記多識の考証家がいたというあたり、江戸時代とはなんともありがたい御代ではあった。純粋の坐職でないものの、家根を葺くかたわら書斎に戻れば文法の学を案じていたと伝えられるから並みの読書家ではあるまい。酒を好まず、とは江戸者らしくないものの「ねがはくはまたも此世に生れ来てみぬ水くきをよみつくしてむ」と詠みなすあたり、うれしい御仁だった。

先に詩友飯島耕一との共著『江戸俳諧にしひがし』出版で厚誼を辱うしたみすず書房の辻井忠男氏によりふたたび好意に与り旧稿出版の運びとなった。エルマンのジョイス伝ほかを江湖博雅の読者子に贈られた名伯楽辻井氏の芳慮に改めて鳴謝を申し上げる。

加藤　郁乎

著者略歴

（かとう・いくや）

1929年東京に生まれる. 1951年早稲田大学文学部演劇科卒業. 商事会社経営, 日本テレビに勤めるなどしてより43歳で筆 1 本を生業とする. 句集に「球体感覚」「形而情学」（第 6 回室生犀星詩人賞）,「初昔」（第18回日本文芸大賞）,「加藤郁乎俳句集成」, 詩集に「終末領」「閑雲野鶴抄」「加藤郁乎詩集成」ほか. 考証評論に「江戸の風流人」正・続,「江戸俳諧歳時記」「近世滑稽俳句大全」「江戸俳諧にしひがし」（共著）「市井風流」ほか, 小説に「エトセトラ」「膣内楽」, 回想記「後方見聞録」などがある.

加藤 郁乎
坐職の読むや

2006年2月 7日 印刷
2006年2月17日 発行

発行所 株式会社 みすず書房
〒113-0033 東京都文京区本郷5丁目32-21
電話 03-3814-0131(営業) 03-3815-9181(編集)
http://www.msz.co.jp

本文印刷所 シナノ
扉・表紙・カバー印刷所 栗田印刷
製本所 青木製本所

ISBN 4-622-07197-5
落丁・乱丁本はお取替えいたします